볼루덴 대륙

드래곤의 섬

류블라드

데인

미도스

칼라할 사막

노스 산맥

그린젬 대륙

니아 섬

아뮐

이스

엠파이어 산

훈트 반도

자이르 강

이브

엠파이어
산맥

슈켄

에이

사카

다바드

에덴

베론

니아

무ㅇ

제논

훈트
연합국

로컬트

오브 강

케이
Kei

케 이 9

신가 판타지 장편 소설

초판 1쇄 찍은 날 § 2005년 1월 12일
초판 1쇄 펴낸 날 § 2005년 1월 22일

지은이 § 신가
펴낸이 § 서경석

편집장 § 문혜영
편집책임 § 김민정
편집 § 장상수 · 최하나
마케팅 § 정필 · 강양원 · 이선구 · 김규진 · 홍현경

펴낸곳 § 도서출판 청어람
등록번호 § 제1081-1-89호
등록일자 § 1999. 5. 31
어람번호 § 제1-0576호

주소 § 경기도 부천시 원미구 심곡1동 350-1 남성B/D 3F (우) 420-011
전화 § 032-656-4452 팩스 § 032-656-4453
http://www.chungeoram.com
E-mail § eoram99@chollian.net

ⓒ 신가, 2004

ISBN 89-5831-391-9 04810
ISBN 89-5831-000-6 (SET)

신가 판타지 장편 소설

The Page of Power

케이 :kei

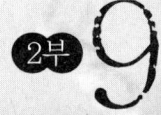

2부 9

새로운 이야기의 시작

도서출판
청어람

차례

케이 2부를 시작하며…

케이 2부를 시작하며…

늦었습니다. 작년 연말까지 원고를 끝낼 생각이었습니다만, 무려 열흘이나 늦었군요. 1부를 끝내고 너무 놀아 그런 건지…….

아무튼 죄송합니다. 제가 늦장을 부린 덕에 예정보다 조금 늦게 책으로 나오겠네요.

케이 2부의 주제는 '힘'입니다. 과연 힘이란 어떤 것인지, 힘이란 어떻게 사용해야 하는지에 대한 나름의 생각을 케이를 통해 풀어나갈 계획입니다.

2부는 초반부가 상당히 가볍게 시작합니다. 이렇게 가벼운 분위기로 시작해 보고 싶었거든요. 원고를 쓴 시간이 길어서 그런지 처음 짰던 시놉시스에서 변경된 부분도 제법 됩니다. 하지만 큰 틀에 변화는 없죠.

9권이 책으로 나갈 시기가 17일 즈음이라는 소리를 들었는데, 아마도 그것보다 늦어지지 않을까 하는 생각도 드네요. 1부를 완결하며 1월 중순에 찾아가 뵙겠다고 말씀드렸는데, 그 말을 지킬 수 있을지 모르겠습니다. 20일까지만 나온다면 어쨌든 중순이기는 한데요. ^^;

케이에 보여주시는 독자 여러분의 관심, 항상 감사드립니다.

그러면 이제부터 케이의 두 번째 여행을 함께 하시죠~! ^^

◆ 케이 1부 줄거리

평범하되 평범하지 않은 삶을 사는 19세 청년 의사 제갈효. 여동생의 생일 선물을 사러 삼풍백화점으로 향했다가 백화점 붕괴에 휘말려 건물더미 속에 깔리고 만다. 그때 죽음 앞에서 열린 시공의 비틀어진 균열 속으로 몸을 던진다. 제갈효가 도착한 곳은 명나라 시대 조선의 백두산. 그곳의 장백파라는 문파와 인연이 닿아 절세의 무공을 익힌다.

무림에 출도한 제갈효는 천하제일인의 명성을 얻지만 그를 시기한 구파의 음모에 마교교주와 마교의 여덟 장로와의 싸움 이후 양패구상으로 사망하고, 그 와중에 자연검이라는 새로운 경지의 무공을 깨닫는다.

영혼이 되어 염라대왕을 만난 제갈효는 자신의 시간 이동에 대한 해답을 알게 되고, 염라대왕의 장난으로 인해 다른 세상에서 과거의 기억을 가진 채 환생하는데……

그만 카이렌 왕궁의 늑대로 환생해 버린다. 케이라는 이름으로 그곳에서 5왕자 자일론과 친구가 되고, 늑대의 모습임에도 자일론에게 무공을 가르치고 자신은 마법을 익힌다.

자일론의 엄마인 드래곤에게 케이는 정체를 들켜 미드 산맥의 오지에 떨어지고, 그런 케이를 신관 바볼랏이 발견해 엘프의 마을로 데려간다. 그곳에서 케이는 자신이 신탁 속의 존재임을 알게 되고, 퓨어라는 엘프에게 검술을 가르친다. 인간이 될 수 있는 폴리모프의 마법을 얻기 위해 퓨어, 바볼랏과 함께 태고룡 에르데미안을 찾아 여행을 떠나고, 그 도중에 진실을 보는 눈, 신안을 가진 소녀 세린을 만난다.

에르데미안에서 폴리모프의 마법을 배운 케이는 다시 일행과 여행을 떠나고, 자유 도시 아르스 노바에서 발린이라는 소년을 새 일행으로 맞이한다.

한편 자일론은 케이가 사라진 후 실의에 잠긴 생활을 하다가 큰형 로이드의 배려로 기운을 찾고, 브라이튼이라는 친구를 사귄다. 성년식을 치른 후 자일론은 브라이튼과 함께 가출해 용병으로 여행을 시작한다. 용병의 의뢰를 수행하던 중 브레그마에서 케이와 감격의 재회를 하고 용병단 DASH를 만들어 새로운 여행을 한다.

그러던 중 DASH에 일을 의뢰한 로이드에게 자일론은 정체를 들키고, 카이렌에 반란이 일어났다는 소식에 급히 카이렌으로 돌아간다. 자일론과 케이의 활약으로 반란은 진압된다.

로이드와 자일론을 시기한 2왕자 게일의 음모로 로이드는 목숨을 잃고, 자일론은 마왕 헤르마카인에게 영혼을 제압당한 채 몸을 빼앗긴다.

케이는 마왕에게 몸을 빼앗긴 친구 자일론을 눈물을 머금고 쓰러뜨리고, 그 이후 그 충격으로 바스테르 산의 동굴로 조용히 사라진다.

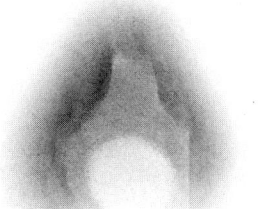

2 초 0 식

흐름 속으로…

흐름 속으로…

세월은 물이 흐르듯 그렇게 유유히 흘러간다. 그 흐름 속에서 아등바등 살아가는 사람들의 모습과는 상관없이 그저 자신의 흐름만을 도도히 유지한 채 천천히, 그러나 빠르게 흘러간다.

시간은 쏜살같다고 누가 말했을까? 그는 그 쏜살같은 빠름을 정말로 겪었던 것일까? 시간의 속도는, 결국은 그것을 느끼는 존재의 몫이다. 쏜살같이 빠를 수도 달팽이처럼 느릴 수도 있는 것이다.

여기 그 흐름의 한가운데서 자신도 모르게 흐름에 몸을 싣고 천천히 시간을 따라 흘러가는 두 아이가 새로운 운명을 향해 한 발 한 발 걸음을 옮기고 있었다.

2 초 1 식

인연의 시작은
그렇게…

"헉헉. 빨리 뛰어! 엘리아!"

턱까지 차 오른 숨을 몰아쉬는 푸른 머리의 사내아이가 뒤돌아보며 절박하게 외쳤다. 그 아이의 시선이 도착한 곳에는 에메랄드 빛의 초록색 머릿결이 무척이나 인상적인 소녀가 가쁜 숨을 몰아쉬며 힘겨운 얼굴로 걸음을 옮기고 있었다. 그녀로서는 있는 힘껏 달리는 것이었지만 사내아이가 보기에는 한없이 느렸다. 비슷한 또래로 보였지만 남자와 여자의 체력 차이가 엄연히 존재하는 한 그것은 어쩔 수 없는 일이었다.

나무가 한껏 우거진 숲 속에서 그렇게 두 아이는 숨을 몰아쉬며 힘겹게 위로 위로 뛰어올라 갔다. 물론 두 사람의 생각에는 뛰고 있는 것이겠지만 그 모습은 그저 조금 빠르게 걷는 것 정도에 지나지 않았다.

"아학, 아학. 너… 너무 힘들어. 조금만 쉬었다 가자. 아데닌, 난 도저히 더 이상은 못 가겠어."

소녀는 그 자리에 주저앉으며 흐느끼는 듯한 목소리로 말했다. 그녀의 말에 아데닌이라 불린 소년은 제자리에 멈춰 뒤를 돌아보았다.

"안 돼. 빨리 가야 해. 우린 지금 쫓기는 중이란 말이야!"

"이게 다 누구 때문인데! 다 너 때문이잖아! 그러게 왜 산속으로 들어와서는… 우앙……."

절박한 심정으로 걸음을 옮기는 동안 눌러왔던 설움이 터져 나온 것일까? 엘리아는 아데닌의 말에 크게 울음을 터뜨렸다. 그 모습에 아데닌은 황급히 엘리아의 곁으로 다가와 그녀의 입을 막았다.

"우. 읍… 읍……."

눈에서는 하염없이 눈물이라 이름 붙은 물줄기가 흘러내렸지만 그녀의 입에서는 더 이상 울음소리가 나오지 않았다. 아데닌이 입을 막고 있으니 당연한 결과였다.

"미쳤어? 지금 우린 쫓기고 있는데 그렇게 울음을 터뜨리면 우리가 있는 곳을 알려주는 것밖에 더 돼?"

아데닌은 작은 소리로 주위를 둘러보며 엘리아에게 제법 매섭게 말했다. 그의 말에 엘리아는 서서히 울음을 멈췄다. 하지만 여전히 눈물은 줄줄 흘러내리고 있었다.

혹시라도 추적자에게 들킬까 봐 마음 놓고 울지도 못하는 상황이었지만 과연 그런 행동이 소용이 있을까?

아직 소년, 소녀의 티를 벗지 못한 그 둘이 지나온 자리에는 너무도 확연한 흔적이 남아 있었다. 마치 나 이리로 도망가오, 하고 쫓는 상대에게 알려 주기라도 하듯이. 그런 흔적이 있다면 그들이 두려워하는 추적자가 따라붙는 것도 시간문제다. 하지만 아직은 어리기에 둘은 그 사실을 전혀 모르고 있었다.

"자, 빨리 가자. 이러다가 잡히면 우린 죽어. 어서 가야지."

아데닌은 엘리아를 달래며 걸음을 옮기기 시작했다. 그의 말에 엘리아도 힘겹게 걸음을 하나하나 옮기기 시작했다. 그녀도 어린 나이에 죽기는 싫었다. 그랬기에 없는 기력까지 쥐어짜 내어 이렇게 걸음을 옮기는 것이었다.

하지만 앞서 걷는 아데닌을 바라보는 그녀의 눈에는 묘한 원망이 서려 있었다. 힘겨운 발걸음을 옮기는 가운데 어쩌다 자신이 이런 지경에 처하게 되었는지 엘리아는 곰곰이 다시 한 번 되돌아보았다.

그러니까 그건 분명 오늘 오전 무렵이었다. 마을 어른들이 다들 일에 바쁠 때 아데닌이 자신을 찾아온 것은. 아데닌은 자신을 보자마자 산에 올라가자고 했다.

버려진 땅을 감싸고 있는 거대한 산맥 바스테르 산맥의 주산인 바스테르 산에 올라가자는 정신 나간 소리를 엘리아에게 내뱉은 것이다. 당연히 엘리아는 반대했다. 아니, 아데닌의 말을 헛소리로 치부하고 들은 척도 안 했다.

그러나 아데닌은 집요했다. 그때부터였다. 지독하게 달라붙어 같이 산에 들어가 보자고 조르기 시작한 것은. 조금만 깊이 들어가면 약초가 많을 거라나?

물론 바스테르 산은 그 험한 산세만큼이나 희귀한 약초들이 많았다.

하지만 그건 그만큼 깊이 들어갔을 때의 이야기고, 마을의 약초꾼 아저씨들도 그렇게 깊이는 안 들어간다.

바로 바스테르 산 여기저기에 있는 몬스터들 때문이다. 바스테르 산에는 유독 몬스터가 많았다. 아니, 바스테르 산맥 전체가 몬스터들의 천국이었다. 예전에는 안 그랬다고 하는데 언제부터인가 갑자기 몬스터들의 수가 급속히 늘어났다는 이야기를 할아버지의 할아버지가 했다는 것을 얼핏 들은 기억이 있었다.

"엘리아, 산에 들어가 보자. 응? 응? 응?"

벌써 얼마나 같은 소리를 반복한 것일까? 정말 지겹도록 옆에 찰싹 붙어서 같은 말만 계속하는 아데닌의 모습에 엘리아의 얼굴은 절로 찌푸려질 수밖에 없었다.

"대체 몇 번을 말해야 해? 몬스터들이 득실대는 산에 우리가 어떻게 들어가? 죽고 싶어?"

똑같은 대답을 계속하려니 엘리아도 서서히 지쳐 갔다. 하지만 자신의 대답에 대한 아데닌의 반응을 알고 있었기에 그녀의 찌푸려진 얼굴은 펴질 줄을 몰랐다.

"그거야 깊이 들어가면 그렇지. 우리 마을 주변만 돌면서 약초를 캐자구. 약초꾼 아저씨들이 가는 정도만 가면 되잖아. 안 그래?"

이런 식이었다. 겁이 없는 건지 철이 없는 건지 바스테르 산을 무슨 동네 뒷동산처럼 생각하는 아데닌의 말에 엘리아는 한숨을 쉴 기력도 없었다. 하긴 바스테르 산이 동네 뒷동산은 아니더라도 마을 뒷산인 건 분명했다. 아데닌과 엘리아의 마을은 바스테르 산자락 한곳에 위치하고 있었으니 마을 뒤의 산이 바스테르 산인 것이다.

아데닌의 집요한 조르기는 정오를 지나 오후에 들어서도 여전했다. 어른들이 점심 식사를 위해 집으로 잠시 돌아온 그때는 조용했지만 어른들이 사라지자마자 다시 조르기 시작한 것이다.

솔직히 엘리아도 아데닌의 심정을 모르는 것은 아니었다. 이 마을은 자신들과 같은 아이들에게는 너무나 심심한 곳이었다. 언제 침입할지 모르는 몬스터들에 대비해 마을을 둘러싸고 있는 목책과 그 사이 사이 있는 망루. 오직 마을 안에서만 생활하는데 지루하지 않을 리 없었다.

마을을 벗어나 산속으로만 들어가면 온갖 신기한 놀잇감이 많은데 말이다. 결국 아데닌이 약초를 캐러 가자고 하는 것은 핑계고 사실은 놀러 가고 싶은 것이다. 혼자 갔다가 나중에 어른들에게 들키면 호되게 혼나는 것이 무서워 자신을 공범으로 만들려고 하는 것이고.

현재 둘의 나이는 마을 안에서도 어중간했다. 나이가 많은 것도, 어린 것도 아닌 어중간한 나이. 둘은 현재 열다섯이다. 둘 바로 위의 아이는 열여덟이다. 아이라고 할 나이가 아닌 한 명의 성인인 것이다. 그리고 둘의 바로 아래 아이는 이제 겨우 열하나. 정말로 아이인 것이다.

그렇게 어중간한 나이이기에 아데닌이 기댈 곳이라고는 엘리아밖에 없었다. 그것이 지금 엘리아에게 한없이 귀찮은 상황을 만들어낸 것이고.

매몰차게 거절하고 있지만 엘리아는 결과를 알고 있었다. 결국 자신이 아데닌을 따라 나설 것임을. 엘리아는 아주 어렸을 때부터 지금까지 아데닌의 고집을 이긴 적이 단 한 번도 없었기에 결국 이번에도 질 것이란 걸 알고 있었다.

그리고 결국은 엘리아가 아데닌에게 졌다. 둘은 아데닌이 발견해 둔 목책 사이의 작은 개구멍으로 마을을 빠져나왔고, 마을 주변의 산속을 이리저리 돌아다녔다.

그러면서 이 풀 저 풀 보이는 대로 땅에서 뽑기 시작했다. 이제 열다섯인 둘이 약초에 대해 알면 얼마나 알겠는가? 자주 보는 약초 한둘을 알 뿐 다른 약초들에 대해서는 아는 바가 전혀 없었다. 하지만 둘이 마을을 빠져나온 핑계는 약초를 캐기 위한 것이니 나중에 변명을 위해서라도 약초 비슷하게 생긴 풀이라도 뽑아두어야 했다.

그렇게 이름 모를 풀을 뽑다 보니 신기하게 생긴 것들이 많았다. 아데닌은 호기심에 계속해서 새로운 풀들을 찾아 걸음을 옮겼고, 점차 마을에서 멀어졌다. 엘리아가 계속 소리쳐 아데닌을 불렀지만, 그는 아무 것도 안 들린다는 듯 점점 산속으로 걸음을 옮겼다.

멀어져 가는 아데닌의 뒷모습과 마을을 번갈아 보며 고민하던 엘리아는 결국 아데닌을 따라갈 수밖에 없었다. 그렇게 얼마나 걸었을까? 어느새 주위가 어둑어둑해져 있었다. 제법 깊은 산속까지 들어와 버린 것이다.

"어라? 어쩌다가 여기까지 왔지?"

주변이 어두워지고 나서야 아데닌은 고개를 들어 주위를 둘러보았다. 도무지 알 수 없는 장소였다. 그런 아데닌의 뒤에서 엘리아가 걱정스레 그를 바라보고 있었다.

"우리 너무 멀리 온 것 같아. 이제 그만 돌아가자. 응?"

엘리아의 말에 아데닌은 고개를 끄덕였다.

"그래, 돌아가자. 우리 너무 멀리 온 것 같아."

처음 보는 주위의 풍경에 아데닌도 겁을 먹었는지 고개를 끄덕이며 엘리아의 말을 따랐다. 그리고는 곧장 뒤돌아서서 왔던 길을 돌아나갔다.

얼마나 걸었을까? 분명 마을을 떠나 걸었던 것보다 더 많은 시간을 걸은 것 같은데 마을이 나오지 않았다. 불안한 심정으로 조심조심 걸음을 옮기던 두 아이의 얼굴은 점점 걱정으로 물들어갔다. 둘도 서서히 뭔가 이상하다는 것을 느끼고 있었다.

"아데닌, 왜 마을이 안 나오지?"

"몰라."

엘리아의 물음에 아데닌은 퉁명스레 답했다. 아니, 그도 길을 잃었다는 것을 알아차리고는 딱딱하게 굳은, 겁에 질린 목소리로 대답한 것이 퉁명스레 울린 것이다.

"우리 길 잃은 거지?"

아무리 걸어도 처음 보는 낯선 풍경에 떨리는 목소리로 엘리아가 물었다. 그러나 그 사실을 인정할 수 없다는 듯 아데닌은 세차게 고개를 저었다.

카앙.

그때였다. 어디선가 날카로운 울음소리가 들렸다. 둘은 잔뜩 겁에 질려 주위를 둘러보았다. 아무것도 없었다.

키익.

하지만 다시 한 번 무언가 소리가 들려왔다. 그리고 숲 한쪽이 들썩이며 녹색 그림자가 모습을 드러냈다. 작은 키에 흉측한 모습. 덩치는 둘과 비슷했지만 날카롭게 빛나는 눈이 공포스러웠다. 그렇게 모습을 드러낸 녀석은 잠시 두 사람을 노려보더니 다시 숲 속으로 사라졌다.

그 모습에 아데닌은 안도의 한숨을 내쉬었다.

"후우, 살았다. 분명 몬스터였지? 그런데 왜 그냥 갔을까? 혹시 무슨 몬스터인지 알아, 엘리아?"

아데닌은 이마를 흥건히 적신 식은땀을 닦아내며 엘리아를 보며 물었다.

"도… 도망가자… 아데닌."

엘리아는 얼굴이 하얗게 질린 채 중얼거렸다.

"응? 왜 그래? 그 몬스터는 그냥 숲으로 사라졌잖아."

사실 놀기만 좋아하는 아데닌은 몬스터에 대해 아는 것이 별로 없었다. 마을에 몬스터가 침입해 올 때는 그저 집 안에 숨어만 있었고, 어른들도 자세한 이야기는 안 해주었기에 몬스터를 본 적도 없었고, 몬스터에 관해 들은 것도 없었다. 다만 방금 본 녀석의 흉측한 모습에 그저 몬스터이려니 한 것이다.

하지만 엘리아는 달랐다. 머리가 좋고 책 읽는 것을 좋아했기에 많지 않은 수이지만 마을에 있는 책을 모두 읽었다. 그것도 몇 번씩이나. 그리고 그중에는 몬스터 도감이라는 책도 있었다. 엘리아는 방금 나타난 녀석의 이름과 특징, 습성을 너무도 잘 알고 있었다. 그랬기에 겁에 질려 빨리 도망치자고 말했던 것이다.

"어, 어서 도망가야 해. 방금 사라진 몬스터는 고블린이야. 분명 무리를 불러 모으러 간 걸 거야."

"그게 무슨 말이야?"

엘리아의 말에 아데닌도 겁을 먹었는지 떨리는 목소리로 물었다.

"고블린은 상대가 자신보다 크거나 수가 많으면 절대 혼자 덤비지 않아. 무리를 불러 모아 떼를 지어 달려들지. 방금 사라진 고블린은 우리랑 덩치가 비슷했지만 우리가 둘이라서 덤비지 않고 사라진 거야. 무리를 부르러. 내가 읽은 몬스터 도감에 분명 그렇게 적혀 있었어."

"젠장. 뛰어!"

엘리아의 설명이 끝나자마자 아데닌은 엘리아의 손을 잡고 냅다 달렸다. 방향은 고블린이 사라진 곳과 정반대 방향이었다. 단순한 그의 머리로는 그저 고블린들로부터 최대한 멀어져야 한다는 생각밖에 없었으니.

그렇게 도망가기 시작한 것이 지금에 이른 것이다. 사실 지금까지 안 잡히고 도망치고 있는 것이 신기할 지경이었다. 고작 열다섯의 아이들이 있는 힘껏 달려봐야 얼마나 가겠는가? 그런데도 고블린들이 그 둘을 잡지 못하고 있다니.

하지만 그것은 고블린들의 사냥 특성 때문이었다. 현재 고블린 무리는 멀리서 아데닌과 엘리아를 둘러싸며 서서히 몰아가고 있었다. 하등한 몬스터라고는 하나 이미 숲에서의 사냥 방법은 본능으로 알고 있었다. 그 본능에 따라 둘의 흔적을 쫓아 서서히 한곳으로 몰아가고 있는 것이다.

그런 고블린들의 포위망이 점점 좁아지는지 아데닌과 엘리아의 귀에 수풀이 움직이는 소리가 들렸다. 그 소리에 둘의 발걸음은 더욱 빨라졌다. 이미 더 이상 움직일 힘도 없을 텐데 생명의 위협이 그 둘 깊은 곳에 숨어 있던 기력까지 쥐어짜 내고 있었다.

그렇게 얼마나 두 발을 놀려 달렸을까? 더 이상은 다리가 움직이지 않았다. 숨은 이미 턱 끝을 넘어 머리까지 차 오른 듯했다. 온몸이 땀으로 흠뻑 젖었음은 말할 필요도 없었다. 그사이 둘을 향해 다가오는 소리는 더욱 커졌다. 그만큼 가까워졌다는 뜻이었다.

정말 마지막 기력을 쥐어짜 내 눈앞의 우거진 나무들 사이를 헤치고 나가자 갑자기 평탄한 곳이 나타났다. 바위로 이루어진 나무나 수풀은 거의 볼 수 없는 절벽의 한 부분. 그리고 눈앞에 동굴이 하나 보였다.

"이런, 막다른 곳이야……."

주변을 둘러본 아데닌이 허망하게 중얼거렸다.

정말 그랬다. 눈앞의 동굴을 제외하고는 어디로도 갈 길이 없었다. 어느 절벽의 아래인지 그저 눈앞에는 까마득히 높은 암벽만 존재할 뿐. 뒤쪽의 숲에서는 쉼없이 쫓아오는 고블린 무리의 소리가 시시각각 다가오고 있었다.

"어떻게 하지?"

엘리아가 불안한 눈으로 아데닌을 보며 물었다.

"몰라. 젠장, 별수없지. 갈 수 있는 곳이라고는 저곳뿐이니."

그 말과 함께 아데닌은 근육 가득 쌓인 피로로 인해 비명을 지르는 다리를 움직여 성큼성큼 걸어갔다. 그가 향한 방향은 동굴의 입구였다. 이렇게 쫓기는 상황에서 어떤 곳인지도 모르는 동굴로 들어간다는 것은 자살 행위나 다름없었다. 동굴이 막혔다면 그야말로 독 안에 든 쥐가 아닌가!

하지만 지금 둘에게 그것 이외에는 선택 가능한 답안이 없었다. 오직 하나의 답안만이 존재하는 시험지. 그리고 그 답안은 오답임에 분명했지만 둘은 그것을 선택할 수밖에 없었다.

어느새 석양을 붉게 물들이는 햇빛을 등지고 아데닌과 엘리아는 반체념한 상태로 기적이라는 것을 바라며 동굴 안으로 걸음을 옮겼다. 그렇게 둘이 동굴 안으로 몸을 숨기고 조금 지나서 숲 여기저기서 고블린들이 튀어나왔다. 그들의 손에는 작은 단검이나 몽둥이가 들려 있었다.

고블린들의 눈은 살기로 번들거렸다. 사냥감을 완벽하게 몰아넣었기에 몇몇의 눈에는 만족감이 떠올라 있었다. 이미 동굴 안으로 사냥감을 몰아넣었지만, 고블린들은 신중하게 동굴을 에워싸며 천천히 접근했다. 동굴의 입구를 완전히 둘러싸고 나서 대여섯 마리의 고블린이 동굴 안으로 들어갔다. 앞서 들어간 두 마리의 사냥감을 쫓아서.

얼마나 이곳에서 시간을 보낸 것일까? 자일론이 자신이 펼친 자연검에 죽음을 맞은 직후 이곳에 와서 줄곧 이러고 있었으니. 상당한 시간이 흘렀을 것이다. 그동안 무엇을 하고 있었던 것일까? 잠을 잔 것일까? 명상을 한 것일까? 이도저도 아닌 그저 명한 정신으로 시간만 보내버린 것일까?

얼마만한 시간을 보냈는지 알 수는 없지만 적어도 하나는 확실했다. 자신이 보낸 길고 긴 시간이 자신에게 또 다른 힘을 주었다는 것만은.

친구의 죽음이 자신에게 던진 슬픔을 잊기 위해 조용히 칩거에 들었건만 그 칩거가 케이에게 또 다른 선물을 준 것이다. 그것을 깨달았을 때는 이미 많은 시간이 지나 있었다.

슬픔을 잊기 위해 모든 것을 잊고 완전한 무(無)로 돌아갔던 그 시간. 그 시간이 케이에게는 상단전을 열게 하는 계기가 되었다. 이미 깨달은 자연검은 더욱 완숙해졌으며, 가득 찬 중단전을 넘어 상단전이 조금씩 열리고 있었던 것이다.

상단전이 열리며 더불어 혼원심법의 못다 푼 구결도 점차 풀려갔다. 아마도 장백파 역사상 혼원심법의 오의에 가장 가깝게 다가선 이는 개파조사를 제외하고는 케이일 것이 분명했다.

사실 케이는 제법 오래 전에 정신을 차렸었다. 정확히는 자일론의 죽음이 준 충격에서 벗어나 있었다. 하지만 계속 그대로 있었다. 마치 동면에 든 드래곤처럼 그저 고요히 숨을 쉬며 꿈쩍도 하지 않았다. 겨우 그 정도 시간에 자일론의 죽음을 떨쳐 냈다는 사실이 자일론에게 미안했기에.

그렇게 얼마를 보냈을까? 케이의 귀로 거슬리는 소음이 들리기 시작했다. 분명 사람의 숨소리였다. 무척이나 거칠어져 있는 것이 상당히 체력을 소모한 듯했다.

현재 케이가 있는 곳은 바스테르 산에서도 제법 깊은 곳에 위치한 동굴이었다. 찾아올래야 쉽게 찾아올 수 없는 곳인데도 다급히 자신이 있는 곳으로 들어온 것이다. 그것도 두 사람이. 무슨 일인지 궁금할 만도 하였건만 케이는 미동도 하지 않았다. 그저 처음의 그 자세 그대로 그렇게 엎드려 있을 뿐이었다.

거친 숨소리는 점차 케이를 향해 다가오고 있었다, 빠르지도 느리지도 않은 속도로. 이윽고 그 두 사람의 기척이 케이의 지척에 이르자 놀란 음성의 목소리가 들렸다. 여자 아이의 목소리였다.

"아! 막다른 곳이야. 이제 어떻게 하지, 아데닌?"

"젠장. 이제 죽는 건가?"

여자 아이의 목소리에 허탈한 남자 아이의 목소리도 들렸다.

"미안해, 엘리아. 괜히 나 때문에……."

더 이상 도망칠 곳이 없게 되자 아데닌은 고개를 숙인 채 작은 목소리로 엘리아에게 사과했다. 지금이 아니면 영영 사과를 못할지도 몰랐기에. 아데닌의 말을 들은 엘리아는 눈물이 그렁그렁한 채 자리에 풀썩 주저앉았다. 두 눈에서는 눈물이 흐르기 시작했다. 아까 전에도 그렇게 울었건만 이제 죽는구나 생각하니 눈물이 절로 흘렀다.

그 모습에 아데닌도 서 있던 자리에 그대로 풀썩 주저앉았다. 그리고 역시 울기 시작했다. 하지만 둘 모두 울음소리는 내지 않았다. 단지 눈물만을 흘릴 뿐. 이런 상황에 처하면 커다란 소리를 내며 엉엉 울 법도 한데 두 사람은 그러지 않았다.

너무나 지쳐 울음소리를 낼 기력도 없는 것인지, 아니면 삶에 대한 체념으로 울음소리를 낼 생각도 못하는 것인지 그저 그렇게 눈물만 흘릴 뿐이었다.

'응? 죽는다니? 무언가에 쫓기고 있는 건가? 그러고 보니 뒤따라 들어오는 것들이 있군.'

케이가 이곳에서 잠에 빠져든 이후 처음 찾아온 불청객들이었기에, 명상 속과 현실을 왔다 갔다 하던 케이의 정신은 깨어나 동굴 안을 관찰하기 시작했다. 엎드려 눈을 감은 모습은 처음 그대로였으나 케이는 오직 감각만으로 동굴 안의 상황을 모두 알 수 있었다.

'으음, 이 기척은 고블린들인가? 내 옆에 있는 두 아이를 쫓아온 모양이군. 어쩌다가 저런 아이들이 이곳까지?'

고블린의 기척마저 읽은 케이는 아직은 아이라는 소리를 들을 소년과 소녀가 어쩌다가 이곳까지 오게 되었는지 궁금했다. 하지만 그 궁금증을 해결하기에 앞서 케이는 하나의 고민을 해결해야만 했다.

'이제는 그만 깨어나야 하는 것인가? 그래도 자일론이 이해해 줄까?'

케이 혼자만의 보금자리에 난입한 두 아이와 그들을 쫓아온 고블린들. 고블린들이 그 둘을 쫓아온 이유야 뻔했다. 설마 몬스터인 고블린이 소년, 소녀와 친구 하자고 이곳까지 떼를 지어 쫓아왔을 리는 없다. 당연히 두 아이를 잡아가기 위해서였다. 그리고 케이는 그런 일을 방치할 수 없었다. 케이가 모르는 곳이었다면 사정이 달랐겠지만 현재 두 아이는 자신의 바로 앞에 있고, 고블린들은 곧 이곳에 다다를 것 같았다.

하지만 마지막까지 케이를 망설이게 하는 것은 자일론의 죽음이었다. 자신이 펼친 자연검에 가슴이 꿰뚫려 죽은, 죽는 그 순간까지 자신에게 고맙다고 말했던.

과연 이제는 그만 자일론의 죽음을 털어버려도 될까? 그래도 자일론이 이해해 줄까? 그것이 현재 케이의 머리를 맴도는 최고의 고민이요, 화두였다.

키익, 키익.

카앙, 끼릭.

케이가 여전히 고민할 무렵 고블린들이 거의 도달했는지 울음소리가 조금씩 들리기 시작했다.

"이제 어떡해, 아데닌? 이렇게 죽는 거야?"

이미 눈물로 얼굴이 흠뻑 젖은 엘리아가 아데닌을 보며 말했다. 하지만 아데닌 역시 두 눈에서 쉼없이 눈물을 흘리고 있었다. 그리고는 주춤거리며 뒤로 물러섰다. 더 이상 물러설 곳도 없는데⋯⋯.

그런 아데닌의 모습에 엘리아도 더 이상 갈 수 없는 곳으로 조금씩 걸음을 옮겼다. 막다른 벽이 뻔히 눈앞에 보이는데도. 열다섯의 평범한 소년, 소녀인 그 둘이 이 상황에서 할 수 있는 행동이라고는 그것밖에 없었다.

"응? 이게 뭐지?"

한 발씩 뒤로 물러서던 엘리아는 의외의 감촉에 뒤를 돌아보았다. 지금도 그렇지만 처음 동굴에 들어섰을 때는 워낙 경황이 없어 미처 알아차리지 못했다. 자신의 등이 닿은 곳이 다른 벽과는 미묘하게 색깔이 다르다는 것을. 등을 부딪치고 비로소 딱딱한 돌의 감촉이 아닌 푹신한 털 뭉치의 뭉클한 감촉을 느끼고서야 자세히 바라볼 수 있었다.

"뭔데 그래?"

여전히 눈물을 흘리고 있던 아데닌은 엘리아의 모습에 그녀를 돌아보며 물었다.

"여기. 처음에는 그냥 바위인지 알았는데 바위가 아냐. 푹신푹신한 게 무슨 커다란 털 뭉치 같아. 먼지가 많이 앉아 바위 색이랑 비슷하게 보이지만 말이야."

"그게 뭐 어때서? 이제 곧 죽을 텐데 그따위 털 뭉치가 여기 있다고 뭐가 대수라는거야?"

겁에 질릴 대로 질려서일까? 아데닌은 엘리아의 대답에 곱지 않은 어조로 말했다. 죽음을 눈앞에 둔 지금 살아날 방도가 아닌, 고작 털 뭉치 따위에 관심을 보이는 엘리아의 행동이 마음에 들지 않아서였다.

'후우. 이제는 어쩔 수 없군. 자일론, 이제 충분한 거지? 그렇지?'

두 아이의 대화에 케이는 결국 마음의 결정을 내리고 몸을 움직이기 시작했다. 얼마 만에 움직이는 걸까? 몸의 근육들이 말을 듣지 않았다. 뼈도 근육도 그동안 바위처럼 단단하게 굳은 것만 같았다. 하지만 케이는 아랑곳 않고 계속해서 근육들이 움직이게끔 재촉했고, 결국 오랜 세월 동안 잠에 빠져 있던 근육들이 조금씩 힘을 쓰며 뼈를 깨우기 시작했다.

"으응? 뭐지? 아데닌, 여길 봐. 이게 움직이고 있어."

자신이 몸을 기댄 털 뭉치의 떨림을 느낀 엘리아가 아데닌을 보며 말했다. 그러나 아데닌은 한 번 쳐다보았을 뿐 별다른 대꾸를 하지 않았다. 그저 두려운 눈으로 자신들이 지나온 길을 바라보고 있을 뿐. 지금 자신의 귀로 들리는 고블린들의 소리는 점점 커져 가고 있었다. 그에 비례해 아데닌의 눈에서 흐르는 눈물의 양도 점점 많아졌다.

그사이 케이의 근육들은 더 힘차게 골격들을 움직이기 시작했고, 이윽고 몸의 움직임으로 그 결과가 나타났다. 갑자기 솟아오른 털 뭉치에 엘리아는 앞으로 밀려났다.

"아앗."

갑작스런 상황에 둘은 갑자기 움직인 털 뭉치를 바라보았다. 고블린들이 두 사람 앞에 나타난 것은 그와 동시였다.

케이가 움직이기 시작하자 결코 넓지만은 않은 동굴 안이 자욱한 먼지로 가득 찼다. 그동안 케이의 몸을 한 겹 두 겹 덮고 있던 먼지들이었다. 웅크리고 있던 몸을 완전히 펴 고개를 들어 앞을 바라보는 케이의 모습에 두 마디의 비명 소리가 들렸다.

"아악!"

"이건 뭐야!"

엘리아와 아데닌, 두 사람이 외친 소리였다. 처음에는 바위라고 생각했다가 이후 털 뭉치라 생각했던 것이 움직이다니……. 그리고 거기에서 늑대의 머리가 튀어나오다니… 어찌 놀라지 않을 수 있겠는가? 지금 둘은 바로 앞에 고블린들이 침을 질질 흘리며 탐욕 어린 눈빛을 자신들에게 보내고 있다는 것도 잊고 있었다.

"느, 늑대였어? 그런데… 어떻게?"

케이의 모습을 찬찬히 살펴보던 엘리아가 나지막이 중얼거렸다. 앞에는 고블린, 뒤에는 늑대. 어차피 죽었구나라고 생각하고 있었지만 이건 해도 너무했다. 아데닌은 어느새 자리에 풀썩 주저앉아 있었다.

케이는 고개를 돌려 그런 둘의 모습을 잠시 쳐다보았다. 그사이 아무것도 모르는, 그저 사냥감에 대한 탐욕에만 물든 고블린들이 조잡하게 만들어진 무기들을 곤추세우고 서서히 다가오기 시작했다. 그 기척에 케이는 다시 고개를 돌렸다.

스산한 눈을 빛내며 케이는 고블린들을 노려보았다. 그 눈빛 속에 살기가 스며들어 있음은 말할 필요도 없었다. 케이의 눈빛을 받는 그 순간 고블린들은 약속이라도 한 듯 모든 동작을 정지했다.

크르르릉.

이어서 낮게 새어 나온 케이의 울음소리.

그걸로 모든 상황은 끝이었다. 케이의 울음소리가 끝나기도 전에 고블린들은 사라지고 없었으니.

그 모습에 간신히 서 있던 엘리아마저 그 자리에 주저앉았다.

"우리… 고블린에 잡혀가는 게 아니라 늑대 밥이 되는 거야?"

아데닌을 향한 것인지 그저 혼잣말인지 알 수 없는 작은 속삭임과 같은 한마디. 그런 엘리아의 눈은 동공이 풀려 멍한 상태였다.

그 모습에 케이는 피식 웃을 수밖에 없었다. 케이의 웃음을 보자 아데닌마저도 눈이 풀렸다.

"늑대가 웃었어. 우릴 잡아먹으려고 그러나 봐."

역시 대상을 알 수 없는 독백 같은 읊조림. 이미 둘은 삶을 포기하고 있었다. 놓칠 수 없는 미련에 막다른 벽을 향해 한 발 한 발 물러서 차가운 벽에 등을 바싹 붙이던 그런 모습은 더 이상 찾아볼 수 없었다.

두 아이의 반응에 케이의 웃음은 더욱 짙어졌다. 그저 이런 반응이 재미있었기에. 하지만 케이를 바라보는 두 아이는 점차 겁에 질려갔다. 그 모습을 계속해서 지켜보던 케이는 몸 이곳저곳이 간지러운 것을 느꼈다.

그러고 보니 몸을 움직일 때도 여기저기서 먼지가 떨어졌다. 몸에 먼지가 그렇게 쌓이다니 과연 얼마나 잠을 잔 것일까? 잠시 그런 의문이 떠올랐지만 우선 몸의 간지러움을 해결하는 것이 급했다.

마법을 사용하거나 정령을 불러내 씻어내는 방법이 손쉬웠지만, 일단 지금은 그저 늑대이고 싶었다. 케이가 그렇게 마음먹은 것에 절대적인 기여를 한 것은 부들부들 떨고 있는 재미있는 모습을 연출하는 아데닌과 엘리아임은 두말할 필요도 없었다.

어쨌든 당분간은 그저 평범한 늑대로 있기로 결정했기에 케이가 가려움을 해결하는 방법은 지극히 평범했다. 대부분의 네 발 달린 짐승들이 애용하는 방법, 그것을 사용했다.

푸르르르르.

케이가 온몸을 세차게 흔들자 곧 케이의 몸에 잔뜩 쌓여 뭉쳐 있던 먼지가 서로 각자의 길을 가며 흩어져 동굴 안을 가득 메웠다. 앞서도 말했지만 결코 넓지 않은 그 공간은 자욱한 먼지로 가득 찼다.

짙은 안개로 가득한 숲이 이럴까? 단지 늑대가 몸에 쌓인 먼지를 털어냈을 뿐인데 한 치 앞도 제대로 볼 수 없었다.

"콜록, 콜록, 우에췌!"

"콜록, 콜록."

입과 코로 마구 들어오는 먼지로 인해 아데닌과 엘리아 둘은 세차게 기침과 재채기를 했다. 자연적이고 생리적인 몸의 반사 작용은 두 사람의 심리 상태 따위는 전혀 고려하지 않은 채 연신 재채기와 기침을 강요했다.

아쉬운 감이 상당히 많았지만 그래도 어느 정도 가려움이 가시자 케이는 시원하다는 표정으로 자리에 앉아 아데닌과 엘리아를 물끄러미 바라보았다. 어쨌든 자신이 일어날 계기를 만든 것이 지금 눈앞의 두 사람이니 당분간은 평범한 늑대로 둘을 따라다니기로 결정한 것이다.

'어차피 할 일도 없으니… 이것도 인연이니 이 둘을 따라가도록 할까?'

아데닌과 엘리아는 당연히 그런 케이의 생각을 알 수 없었다. 그들의 눈에 보인 케이는 엄청나게 덩치가 큰 무서운 늑대였으니. 사람이 늑대의 생각을 알 수야 없지 않은가?

그래서 둘은 언제 저 늑대가 자신들을 잡아먹을까라는 두려움에 몸을 잔뜩 웅크린 채 부들부들 떨고 있었다.

조금 전 자욱했던 먼지는 시간이 지남에 따라 조금씩 가라앉았고, 먼지로 인한 기침과 재채기를 하는 동안 둘의 눈은 어느새 초점이 잡혀 있었다. 겁에 질려 놓고 있던 정신을 다시 찾았으니 기침과 재채기는 오히려 두 사람에겐 약이 되었다.

다만 정신을 놓고 있던 동안은 아무런 생각도 안 했기에 잊고 있었던 두려움이 다시 생겨 버렸다는 점만 빼면 말이다.

케이는 그런 두 사람을 그냥 물끄러미 바라보고 있었다. 자신에게 겁을 먹고 부들부들 떨고 있는 두 아이를.

하긴 그 심정이 이해가 되기는 했다. 아무런 힘도 없는 아이들이 자신처럼 커다란 맹수 앞에서 겁을 먹지 않는다면 그것이 오히려 이상한 일이니. 이미 늑대로서의 자신에 대한 자각이 충분했기에 케이는 그렇게 두 사람을 보고만 있었다.

자신이 어떤 행동을 해도 둘은 무서워할 것이다. 자신은 맹수고, 눈앞의 두 아이는 힘없는 연약한 존재이니. 말도 할 수 없는 지금의 상황에서는 그저 이렇게 가만히 있는 것이 최선의 방책이었다. 자신에게 그 둘을 향한 어떠한 적대감도 없다는 것을 보여주는 것이 유일한 해결책이었다.

물론 그 사실을 두 아이가 깨달을 때까지 시간이 제법 걸리겠지만 어쩌겠는가? 당분간은 평범한 늑대 노릇을 하기로 마음먹은 것을.

그렇게 부들부들 떠는 두 아이와 그런 두 아이를 바라보는 커다란 늑대의 기묘한 대치는 계속되었다.

얼마나 시간이 지났을까? 점차 아이들의 몸에서 보이던 떨림이 잦아들었다. 아데닌의 눈에는 여전히 공포가 가득했지만 엘리아는 달랐다.

가만히 앉아 그저 자신들을 바라보기만 하는 늑대의 행동에 호기심이 생긴 것이다. 자신들을 잡아먹으려 한다면 진즉에 공격해 왔어야 했다. 하지만 고블린들이 도망간 후 그 자리에 앉아서는 이렇게 자신들을 그저 바라보기만 하지 않는가?

'혹시… 생각보다 얌전한 늑대가 아닐까?'

그런 생각이 엘리아의 머리 속에 떠올랐다. 그런 생각이 떠오른 후 늑대를 찬찬히 살피니 눈빛이 무척이나 부드러웠다. 자신들을 공격하거나 잡아먹으려는 듯한 그런 눈빛이 아니었다. 자신의 출생의 비밀을 아는 엘리아이기에 자신의 그런 느낌을 믿었다.

그리고는 용기를 내어 살그머니 늑대를 향해 다가갔다. 자신의 느낌을 믿었지만 커다란 덩치의 눈앞의 늑대에 압도된 듯 몸은 가늘게 떨리고 있었다.

"에, 엘리아. 뭐… 뭐 하는 거야?"

그런 엘리아의 모습에 기겁을 한 아데닌이 외쳤다. 하지만 엘리아는 들은 척도 하지 않았다. 그저 조금씩 더 늑대를 향해 다가갈 뿐.

'호오. 오히려 여자 아이 쪽이?'

엘리아의 반응에 케이는 약간 놀랐다. 자신의 생각에는 아데닌이라는 저 남자 아이가 먼저 반응을 보일 거라 생각했는데, 오히려 여자 아이가 자신에게 다가오고 있었던 것이다.

'좋아, 결정했다. 당분간은 널 따라다니도록 하지.'

케이가 그렇게 결심을 한 순간 가늘게 떨리는 엘리아의 손은 어느새 케이에게 거의 도달해 있었다.

"부드러운 감촉이 좋다!"

케이의 털에 손이 닿은 순간 엘리아의 머리 속에 가장 먼저 떠오른 생각이었다. 사나운 늑대의 털이 이다지도 부드럽다니 전혀 상상도 할 수 없는 일이었다. 생각지도 못한 촉감에 이끌렸음인지 엘리아의 손은 점점 더 깊숙이 케이의 털을 파고들고 있었다. 그리고는 서서히 쓰다듬기 시작했다. 그 부드러운 촉감을 음미하면서.

　'이제 된 건가?'

　어느새 떨림도 멈춘 엘리아의 손길을 느끼며 케이는 내심 빙긋 웃었다. 그리고는 고개를 돌렸다.

　케이가 머리를 움직이는 순간 엘리아는 화들짝 놀라서 케이를 쓰다듬던 손을 떼어냈다.

　"엘리아!"

　겁도 없이 저 커다란 늑대를 만지는 엘리아를 노심초사 지켜보던 아데닌이 놀라서 외쳤다. 지금까지 가만히 있던 저 늑대가 움직였다. 과연 무엇을 하려고 그러는지는 몰랐지만 아데닌은 본능적으로 몸을 떨었다.

　반면 엘리아는 크게 겁에 질려 있지는 않았다. 왜인지는 모르겠지만 눈앞에 있는 늑대가 자신에게 무슨 해코지를 할 것 같지는 않았던 것이다.

　둘의 모습을 다시 한 번 지켜본 케이는 슬며시 웃었다.

　'역시 이 결정이 옳았군. 아데닌이라는 녀석, 사내 녀석이 생각보다 겁이 많은걸.'

　그리고는 케이는 머리를 움직여 자신의 털을 쓰다듬다가 여전히 활짝 펴진 엘리아의 손바닥을 가볍게 핥았다.

'훗. 내가 이런 일을 하게 될 줄은……'

내심으로는 어이가 없었지만 그래도 케이는 엘리아의 손바닥을 핥았다.

"푸웃, 간지러워. 호호."

갑작스레 자신의 손바닥을 핥는 늑대의 모습에 놀라 가만히 있었지만 손바닥에서 은은히 전해져 오는 그 간지러움에 엘리아는 결국 웃음을 터뜨리고 말았다. 그리고는 케이를 열심히 쓰다듬었다. 아니, 아예 케이의 털에 푹 파묻혔다.

"이야, 너 되게 부드럽다. 털이 이렇게 부드러울 줄은."

케이의 호의적인 모습에 엘리아는 금세 웃음 지으며 말했다. 동물과 친숙하게 지내는 것이 몸에 익은 모습이다.

"콜록콜록. 근데 부드러운 것에 비해 먼지가 너무 많다. 너 여기에 얼마나 있었기에 이런 거야? 아까 털어낸 먼지도 엄청 많던데."

케이의 몸에 파묻혀 있다가 아직 털 깊숙한 곳에 남아 있던 먼지에 기침을 세차게 한 엘리아가 계속해서 케이를 쓰다듬으며 말했다. 아데닌은 그저 엘리아의 모습을 멍하니 바라볼 뿐이었다.

설마 저런 맹수가 저렇게 유순할 줄은 상상도 할 수 없었기에. 그리고 그 일이 자신의 눈앞에 펼쳐져 있었기에.

아데닌이 멍하니 엘리아를 바라보는 가운데 어느새 그녀는 케이의 등에 올라타 있었다. 다시 한 번 아데닌은 어이가 없었다.

"아데닌, 너도 어서 올라타. 얘 보기보다 엄청 순해."

엘리아의 말에 케이는 헛웃음이 나왔지만 아데닌이 자신의 등에 타기 쉽도록 몸을 숙여주었다.

"우와, 사람 말도 알아듣나 본데? 내가 그렇게 말하자마자 너한테 몸을 숙여주고! 어서 타."

엘리아의 재촉에 아데닌은 어정쩡한 모습으로 케이의 등에 올라탔다. 등에 올라탄 후에도 불안한지 아데닌은 안절부절못하는 모습을 보이고 있었다.

'그래, 유희라고 생각하자. 까짓 거, 드래곤들도 하는데 나라고 못할 건 없지.'

현재의 어이없는 상황을 그렇게 결론지은 케이는 터덜터덜 걸음을 옮겼다. 케이가 움직임에 따라 전해져 오는 등 위의 흔들림에 엘리아는 재미난 듯한 얼굴을 했지만, 아데닌의 얼굴에 떠올라 있던 겁먹은 듯한 표정은 더욱 짙어졌다.

"근데 너 어디로 가는 거니? 우리는 길을 잃어 몬스터들한테 쫓겼는데. 우리 마을로 돌아가야 해."

어느새 동굴을 벗어나 서쪽으로 뉘엿뉘엿 저물어가는 태양의 모습에 엘리아는 케이를 향해 말했다. 이제야 생각이 난 것이다. 아무런 말도 하지 않고 마을에서 몰래 빠져나온 것이. 아마 지금쯤 마을은 난리가 났겠지. 자신과 아덴닌이 사라졌으니. 그런 생각에 엘리아의 뒷말은 힘이 없었다.

엘리아의 말을 들은 케이는 조용히 눈을 감았다.

'마을이라……'

그리곤 주변을 탐색하기 시작했다. 마을이라면 분명 제법 사람들이 모여 있을 것이다. 그리고 이런 두 아이의 다리로 이곳에 왔다면 그다지 멀지 않은 곳일 거라는 생각이 들었다.

거리를 늘려가며 탐색을 하자 곧 많은 수의 사람들이 모인 곳을 찾아낼 수 있었다. 처음 생각보다는 제법 먼 곳이어서 새삼 이 두 아이가 얼마나 필사적으로 고블린들로부터 도망쳤는지 알 수 있었다.

목적지를 찾은 케이는 서서히 걸음을 옮겼다. 너무 빨리 달렸다가는 등 위의 아이들이 떨어질 것 같았기에 적당한 속력을 유지했다.

"어어… 너, 어디로 가는 거니? 우리는 마을로 돌아가야 한다구."

갑자기 멋대로 움직이는 케이의 행동에 당황한 엘리아는 한껏 케이의 귀 근처로 가서 외쳤지만, 케이는 여전히 느리지 않은 속도로 이동할 뿐이었다. 아데닌은 이미 바짝 얼어 케이의 털을 꼭 잡고 있었다. 혹시라도 떨어질까 봐.

지금의 상황에서 뛰어내릴 수도 없었기에 엘리아는 자신의 말에도 아무런 반응이 없는 케이의 등에 그저 가만히 올라타 있었다.

산속은 해가 빨리 진다. 울창한 나무들과 높다란 봉우리가 해를 빨리 가려서 그런 것인지는 모르지만, 아무튼 어둠은 빠른 속도로 찾아온다. 그것은 지금 산속을 걷고 있는 케이에게도 마찬가지였다.

이미 주변에는 컴컴한 어둠이 살짝 내려앉아 있었다. 그리고 그 사실을 증명하듯 여기저기서 짐승들의 울음소리가 간간이 들려오기 시작했다. 그중에는 몬스터들의 울음소리도 간간이 끼어 있어 엘리아와 아데닌을 떨게 만들었다.

목책과 어른들이 보호하던 마을 안에서 듣던 울음소리와는 확연히 달랐다. 지금 숲 어디에서 갑자기 몬스터나 맹수들이 나타날지 모르는 일이었다. 아데닌은 어느새 눈물을 흘리고 있었다. 동굴에서의 그 일로 그렇게 울었는데도 어디에 눈물이 남아 있었던 것인지 가는 물줄기가 볼을 타고 흘러내렸다.

엘리아 역시 어느 정도 겁을 먹었는지 케이의 털을 잡은 손에 힘이 들어갔다. 그 모습에 케이는 다시 한 번 빙그레 웃었다.

'걱정 마라. 감히 내 앞을 가로막을 존재는 없으니까.'

이미 작은 살기를 주변에 뿌리며 움직이고 있었기에 어지간한 몬스터나 맹수는 근처에 다가오지도 못하는 상황이었다. 하지만 그런 사실을 아이들이 알 리 없었기에 케이는 그저 둘의 귀여운 모습에 웃음 지을 뿐이었다.

'제법 재미있는 생활이 되려나?'

점점 마을이 가까워지는 것을 느낀 케이는 자신의 등에 있는 엘리아가 자신에게 어떤 즐거움을 선사할지 기대하면서 걸음에 조금 더 힘을 실었다.

"아데닌~!"

"엘리아~!"

"아데닌~! 엘리아~! 어디 있니?"

마을에 다가갈수록 드문드문 보이는 불빛과 함께 아데닌과 엘리아를 찾는 소리가 들려왔다. 아직은 거리가 있어 케이의 눈에만 보이고, 케이의 귀에만 들렸지만 곧 등 위의 두 아이도 알아차릴 것이다.

'훗. 몰래 빠져나온 모양이군. 들어가면 제법 혼나겠는걸.'

대강 상황을 짐작한 케이는 실소를 흘렸다. 그렇게 걸음을 옮기다 보니 어느새 두 아이의 눈에도 불빛이 보였고, 자신들의 이름을 부르는 소리도 들렸다.

"아, 들려? 들려? 엘리아? 우리를 부르는 소리지? 그렇지?"

익숙한 목소리의 외침에 아데닌은 반색을 하며 엘리아를 향해 말했다.

"으응."

"그럼 이제 우리 마을로 돌아갈 수 있는 거지? 그렇지?"

기쁨에 들뜬 듯한 아데닌의 말에 엘리아는 고개를 끄덕였다.

"그래."

하지만 대답을 하는 엘리아의 얼굴은 결코 밝지만은 않았다.

"그런데 왜 그래, 엘리아?"

그런 기색을 눈치 챈 아데닌이 의아한 듯 물었다.

"아니, 마을에 돌아가면 엄청 혼날 것 같아서……."

엘리아의 대답에 기쁨에 들떠 있던 아데닌의 얼굴은 산속에 덮인 그것과 같은 어둠으로 물들었다.

"그… 그렇구나……. 이대로 마을로 가면… 우린 아마……."

"죽었어. 후……."

아데닌의 말을 엘리아가 받자 두 사람은 그렇게 서로를 바라보며 깊은 한숨을 내쉬었다.

'훗. 웃기는군. 얼마 전까지만 해도 정말 죽을 뻔한 녀석들이 어른들에게 혼나는 것이 무서워 저런다니.'

두 사람의 철없는 모습에 케이는 오랜만에 유쾌함을 느꼈다. 그리고 다시 한 번 자신의 결정에 만족했다.

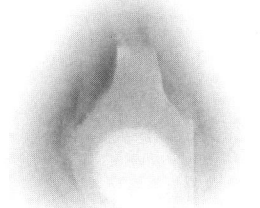

2   초   2   식

바스테르 산자락
의 마을에서…

조용했다. 방 안은 조용했다. 한 노인과 한 소년, 한 소녀, 그리고 한 마리의 늑대가 있었지만 조용했다.

하얀 수염을 탐스럽게 기른 노인은 자신의 눈앞에 있는 두 아이를 그저 말없이 지그시 바라보고 있었다. 그런 노인의 눈길을 받은 소년과 소녀, 아데닌과 엘리아는 가만히 고개를 숙이고 있었다. 둘 모두 자신들이 저지른 잘못을 잘 알고 있었다. 그랬기에 아무 말도 못하고 묵묵히 있는 것이었다.

다만 눈치없는 늑대가 입을 쩍 벌리며 하품을 할 뿐.

그런 늑대의 모습에 두 아이를 바라보던 노인은 다시금 조금 전의 일을 떠올렸다.

해가 저물어갈 무렵. 마을의 집집마다 저녁 준비를 위해 한창 굴뚝에서 기분 좋은 연기가 모락모락 피어날 때였다, 그녀가 들이닥친 것은.

"촌장님, 엘리아가… 엘리아가 없어요…….."

이런 산간 마을에 있을 것이라고는 믿기지 않는 에메랄드 빛의 탐스러운 머릿결을 가진 여인, 미엘이 자신을 찾아와 울며 말했다.

"뭐라?"

이제 곧 해가 진다. 그러면 마을 밖은 그야말로 몬스터들과 맹수들의 세상이 된다. 그랬기에 이때쯤이면 누구라도 마을에 돌아와 있는데, 아니, 엘리아는 아직 어려 마을 밖으로 나가는 것이 허락되지 않았는데 없다니…….

"어디 다른 집에 놀러 가 있는 것이 아닌가?"

촌장의 조심스러운 물음에 미엘은 고개를 가로저었다. 그 모습에 촌장의 얼굴은 딱딱하게 굳어들었다. 그때였다, 밀러가 들어온 것은.

"밀러, 자네는 또 무슨 일인가?"

"아데닌 녀석이 사라졌습니다."

무표정한 얼굴로 조용히 말했다. 자신의 아들을 찾을 수 없는데도 저런 어조로 말할 수 있다니. 미엘과는 대조적이었다. 그런 생각을 하던 촌장은 순간 눈을 부릅떴다.

"아데닌과 엘리아 둘 다 마을에 없다는 건가? 지금?"

격앙된 목소리. 하나도 아니고 둘씩이나 이 시간에 보이지 않는다니 보통 일이 아니었다. 누가 뭐라 해도 이곳은 바스테르 산의 한 자락이다. 몬스터들의 천국인 것이다.

"즉시 마을 안을 찾아보세. 제발 마을 안에 있기를……."

몸을 편안히 기대고 있던 안락의자에서 일어나며 촌장은 간절한 어조로 중얼거렸다.

그 즉시 모든 마을 사람들이 동원되어 마을 곳곳을 뒤지기 시작했다. 목책으로 둘러싸인 마을 안은 크지는 않지만 그래도 아이들이라면 숨을 수 있는 곳이 제법 있었기에 한 곳도 빠짐없이 철저히 살폈다.

"촌장님."

한창 수색에 열중할 때 마을 청년 하나가 촌장에게 다가왔다.

"응? 무슨 일인가, 로이?"

"제 동생 녀석이 낮에 아데닌과 엘리아를 봤답니다."

청년의 말에 촌장의 얼굴이 변했다.

"자네 동생이면 로딘 말인가?"

"예."

"이리 데려와 보게."

촌장의 말이 떨어지자 로이의 뒤에 숨어 있었던 듯 작은 꼬마 하나가 빼꼼히 얼굴을 내밀었다. 로이의 허리에도 안 오는 키. 이제 아홉 살이나 되었을까?

"그래, 로딘. 아데닌과 엘리아를 보았다고?"

촌장의 물음에 사내아이는 고개를 끄덕였다.

"예. 아데닌 형이랑 엘리아 누나랑 낮에 목채 사이의 개구멍으로 밖으로 나가는 걸 봤어요."

조심스러운 대답. 아직 어린 아이지만 마을 밖으로 나가는 것이 무얼 의미하는지 알았기에 대답하는 아이의 목소리는 무척 작았다. 하지만 촌장은 똑똑히 들었다. 로딘의 말을 모두 듣자 촌장의 얼굴은 처참히 일그러졌다.

"로이, 빨리 청년들을 마을 입구 앞으로 모아라."

촌장은 서둘러 말하고는 곧 몸을 돌려 걸음을 옮겼다. 그리고는 자신 역시 사람들을 모아 마을 입구 쪽으로 향했다.

이미 해는 완전히 져 사위에 어둠이 내려앉은 상황이다. 마을을 둘러싼 목책 바깥은 그야말로 몬스터들의 소굴. 지금 그곳에 이제 열다섯인 아이 둘이 있다니.

마을 밖으로 나가면 위험하다는 거야 누구나 알고 있는 사실이지만 어쩔 수 없었다. 날이 밝을 때까지 기다린다면 너무 늦을 것 같았다.

이미 소식을 전해 들은 미엘은 그저 눈물만 흘리고 있었다.

자신의 딸이 지금 위험하기 그지없는 마을 밖에 있다니. 걱정되었다. 걱정이 되고 또 되었다. 그러니 나오는 것은 눈물뿐이었다. 울음소리조차 나오지 않는 오열. 딸이 무사하기만을 간절히 바라고 있었다.

아데닌이 지금 마을 밖에 있다는 소식을 들었음에도 밀러의 얼굴은 무표정했다. 과연 한때나마 기사였던 자답게 침착했다. 하지만 검을 든 왼손이 미미하게 떨리는 모습이 그도 한 아이의 아버지임을 알 수 있게 해주었다.

마을에 있는 모든 장정들이 모여들었다. 저마다 한 손에는 횃불을, 다른 한 손에는 무기를 들고 있었다. 곧이어 촌장의 지시에 따라 목책 사이에 굳게 닫혀 있던 문이 열리고 사람들은 우르르 몰려 나갔다.

마을을 벗어나자마자 쉬지 않고 큰 소리로 아데닌과 엘리아의 이름을 부르기 시작했다. 이 시간에 마을을 벗어난 이상 자신들도 무사할 수는 없었다.

만일 몬스터라도 만난다면 맞서 싸울 수 있는 인물은 밀러를 비롯한 열 명 남짓한 사람뿐이었다.

그렇게 긴장된 상황에서 얼마나 마을 주변을 찾아 헤매었을까? 어디선가 무엇이 접근하는 듯한 소리가 들렸다. 그것을 가장 먼저 눈치 챈 사람은 역시 밀러였다.

밀러의 시선이 숲 한쪽을 향하자 다른 사람들의 시선도 덩달아 그곳을 향했다. 나무들 사이로 서서히 드러나는 그림자. 그림자의 정체를 알아보았을 때 밀러를 제외한 모든 사람들은 한두 발짝씩 뒤로 물러났다.

그들의 눈앞에 있는 것은 늑대였다. 그것도 사람보다도 큰 늑대. 저 정도 크기라면 사람 한둘은 너끈히 태울 수 있을 정도였다. 하얀빛, 아니, 은빛 털이 빛나는 거대한 늑대의 모습이라니. 사람들은 겁에 질려 서서히 뒤로 물러나기 시작했다.

바스테르 산에서 살아온 지 오랜 세월이 흘렀지만 여태껏 저런 늑대는 본 적도 없었다.

모두 겁에 질려 서서히 뒤로 물러설 때 밀러만은 앞을 똑바로 쳐다보고 있었다. 눈앞의 저 늑대는 아마 말로만 듣던 카이져 실버 울프가 분명했다. 그 종이 아니고서야 저렇게 큰 늑대는 존재할 수 없으니까. 다만 왜 저 늑대가 이곳에 나타났느냐 하는 것이었다.

바스테르 산이라면 카이져 실버 울프가 충분히 있을 만했지만 이곳은 산자락이다. 저 늑대가 이곳까지 내려올 일은 없었다. 한데 지금 눈앞에 있다. 밀러 역시 두려움이 발끝부터 머리끝으로 타올라 갔지만 자신마저 물러설 수는 없었다.

어쨌든 마을 자경단의 단장이었고, 현재 이곳에서 가장 강한 사람이지 않은가. 게다가 오늘 이 일도 따지고 보면 자신의 아들 때문에 일어난 일이 아니던가. 조용하고 얌전한 엘리아가 그냥 마을 밖으로 갔을 리 없다. 분명 천방지축 아데닌이 억지로 데리고 나간 것일 테니.

그런 책임감에 밀러는 두 발을 굳건히 땅에 박아 넣고 눈앞에 나타난 늑대를 쏘아보았다. 물론 언제라도 검을 뽑을 수 있게 만반의 준비를 하고서.

'호오. 제법인데? 이 인간. 나에게 당당히 맞서는걸.'

자신의 앞을 막아선 인간을 바라보는 케이의 눈에 이채가 서렸다. 흥미가 생겼다. 보통의 인간이라면 자신의 모습만 봐도 저렇게 뒷걸음질치는 것이 정상일 텐데 맞서다니.

'응? 이 아이들이 왜 이러지?'

눈앞의 사내를 본 순간 등 위의 아이들이 딱딱하게 굳었다. 이미 두 아이의 이름을 부르는 걸로 보아 아이들을 찾아 나선 마을 사람들일 것이라 짐작했지만 아이들의 반응은 의외였다. 아무리 혼나는 것이 무서워도 응당 기뻐해야 할 텐데 왜 저렇게 경직된 것일까?

케이를 똑바로 바라보던 밀러는 케이의 등 위에 무언가 있음을 깨닫고는 자세히 바라보았다. 그리고 그 등 위의 무언가를 확인한 순간 눈이 차갑게 식었다.

땅에 뿌리라도 내린 듯 굳건하던 다리가 움직였다. 서서히 케이를 향해 다가가기 시작했다. 밀러가 케이를 향해 다가갈수록 아데닌과 엘리아의 몸은 더욱 딱딱하게 굳었다.

'왜 저 아이들이 늑대의 등에? 이유는 모르겠지만 보아하니 아이들을 태우고 이곳까지 온 모양이군. 그렇다면 크게 위험하진 않을지도……'

케이의 등에 타고 있는 아데닌과 엘리아를 확인한 밀러는 그렇게 결론을 내렸고, 자신의 결론에 따라 케이를 향해 다가갔다. 그 모습에 마을 사람들의 얼굴에는 걱정이 가득했지만 어떠한 행동도 할 수 없었다.

이윽고 케이의 곁에 도착한 밀러는 손을 케이의 등 위로 뻗었다. 이미 자신의 아들 아데닌과 눈이 마주친 후였다. 자신도 잘못한 것은 아는지 온몸이 딱딱하게 굳은 채 그저 고개를 숙이고 있었다.

케이는 고개를 돌린 채 그들의 행동을 지켜볼 뿐이었다.

아데닌의 목 뒤쪽 옷을 잡은 밀러는 있는 힘껏 자신의 아들을 들어 올려 바닥에 패대기쳤다.

"아악!"

한때나마 기사였던 밀러다. 마을에서도 자경단의 단장을 맡아 꾸준히 수련을 했다. 그런 그가 있는 힘껏 산길에 아이를 패대기쳤다. 땅에 떨어진 아이의 고통이야 말할 필요도 없었다.

아데닌은 온몸에서 울리는 고통에 비명을 질렀다. 발끝에서, 손끝에서 전해져 오는 아픔에 온몸을 부들부들 떨었다.

"아데닌……"

사람들은 밀러가 늑대에게 다가가서 늑대의 등에서 무언가를 들어 올려 던지는 것을 보았지만 그것이 무엇인지는 몰랐다. 그런데 그것이 그의 아들 아데닌일 줄이야.

밀러는 이미 고개를 돌려 엘리아를 바라보고 있었다. 자신의 아들이 비명을 지르든 신음을 하든 관심이 없다는 듯. 좀 전과는 달리 두 손을 뻗어 엘리아를 조심스레 안아 올렸다. 그리고는 부드럽게 바닥에 내려 놓았다.

"밀러 아저씨……."

그런 밀러를 올려다보며 엘리아가 조심스레 입을 열었다.

"이제 괜찮다. 고생 많았지? 무서웠지? 이제 괜찮아."

밀러는 부드러운 미소를 지으며 엘리아의 머리를 쓰다듬어 주었다. 그의 손에는 정이 담뿍 담겨 있었다.

누가 그의 자식이고 누가 그의 자식이 아닌지 헷갈릴 지경이었다.

"이봐 밀러, 아무리 그래도 아데닌에게 너무한 거 아니야?"

"저것도 약해."

어느새 밀러의 뒤로 다가온 나무꾼 카이얀의 말에 밀러는 차갑게 대답했다. 그의 말 한마디만 들어도 그가 얼마나 화가 났는지 알 수 있었다. 좀 전 엘리아에게 따뜻한 미소를 보여주었던 그가 맞을까라는 생각이 들 정도였다.

케이는 그 모든 상황을 그저 가만히 바라보았다. 케이가 가만히 있자 사람들도 케이의 존재를 잊은 듯했다.

"자, 이제 마을로 돌아가지."

밀러의 말에 사람들은 아데닌과 엘리아를 데리고 몸을 돌렸다. 마을을 향해 걸음을 옮기던 그들은 몇 발자국 움직이지 못하고 곧 걸음을 멈췄다.

모두 느낀 것이다, 자신들의 뒤를 따라오고 있는 늑대의 존재를. 그 존재를 느끼자마자 뒤를 돌아보았다. 그곳에는 예의 그 커다란 은빛 늑대가 있었다. 처음 보았을 때와 같은 거리를 유지한 채.

사람들은 다시 걸음을 옮겼다. 케이도 다시 걸음을 옮겼다. 사람들이 멈춰 섰다. 케이도 멈춰 섰다. 이런 식의 가다 서다를 얼마나 반복했을까? 서서히 사람들의 얼굴에는 두려움이 떠오르기 시작했다.

"엘리아, 저 늑대는 어떻게 된 거냐?"

이대로는 안 되겠다고 생각했는지 밀러가 엘리아에게 물었다.

"으음……."

케이에 관해 이야기하자면 마을을 빠져나간 순간부터 이야기해야 했기에 엘리아는 우물쭈물 망설였다.

"간단히라도 좋으니 이야기해 보거라."

엘리아의 망설임을 느낀 밀러가 다시 재촉했다.

"저 늑대가 몬스터들한테서 우리를 구해줬어요. 그리고 길을 잃었는데 이곳까지 태우고 와줬구요."

"그래?"

"예. 저 늑대한테서 느껴지는 느낌은 무척이나 따뜻해요."

엘리아의 대답에 밀러는 고개를 끄덕였다. 이 아이가 따뜻하게 느꼈다면 분명 그럴 것이다. 이 아이는 특별한 아이니까. 그렇다면 늑대에 대해 크게 걱정할 것이 없다고 생각한 밀러는 마을로 향하는 걸음을 재촉했다. 아이들을 찾았지만 여전히 이곳은 몬스터들이 우글거리는 바스테르 산이다.

20여 분쯤 걸었을까? 케이의 눈에 목책이 보이기 시작했다.

'으음. 저곳이 마을인가?'

마을의 목책이 눈에 들어오자 사람들의 얼굴은 눈에 띄게 밝아졌다. 언제 어디서 위험이 나타날지 모르는 상황이었기에 그런 긴장감에서 벗어난다는 안도감이 얼굴에 떠오른 것이다.

'나를 순순히 들여줄 리 없겠지? 그렇다면… 먼저 들어가지 뭐.'

이곳까지는 함께 왔지만 안으로 들어갈 수 없다는 것을 잘 아는 케이는 서서히 걸음을 빨리 했다. 곧 달리기 시작했다. 케이가 달리기 시작하자 순식간에 앞에 가던 사람들을 앞질렀고, 어느새 목책 바로 앞에 이르렀다.

목책 앞에 이르자 케이는 살짝 뛰어올라 목책을 밟고 재도약을 했다. 그렇게 훌쩍 목책을 넘어 마을 안으로 들어섰다.

그 모습을 지켜본 사람들은 경악했다. 지금 저 커다란 늑대가 마을 안으로 들어간 것이다. 저 높은 목책을 넘어서. 지금 마을 안에는 싸울 수 있는 장정이 없었다. 모두 아이들을 찾기 위해 밖으로 나왔으니. 지금 마을 안에는 노인과 여자, 그리고 아이들뿐이다. 그 사실이 떠오르자 마을로 향하던 사람들 모두 있는 힘껏 달렸다.

망루에서 망을 보던 이가 자신들을 봤는지 마을 입구에 도달할 즈음에는 문도 열려 있었다. 서둘러 마을 안으로 들어온 그들은 눈앞의 광경에 어이가 없었다.

그렇게 가볍게 목책을 넘어 마을로 들어온 늑대는 목책 바로 앞에 엎드린 채 하품을 하고 있었다.

늑대는 엘리아가 마을 안으로 들어서자 일어서서 엘리아의 뒤에 섰다. 늑대가 움직임에 따라 사람들은 슬금슬금 피했지만, 늑대는 아랑곳하지 않고 그저 엘리아의 뒤에 가만히 서 있었다.

그러다가 엘리아가 움직이면 그 뒤를 따랐다. 그 모습을 마을 사람들은 그저 지켜볼 뿐이었다. 저 늑대는 도무지 어떻게 할 수 없을 것 같았다.

"엘리아!"

그때 마을 한쪽에서 엘리아를 부르는 소리가 들려왔다. 그 소리보다도 빠르게 한 여인이 나타나 엘리아를 꼭 끌어안았다.

"엘리아, 무사했구나. 엘리아. 흑흑."

미엘이었다. 지금까지 그저 눈물만 흘리고 있던 그녀가 엘리아를 보자마자 울음을 터뜨렸다.

"엄마… 엄마… 죄송해요……. 엄마… 흑흑……."

엄마의 품에 안기고 나서야 안심이 되었음인가, 엘리아도 엄마의 품에서 울음을 터뜨렸다.

케이는 뒤에 가만히 앉아 모녀의 모습을 물끄러미 쳐다만 보았다. 마을 사람들은 모녀의 주변을 둘러싼 채 케이를 긴장 어린 시선으로 지켜보고 있었다.

모녀가 하염없이 서로를 부둥켜안고 울고 있을 때 주변을 둘러싼 사람들이 서서히 좌우로 나뉘었다. 그 사이로 새하얀 수염을 탐스럽게 기른 촌장이 나타났다.

"흐음."

촌장은 모녀를 가만히 바라보았다. 지금 두 사람의 심정을 어느 정도 알기에 그냥 지켜만 보고 있는 것이었다. 잠시 두 사람을 바라보던 그의 시선이 케이를 향했다.

거대한 늑대 한 마리가 마을로 들어왔다는 이야기는 전해 들었던 터였다. 하지만 눈앞에 있는 정도의 크기일 줄은.

"카이져 실버 울프인가……?"

케이를 알아본 촌장은 조용히 중얼거렸다. 저 정도 크기에, 저 찬란한 은빛 털. 분명 카이져 실버 울프였다.

'저 영감, 나를 아는군.'

조용히 중얼거린 말이었지만 케이가 못 들을 리 없었다. 길고 긴 잠에서 깨어 처음으로 자신을 알아보는 인간이 나타났다는 사실에 케이는 미미하게 고개를 끄덕였다.

"이제 그만 하도록 하는 게 어떤가, 미엘. 엘리아도 무사히 돌아왔으니."

케이를 바라보던 촌장은 어느 정도 시간이 흐르자 한없이 서럽게 울고 있는 미엘을 향해 말했다. 촌장의 말에 미엘은 품에서 엘리아를 놓았다. 그녀도 잘 알고 있었다. 엘리아가 범한 잘못이 얼마나 큰 것인지.

일단 두 사람을 찾는 것이 급선무였지만 이렇게 무사히 돌아왔으니 이제는 혼날 차례였다. 그것도 무척이나 엄하게.

엘리아가 엄마의 품에서 나오자 촌장은 조용히 말했다.

"엘리아, 아데닌, 따라오너라."

촌장은 그 말만 남기고 몸을 돌려 걸음을 옮겼다. 엘리아는 눈가에 남은 눈물을 닦아내고 고개를 숙인 채 조용히 그 뒤를 따랐다. 자신의 아버지 옆에 풀 죽은 얼굴로 서 있던 아데닌 역시 고개를 숙인 채 그 뒤를 따랐다.

여태껏 가만히 서 있던 케이도 걸음을 옮겼다. 케이가 뒤따르는 것은 응당 엘리아였다. 케이가 움직이기 시작하자 사람들은 황급히 물러섰다. 아직은 조용히 있는 늑대였지만 어떻게 돌변할 줄 몰랐기에.

밀러는 조용히 케이의 뒤를 따랐다. 엘리아의 말대로라면 큰 문제는 없을 것 같았지만, 그래도 만약이란 것에 대비는 해야 했기에.

촌장은 자신의 집에 이르자 문을 열고 안으로 들어섰다. 그 뒤를 엘리아와 아데닌이 묵묵히 뒤따랐다. 그리고 촌장이 문을 닫으려는 그때 케이가 안으로 들어왔다.

갑작스레 자신의 집으로 난입한 늑대의 모습에 촌장은 잠시간 할 말을 잃고 멍하니 케이를 바라보았다. 하지만 케이에게서 별다른 적의가 느껴지지 않았기에 그냥 놔두고 문을 마저 닫았다.

"허… 그거 참… 어떻게 된 일인지……."

고개를 절레절레 흔들며 입 사이로 새어 나온 소리. 촌장으로서도 도무지 이해가 가지 않는 상황이었다.

밀러는 케이가 촌장의 집 안으로 들어서는 것을 그저 바라만 보았다. 따라 들어갈까도 생각해 보았지만 저 늑대에게서는 전혀 적의가 느껴지지 않았다. 혹시나 하는 노파심에 이곳까지 따라왔지만 결국 그는 엘리아의 느낌을 믿기로 했다.

촌장은 자신이 즐겨 앉는 안락의자로 향해 몸을 뉘었다. 그리고는 조용히 두 아이를 바라보았다. 아데닌과 엘리아는 그의 앞에서 묵묵히 고개를 숙이고 있었다. 그 둘의 뒤로 케이가 자리에 앉았다. 그렇게 짧지 않은 시간이 흘렀다. 그동안 누구도 입을 열지 않았다.

촌장은 그저 두 아이를 지그시 바라볼 뿐이었다. 두 아이는 촌장이 아무런 말이 없기에 아무것도 하지 못하고 묵묵히 서 있었다.

다만 케이가 연달아 하품을 할 뿐.

'아, 지겨워. 혼내려면 빨리 혼내던가.'

케이는 점점 지쳐 가고 있었다. 이 재미없는 상황에.

이것이 지금까지의 상황이었다.

말없이 두 아이를 바라만 보던 촌장의 입이 드디어 열렸다.

"엘리아."

"예."

"아데닌."

"예."

"너희가 무엇을 잘못했는지는 알고 있느냐?"

"예."

"너희 때문에 마을 사람들이 큰 위험에 처할 뻔했다. 다행히 이렇게 무사히 너희를 찾아왔기에 망정이지, 너희를 찾기 전에 몬스터들에게 습격이라도 당했다면 이 마을은 어떻게 되었겠느냐?"

촌장의 물음에 두 사람은 더욱 고개를 숙일 뿐이었다.

"이제 다시는 이런 일을 저지르지 않겠지?"

"네!"

촌장의 물음에 두 사람은 힘차게 대답했다.

하긴 다시 한 번 이런 일을 저지르기에는 두 사람이 오늘 겪은 일이 너무 엄청났다. 몬스터들에게 잡혀 죽을 뻔했기에, 죽음의 공포라는 것을 느껴 보았기에 앞으로는 등 떠밀며 하라고 해도 안 할 터였다.

"그래. 그래야지."

번쩍 고개를 쳐들고 결의에 찬 눈으로 대답하는 두 사람의 모습에 촌장은 흐뭇한 웃음을 지었다.

"그런데 엘리아, 네 뒤에 있는 저 늑대는 어떻게 된 게냐? 보아하니 카이져 실버 울프 같다만."

촌장의 물음에 엘리아는 머뭇머뭇 입을 열기 시작했다. 이번 일의 자초지종부터 이야기해야 했기에 무척이나 조심스러웠다. 하지만 조금 전 촌장의 몇 마디 말이 자신들이 들어야 할 꾸중의 전부라는 것을 눈치 챘기에 엘리아는 말을 이어갔다.

"흐음. 큰일을 겪었구나. 고블린들에게 그렇게 쫓기다니. 너희가 지금 살아서 이렇게 내 앞에 있는 것이 신기할 지경이니."

엘리아의 설명이 끝나자 촌장은 고개를 가로저으며 탄식하듯 말했다. 대강이나마 험한 일을 겪었을 거라 짐작하고 크게 혼내지는 않았었다. 그 정도 험한 일이면 굳이 혼내지 않아도 큰일을 치른 것이라 생각했기에. 한데 엘리아의 이야기를 들어보니 큰일도 보통 큰일이 아니었다. 보통 그런 경우라면 십 중 십 죽었을 것이다.

저 엘리아 뒤에 엎드려 늘어지게 하품을 하고 있는 카이져 실버 울프의 존재만 아니었다면 말이다.

"그래. 엘리아 네가 보기에 저 늑대는 어떠냐? 보아하니 널 따르는 것 같은데."

촌장의 이어진 물음에 엘리아는 고개를 갸웃거렸다. 솔직히 그녀 자신도 저 늑대가 왜 자신을 따르는지 알 수 없었으니.

"모르겠어요. 왜 저를 이렇게 따라다니는지는. 하지만 우리를 구해주었고…… 그리고 느낌도 따뜻하고 좋아요. 특별히 우리를 해치거나 하지는 않을 거예요."

"네가 그렇다면 그렇겠지. 그럼 그 늑대는 네가 알아서 하거라."

엘리아의 대답에 촌장은 고개를 끄덕이며 말했다.

"예?"

하지만 그 말에 엘리아는 두 눈을 동그랗게 떴다.

"그 늑대가 너만 따라다니니 어쩔 수 없지 않느냐? 허허허."

촌장의 너털웃음 섞인 말에 엘리아는 고개를 끄덕였다.

"네."

"그래. 그럼 이만 가보거라. 오늘 큰일 치뤘으니 몸도 마음도 많이 피곤할 텐데, 가서 쉬어야지."

"예. 그럼, 촌장님 안녕히 계세요."

촌장의 말에 아데닌과 엘리아 두 사람은 인사를 하고 몸을 돌렸다. 엘리아가 문의 손잡이를 잡을 때쯤 뒤에서 촌장의 조용한 말소리가 들려왔다.

"아, 아데닌, 몸조심하거라. 네 아버지가 화가 단단히 난 것 같더구나. 아마 네 위기는 지금부터일 게야. 헐헐."

무심히 들려오는 이야기. 그러나 아데닌은 촌장의 말이 끝나자 딱딱하게 굳었다.

"킥."

그 모습에 엘리아는 가볍게 웃으며 문을 열고 밖으로 나섰다. 아데닌은 결코 내키지 않는 기분으로 그 뒤를 따랐다. 케이 역시 몸을 일으켜 촌장의 집을 벗어났다.

역시나 촌장의 집 앞에 밀러가 와 있었다.

"아… 아버지……"

떨리는 목소리. 아데닌은 지금 잔뜩 움츠러들어 있었다.

"그럼. 아데닌, 수고해. 난 이만 가볼게. 밀러 아저씨, 오늘 정말 감사했습니다. 그리고 잘못했습니다."

그렇게 아데닌과 밀러에게 인사를 마친 엘리아는 총총걸음으로 자신의 집으로 향했다. 너무나 사랑하는 엄마가 기다리고 있는 그곳으로. 그 뒤를 케이는 무심히 따랐다.

"아데닌."

한 아이와 한 늑대의 모습이 멀어지자 밀러는 무심히 자신의 아들을 불렀다.

"예."

"여기서 잠시 기다리거라."

그 말을 남기고 밀러는 성큼성큼 걸음을 옮겨 촌장의 집으로 향했다. 어두운 산의 황량한 바람이 지나가는 자리에 아데닌만이 잔뜩 겁먹은 얼굴로 서 있었다.

끼익.

나무로 된 문은 비틀어지는 듯한 소리를 내며 열렸다. 열린 문 틈 사이로 엘리아는 빼꼼히 고개를 내밀었다. 그리고 한 발 한 발 조심스럽게 안으로 들어섰다. 그 모습을 지켜보는 케이는 헛웃음이 나왔다. 자기 집에 들어가는데 뭐가 저리 조심스러울까.

"엘리아."

거의 집 안으로 다 들어왔을 때 엘리아를 부르는 소리가 들렸다.

"엄마."

식탁에 앉아 조용히 차를 마시고 있던 미엘은 이미 엘리아가 문을 여는 순간부터 지켜보고 있었다. 그런데 그녀의 표정이 심상치 않았다. 마을 입구에서 서로 부둥켜안고 울음을 터뜨릴 때와 사뭇 달랐다.

'이성이 감성을 이겼군.'

미엘의 얼굴을 살핀 케이는 즉시 결론을 내릴 수 있었다.

'훗. 이 꼬마 숙녀도 이제 혼나겠군.'

엘리아 역시 엄마의 분위기를 느낀 것인지 조용히 고개를 숙이고 있었다.

"정말이지 너란 애는……."

그렇게 시작했다, 엘리아를 혼내는 말은. 그리고 쉬지 않고 이어졌다. 옆에 가만히 엎드려 듣고 있는 케이가 질릴 정도로 계속해서 이어졌다. 쉼없이 흐르는 강물처럼 그 끝이 보이지를 않았다.

엘리아는 그런 엄마의 꾸중을 고개를 숙인 채 묵묵히 듣고 있었다.

'으음. 대단하군. 저걸 고스란히 다 듣고 있다니……. 나도 이렇게 힘든데.'

케이는 그런 모녀의 모습에 완전히 질려 버렸다.

"……알겠니, 엘리아? 다음부터는 절.대. 그러면 안 된다."

"네."

드디어 한 시간여에 걸친 이야기가 끝이 났다. 당사자인 엘리아보다 케이가 더 살 것 같았다. 그는 분명 그런 얼굴을 하고 있었다.

"그런데 엘리아, 이 늑대는 어떻게 된 거니?"

미엘은 자신의 집에 마치 제 집인 양 들어와 엎드려 있는 케이를 보며 딸에게 물었다. 엘리아는 촌장에게 했던 설명을 다시 한 번 반복했다.

"세상에나!"

엘리아의 설명이 끝나자 미엘의 눈에는 눈물이 그렁그렁 맺혔다.

"엘리아… 너란 애는……."

'위험하다, 이건.'

미엘의 입이 열리자 케이는 직감했다, 또다시 그 길고 긴 잔소리와 다름없는 말들이 이어질 것을.

쩌억.

그 순간 케이는 입을 벌렸다. 하품이었다. 의도된 하품. 케이는 류블라드에 태어나서 해본 것 중 가장 입을 크게 벌리고 억지로 하품을 했다. 두 사람의 시선을 끌기 위해.

"응?"

케이의 의도는 성공이었다. 말을 하려던 미엘이 말을 잇지 못하고 멍하니 케이를 바라보았으니까. 능히 어른의 머리도 한 번에 삼킬 수 있을 듯한 커다란 늑대의 입이 자신의 눈앞에 벌어진 채 있는데 어떻게 눈을 뗄 수 있을까.

"에, 엘리아…… 정말 이 늑대 위험하지 않은 거 맞지?"

미엘이 불안한 목소리로 물었다.

"응. 괜찮아. 지금도 그냥 하품을 한 것뿐인 걸 뭐."

이제 혼나는 시간이 끝났다는 것을 직감한 엘리아의 말투는 평소로 돌아와 있었다. 엘리아는 엄마에게 잘못을 저질러 혼날 때만 경어를 사용했다.

딸의 대답에 미엘은 고개를 끄덕였다. 하지만 얼굴에 드리운 불안은 사라지지 않았다.

"그래서 어떻게 할 거니?"

"응? 뭘?"

"이 늑대."

"어쩔 수 없잖아. 같이 살아야지."

"뭐?"

딸의 대답에 미엘은 놀라서 소리쳤다.

"어떻게 이런 맹수와 함께 산다는 거니?"

"그럼 어떻게 해. 이렇게 나만 따라다니는걸. 엄마는 무슨 수가 있어?"

딸의 물음에 미엘은 아무런 대답도 할 수 없었다. 그랬다. 아무 수가 없었다. 이 커다란 늑대를 억지로 내쫓을 수도 없었다. 그랬다가 덤벼들기라도 하면 어쩔 건가? 결국은 이렇게 둘 수밖에 없었다.

"후우. 정말 어쩔 수가 없구나. 그런데 먹이는 어떻게 하지? 덩치를 보니 엄청나게 많이 먹을 것 같은데."

곧 현실에 순응한 미엘은 걱정스럽다는 듯 중얼거렸다.

"그러게……."

엘리아 역시 케이의 먹이에 생각이 미치자 시무룩하게 중얼거렸다.

모녀의 대화를 들은 케이는 몸을 일으켜 밖으로 나갔다. 누가 열어주지도 않았건만 앞발로 문을 잘도 열었다. 그 모습을 엘리아와 미엘은 신기한 듯 바라보았다. 집 밖으로 나온 케이는 곧 목책을 훌쩍 넘어 산속으로 들어갔다.

집 밖으로 따라 나와 그 모습을 지켜본 미엘과 엘리아는 서로를 바라보았다.

"이제 자기 집으로 돌아가는 걸까?"

미엘은 간절한 소망이 담긴 목소리로 중얼거렸다. 제발 저 늑대가 다시 나타나지 않기를 빌며.

"몰라."

"이제 그만 들어가자. 이러고 서 있는다고 별수는 없으니까. 그리고 너 씻어야지. 옷이고 몸이고 엉망이야."

엄마의 말에 엘리아는 그제야 자신의 몸을 찬찬히 살폈다. 정말 엉망이었다. 하긴 그렇게 산속을 헤매고, 그런 일을 겪었는데 지저분하지 않으면 그게 이상한 일이었다. 특히 동굴 속에서 늑대의 몸에서 나온 먼지들이 압권이었다.

집 안으로 들어선 엘리아는 서둘러 욕실로 향했다. 언제 준비한 것일까? 욕실에는 따뜻한 물이 모락모락 김을 피우며 엘리아를 반기고 있었다.

"엘리아, 갈아입을 옷은 여기에 둔다."

"응."

엄마의 말에 대답을 하며 엘리아는 욕조에 몸을 푹 담갔다. 따뜻한 것이 정말 좋았다. 오늘 하루의 일은 그저 꿈에 지나지 않는 듯한 그런 느낌이 들었다.

그렇게 개운하게 목욕을 마치고 엄마가 준비한 옷으로 갈아입고 욕실을 나서자 날아갈 듯 상쾌한 기분이 들었다.

"아~ 좋다."

"목욕 다 했으면 저녁 먹어야지. 오늘 고생해서 배도 많이 고플 텐데."

역시 엄마가 최고였다. 어느새 식탁에는 푸짐한 저녁 식사가 어서 자신들을 먹어주길 기다리고 있었다.

"와! 맛있겠다!"

먹음직한 저녁을 향해 달려갈 때.

쿵.

집 밖에서 묵직한 소리가 들려왔다. 그 소리에 서둘러 엘리아와 미엘이 문을 열어보았다.

그곳에는 예의 그 늑대가 있었다. 아까와 다른 점은 늑대의 옆에 커다란 멧돼지가 한 마리 있다는 것 정도일까?

"이거 네가 잡아온 거야?"

멍한 얼굴로 멧돼지를 가리키며 엘리아가 물었다.

케이는 고개를 끄덕였다.

"그래? 그런 거구나……. 응? 너 지금 내 물음에 대답한 거니?"

멍한 얼굴로 고개를 끄덕이던 엘리아는 놀라서 케이를 바라보며 물었다.

케이는 다시 한 번 고개를 끄덕였다.

"세상에……."

그 모습에 엘리아와 미엘은 동시에 중얼거렸다.

케이와 멧돼지를 번갈아 쳐다보던 미엘은 이내 정신을 추슬렀다.

"일단 저 멧돼지부터 처리하도록 하자."

이미 죽어 있는 멧돼지였지만 크기가 무척이나 커서 처리하는 것도 문제였다. 미엘의 집에 이런 멧돼지를 보관할 곳도 없었고, 또 있다 하더라도 가죽을 벗기고 손질을 하는 것도 일이었다. 무엇보다 미엘은 그런 일을 해본 적도 없었다.

"아무래도 잭 아저씨한테 부탁해야겠어."

잭은 이 마을의 사냥꾼으로, 식육점도 같이하고 있다. 이런 산간의 마을에서 기를 수 있는 가축은 한정되어 있다. 결국 사람들이 먹는 고기의 대부분은 사냥에 의존하기에 사냥꾼들이 식육점도 같이하고 있는 것이다.

"그래야겠구나."

엄마의 대답에 엘리아는 마을 한곳으로 부리나케 뛰어갔다. 엘리아가 뛰어가는 곳으로 케이 역시 걸음을 옮기기 시작하더니 어느새 엘리아 뒤에 바짝 붙어 있었다.

"정말, 이게 어찌 된 일인지……."

그 모습을 지켜보던 미엘은 자그마하게 중얼거렸다.

'음. 중요한 걸 놓치고 있었군. 저런 커다란 녀석은 잡아다 줘도 손질하지를 못하니. 그럼 다음부터는 토끼같이 작은 녀석들을 잡아와야 하나? 그 녀석들 작은 주제에 제법 날쌔서 잡기 귀찮은데…….'

엘리아의 뒤를 따라가며 의외의 상황에 케이는 잠시 앞으로의 일을 생각해 보았다.

사실 늑대의 모습으로 케이가 사냥을 한 것은 태어나서 처음 있는 일이었다. 몬스터와의 싸움이라면 제법 했지만 케이가 언제 사냥할 일이 있었던가? 있다고 해도 인간으로 폴리모프했을 때였다.

그랬기에 사냥에 약간은 서툴렀다. 아무리 케이라도 처음인데 별수 없었다. 그래서 덩치가 큰 멧돼지를 잡아온 건데 이런 문제가 있으니…….

그사이 엘리아는 어느새 잭의 집에 들어가서 잭을 데리고 나왔다.

"그러니까 이 녀석이 멧돼지를 잡아왔다고?"

자신의 집 앞에 있는 케이를 보며 잭은 놀란 얼굴로 물었다.

"예. 그것도 금방이었어요. 한 30분쯤 걸렸나? 정말 대단하죠? 헤헷."

엘리아의 대답에 잠시 케이를 쳐다보던 잭은 엘리아의 집을 향해 발을 옮겼다.

"정말 신기한 녀석이군. 뭐, 네 말대로 위험한 녀석은 아닌가 보구나."

"그럼요~!"

엘리아의 집에 도착한 잭은 집 앞에 있는 멧돼지를 보고 다시 한 번 놀라야 했다.

"이렇게 큰 놈이라니. 이거 엄청난걸."

말은 그렇게 하면서 어느새 잭은 챙겨온 도구로 잽싸게 멧돼지를 해체하고 있었다.

"그런데 미엘, 해체는 한다 하더라도 집에 이 녀석을 보관할 곳은 있소?"

그러고 보니 그것도 문제였다. 저 큰 녀석을 해체한다 해도 여전히 상당한 양일 텐데.

"그러고 보니 보관하기도 곤란하네요."

"나한테 파는 게 어떻겠소? 이 정도 양이라면 우리 같은 식육점이 아니고선 이 마을에 보관할 곳도 없을 테고. 그리고 양이 양인 만큼 썩

지 않도록 하는 것도 상당한 일이잖소? 내 값은 후하게 쳐드리리다."

잭의 말에 미엘은 잠시 생각해 보았지만 그게 좋을 것 같았다. 그의 말대로 집에는 보관할 만한 장소도 없었고, 부패도 문제였다. 잭의 식육점이라면 아마 창고에 냉동 마법석이 있을 것이다. 역시 파는 게 훨씬 나았다.

"좋아요. 그렇게 하죠."

"하하. 그럼 고기 값은 내일 치르리라. 그리고 여기."

잭은 손질하던 멧돼지에서 제일 맛있는 부분의 고기를 큼지막하니 잘라서 미엘에게 내밀었다. 언제 집에 들어갔다 나온 것인지 엘리아가 커다란 접시에 그 고기를 받았다.

"앞으로도 고기가 필요하면 어려워 말고 우리 집으로 와요. 이 정도 양이니 뭐 먹을 만큼 언제든 그냥 줄 테니."

잭의 말에 엘리아의 얼굴에는 함박웃음이 떠올랐다. 다 같이 서로 의지하며 사는 마을이라고는 해도 엄마와 단둘이서 사는 엘리아의 집은 사정이 크게 좋은 편이 아니었다.

밥 굶을 일은 없었지만 그렇다고 고기를 먹고 싶을 때 먹을 수 있을 정도도 아니었다. 더구나 이 마을은 고기가 비쌌다.

가축이 아닌 사냥에 의존했기에 고기가 귀했던 탓이다. 그러니 엘리아가 저렇게 좋아할 수밖에.

"그래도 그것까지는……."

미엘이 어쩔 줄 몰라 하며 말끝을 흐렸다.

"하하하. 걱정 말아요. 마침 우리 집에 고기도 떨어져 가던 참이라 나야말로 정말 운이 좋은 것이니. 그리도 미엘하고 엘리아가 먹는 양이라고 해봐야 나한테 부담되는 것도 아니니."

"그럼 그렇게 할게요."

미엘의·대답에 잭은 크게 웃으며 해체하던 멧돼지를 그냥 두고 자신
의 집으로 향했다. 제대로 해체하려면 이런 곳보다는 작업실이 있는
자신의 식육점이 나았기에 수레를 가지러 가는 것이었다.

그렇게 걱정도 많고 놀랄 일도 많았던 하루가 깊은 어둠 속에서 내
일을 향해 천천히 걸어가고 있었다.

아웅~

밝은 햇살이 얼굴을 간질이자 엘리아는 힘껏 기지개를 켜며 침대에
서 일어났다. 아직은 잠이 덜 깬 듯한 멍한 얼굴. 게슴츠레한 눈으로
주위를 둘러보았다.

그러자 곧 눈에 들어오는 커다란 은색 덩어리. 아니, 덩어리가 아니
라 늑대였다.

"휴. 그래, 꿈이 아니었지?"

케이의 모습을 본 엘리아는 자그맣게 중얼거렸다. 아무리 생각해도
믿을 수 없는 일이 어제 일어났었다. 그래서 기분 좋게 자고 일어나면
꿈이 아닐까 하는 생각도 했지만 역시나 꿈이 아니었다.

잠시 늑대를 쳐다보고 있으니 늑대의 몸이 조금씩 움직인다. 저 녀
석도 이제 일어난 건가? 그런 생각으로 계속 바라보고 있으니 머리가
불쑥 올라온다. 그리고 커다랗게 벌어지는 입. 하품 한 번 정말 무섭게
하는구나라고 생각하며 엘리아는 침대에서 내려왔다.

"엄마, 좋은 아침!"

어느새 씻고 엘리아는 식당과 부엌, 그리고 거실도 겸하는 공간으로 들어섰다.

"그래, 엘리아. 좋은 아침이구나."

아침을 준비하던 미엘은 밝게 웃으며 딸의 인사를 받았다.

"응? 그런데 너 왜 아직도 잠옷이니?"

짐짓 엄해지는 얼굴로 자신을 바라보는 엄마의 모습에 엘리아는 머리를 긁적이며 멋쩍게 웃었다.

"그게… 귀찮아서……. 어차피 엄마랑 나 둘밖에 없는데……."

"엘리아……."

엘리아의 대답에 미엘의 목소리가 낮게 가라앉았다.

이크. 이건 위험하다. 그런 생각이 엘리아의 머리를 스치고 지나갔다.

"아, 알았어. 갈아입고 나올게. 갈아입으면 되잖아."

엘리아는 부리나케 자신의 방으로 들어갔다. 어제 그런 일을 저질렀으니 당분간은 고분고분하는 것이 생활의 편안함을 위해서도 좋다는 걸 너무나 잘 알고 있었다.

"응? 넌 안 따라가니?"

비록 어제 이 집으로 왔지만 엘리아가 어디를 가든 따라다니던 늑대가 그 자리에 앉아서는 물끄러미 자신을 바라보자 미엘은 무심코 물었다.

끄덕.

그러자 늑대가 고개를 끄덕였다.

'맞아. 그러고 보니 말을 알아들을 수 있었지.'

어제 있었던 일을 상기하며 미엘도 고개를 끄덕였다.

"왜 안 따라가니? 혹시 너 수컷이니?"

커다랗고 무섭게 생긴 늑대였지만 하는 양이 재미있어서 빙그레 웃으며 미엘은 장난삼아 다시 물어봤다. 그러자……

끄덕.

다시 한 번 위아래로 움직이는 늑대의 머리.

"푸흣. 뭐? 뭐라고? 호호호. 너 정말 재미있는 늑대구나. 호호호."

정말 재미있었다. 늑대가 꼴에 수컷이라고 인간 여자가 옷 갈아입는 곳에는 안 들어간단다. 얼마나 웃긴가. 아니, 그 전에 그런 것들을 알고 있다는 사실이 신기한 것이었지만 일단 지금은 마음껏 웃었다. 이렇게 유쾌하게 웃었던 것이 얼마 만일까? 재미있는 늑대 덕에 미엘도 기분이 좋았다.

"응? 엄마 무슨 일이야?"

옷을 갈아입고 다시 돌아와 배를 잡고는 기분 좋게 웃고 있는 엄마의 모습을 본 엘리아가 궁금한 얼굴로 물었다.

"응? 아, 아니야. 그럴 일이 있어서."

무슨 일이 있었을까? 자신이 옷을 갈아입는 동안 이곳에는 엄마와 저 늑대만 있었는데. 알 수 없었지만 엄마가 아무 말을 안 하니 별수없었다.

"자자, 아침 먹자꾸나."

어느새 식탁에는 간단한 아침이 차려져 있었다.

"그리고 너는 여기."

어제 잭에게서 받았던 고기 중 일부가 접시에 올려진 상태로 케이 앞에 놓였다. 미엘과 엘리아는 어느새 식탁에 앉아 식사를 시작하고 있는 참이었다.

케이는 물끄러미 자신 앞에 놓인 접시를 내려다보았다.

'이걸 나보고 먹으라고? 날걸? 그리고 겨우 이만큼? 아무리 유희라고는 해도… 이건…….'

그렇다. 케이는 늑대 주제에 지금껏 날것을 먹은 적이 없었다. 카이렌의 왕궁에서 늑대로 자랄 때도 왕궁답게 잘 익힌 맛있는 요리들을 먹지 않았던가. 그런데 지금 눈앞에 있는 건 아직도 피가 뚝뚝 떨어지는 날고기이니…….

'이건 아냐. 아무리 그래도 이건 아냐.'

고개를 가로저은 케이는 결심을 한 듯 몸을 일으켰다. 그리고는 성큼성큼 걸음을 옮겨 비어 있는 식탁의 의자에 올라앉았다. 그 모습에 미엘과 엘리아는 깜짝 놀랐다.

"응? 왜 그러니? 니 거 저기 있잖아."

엘리아가 손으로 접시 위의 고기를 가리키며 물었다.

어젯밤에 받은 고기는 거의 먹지 않았다. 아무래도 늑대에게 줘야 하지 않겠느냐는 엄마의 말에 따라 맛만 보는 정도로 끝냈었다. 멧돼지를 사냥해 오며 또 무언가를 먹었겠지 하는 생각에 저녁도 주지 않았다. 그런데 저런 행동이라니.

엘리아의 손짓에 케이는 머리를 가로저었다.

'어제 저녁도 안 줘놓고는 아침에는 날고기라니 절대 안 돼. 얼마만에 먹는 것인지도 모르는 식사가 이런 건 절대 안 돼!'

그렇다. 케이는 잠에서 깨어난 후 아직 아무것도 먹지 못한 상태였다. 솔직히 어제 저녁 식사는 기대했었다. 소박하지만 먹음직스러워

보였다. 그런데 자기에게는 안 줬다.

무척 기분이 상했지만 뭐라 할 수 없었다. 자신은 늑대니까. 그래서 참았다. 그런데 아침부터 날고기라니 절대 먹을 수 없다 생각했다.

왠지 늑대인 자신을 인식하는 듯하면서 인식하지 못하는 케이였다.

"응? 안 먹는다고?"

케이의 모습에 엘리아가 다시 물었다. 이번에는 머리가 위아래로 움직였다.

"왜! 너 때문에 나도 어제 저건 맛만 보고 남겨둔 거란 말이야!"

전날 밤 먹고 싶은 만큼 먹지 못한 심통인가. 엘리아의 목소리가 커졌다.

그러자 케이는 고개를 획 돌려 버렸다.

"이이… 이이……."

그 모습에 엘리아가 씩씩거리기 시작했다. 지금 저 커다란 늑대에게 화가 나고 있는 중이었다. 덤비면 절대로 못 이기겠지만 화가 나는 건 어쩔 수 없었다.

케이는 그런 엘리아에게는 아랑곳하지 않고 한곳만 뚫어지게 바라보고 있었다.

"설마 이걸 먹겠다는 거니?"

케이의 시선을 따라가 보던 미엘이 자신의 식사를 가리키며 물었다. 위아래로 움직이는 늑대의 머리. 그와 동시에 멍하게 변해 버린 두 사람의 얼굴.

"하하… 하하… 하하하하……!"

엘리아의 입에서 어처구니없다는 웃음이 새어 나왔다. 신기하다고는 생각했지만 저 녀석 정말 늑대 맞아? 이런 생각이 머리에 떠올랐다.

늑대는 맞지만 보통 늑대는 아니라는 걸 모르는 엘리아로서는 당연한 반응이었다.

"잠시만 기다려라."

그렇게 말한 미엘은 서둘러 식사를 일 인분 더 준비한 후에야 아침 식사를 할 수 있었다.

두 사람과 한 늑대가 식탁에 마주 앉아 맛있는 식사를 하는 정겨운 모습이었다.

"늑대야, 널 뭐라고 불러야 하지? 계속 늑대라고 할 수도 없고. 뭔가 이름이 있어야 할 것 같은데."

엘리아의 방. 엘리아는 침대에 앉아 케이를 바라보며 중얼거렸다. 그러면서 조금 전의 식사를 생각하니 웃음이 절로 나왔다. 식탁에 올려진 그릇에 입을 대고 먹는 늑대와 포크과 스푼 나이프를 사용하는 사람이 함께 식사라니. 생소한 경험이었다.

"아차차. 이런 생각보다는 이름이 먼저지. 뭐가 좋을까? 으음. 카이져 실버 울프라고 했으니까, 카이져?"

엘리아가 케이를 보며 말하자 케이는 고개를 가로저었다.

"싫어? 으음. 그럼 그냥 울프는?"

다시 한 번 좌우로 움직이는 머리.

"으음. 그럼 존, 미키, 프린스, 라이, 로우, 제스, 아폴, 포이든……."

쉬지 않고 쏟아져 나오는 이름들. 그때마다 케이는 여전히 고개를 가로저었다.

'이름이 두 개면 헷갈리잖아. 그리고 내 이름은 자일론이 부르던 이름이니까.'

그런 생각으로 열심히 고개를 가로저었다. 그에 지지 않고 엘리아가 쉬지 않고 수많은 이름들을 불러대니 급기야 머리를 계속해서 흔드는 것처럼 보이기도 했다.

"…… 마지막이다. 메리!"

케이의 움직임이 딱 멈췄다. 그 모습에 엘리아의 얼굴이 밝아졌다.

"어? 마음에 든 거야? 그런 거야? 메리?"

'크윽. 뭐라고. 메리?? 내가 무슨 동네 강아지인 줄 아는 거야……. 으윽…….'

마지막에 튀어나온 이름에 너무 어이가 없어서 굳었던 것인데 엘리아는 케이가 마음에 든 줄 알고는 좋아라고 계속 메리, 메리 하고 부르고 있었다.

휙.

케이는 그냥 고개를 돌려 엘리아를 외면해 버렸다.

"어? 왜 그래, 메리? 설마 메리란 이름도 싫은 거야?"

작게 움직이는 케이의 머리.

"뭐야? 그럼 어떻게 하라구? 내가 말한 이름들이 죄다 싫다고 하면 그냥 늑대라고 부르라는 말이야?"

울상에 울음 섞인 목소리. 당장이라도 울 것만 같았다. 그 모습에 케이는 몸을 일으켜 방 한쪽의 책꽂이로 다가갔다. 책을 좋아하는 엘리아답게 방에는 제법 많은 책이 꽂혀 있었다.

엘리아는 케이가 하는 양을 가만히 지켜보았다.

책꽂이에 다가간 케이는 앞발을 들어 아무 책이나 한 권을 끌어당겼다. 곧 책이 바닥에 떨어지며 펼쳐졌다. 케이는 펼쳐진 페이지를 유심히 살폈다. 역시 있었다.

케이는 앞발로 책의 한곳을 가리켰다. 그 모습을 지켜보던 엘리아가 케이에게로 다가와 가리키고 있는 것을 보았다. 그건 책에 있는 수많은 문자 중 하나였다.

k

늑대가 가리키고 있는 문자였다.

"케이?"

엘리아가 소리내어 읽었다. 그러자 위아래로 움직이는 늑대의 머리.

"케이, 이게 니 이름이라고?"

다시 한 번 움직이는 머리.

"이햐. 너 글자도 알아?"

다시 한 번.

"우와 너 정말 대단하구나! 케이!"

그 말과 함께 엘리아는 케이의 목덜미를 끌어안았다. 그러자 엘리아는 털 속에 푹 파묻혀 그 모습이 거의 보이지 않게 되었다. 그 정도로 케이는 컸다.

"콜록. 콜록."

잠시 파묻혀 있던 엘리아가 얼굴을 내밀고는 세차게 기침을 했다.

"맞다. 잊고 있었어. 너 몸에 먼지가 엄청 많았었지? 일단 씻자. 씻어야겠어."

그제야 동굴에서 케이의 몸에 있던 그 엄청난 먼지를 생각해 냈다. 오죽했으면 처음에는 그냥 바위라고 생각했을까.

"으음. 그런데 어디서 씻지? 우리 집 욕실에서는 무린데. 그렇다고 개울가에 가자니 마을 밖이고. 어제 그런 일을 저지르고 오늘도 마을 밖에 나갈 수는 없으니……."

'후. 드디어 씻는 건가? 솔직히 그동안 엄청 괴로웠어. 빨리 씻겨달라구.'

엘리아의 말에 케이는 반색을 했다. 솔직히 동굴에서 대충 먼지를 털어낸 후 그대로였기에 몸 여기저기가 무척이마 간지러웠던 탓이다.

"어쩔 수 없지. 마을 우물가로 가자. 사람들이 좀 있겠지만 그렇지 않으면 씻을 수 없는걸. 가자, 케이."

그러고는 집에서 이것저것 챙겨서는 우물가로 향했다. 엘리아의 손에는 커다란 물통과 커다란 솔이 들려 있었다. 그리고 물통 안에는 비누로 보이는 것이 하나 있었다.

이윽고 도착한 우물가에는 마침 아무도 없었다. 엘리아는 곧 밖에 나와 있는 물통을 우물 안으로 던져 넣었다.

첨벙.

물통이 물에 잠기는 소리가 들렸다. 그 소리를 들은 엘리아는 물통에 연결된 줄을 힘껏 잡아당겼다. 물이 한가득 담긴 물통을 끌어 올리려니 제법 힘겨웠다. 엘리아가 낑낑거리는 모습에 케이가 슬그머니 다가가 줄을 입으로 물어서는 당겼다. 케이가 당기자 물통은 금세 우물 위로 올라왔다.

"우와! 너 힘세구나. 케이, 그럼 잠시 그렇게 물고 있어."

그렇게 말하곤 엘리아는 물통의 물을 자신이 가져온 물통에 옮겨 담았다. 우물에 달린 물통이 제법 큰 듯 아직 반 이상 남아 있었다.

"그대로 있어야 한다."

옮겨 담은 물을 낑낑거리며 가지고 온 엘리아는 그 말과 함께 케이를 향해 물을 힘껏 뿌렸다. 케이의 털 일부가 조금 젖어들었다. 엘리아는 다시 물을 가져와서 뿌렸다. 그렇게 세 번을 하니 물이 다 떨어졌다.

"케이, 그 줄을 놔."

케이가 줄을 놓자 다시 한 번 첨벙거리는 소리가 들렸다.

"케이, 당겨!"

케이는 줄을 입에 물고는 당겼다. 곧 물통이 올라왔다.

"자, 케이 그대로 있어."

그리고는 다시 아까처럼 세 번 물을 끼얹고는 물통을 우물 아래로 떨어뜨렸다. 엘리아는 벌써 능숙하게 케이를 다루고 있었다.

'감질나는군.'

이런 식의 목욕은 케이로서는 정말 가랑비에 옷 젖듯 감질나기 그지없었다. 물론 가랑비라도 오래 맞으면 흠뻑 젖을 수 있지만 오래 맞는다는 것이 중요했다. 벌써 몇 번이나 물을 자신의 몸에 끼얹었는지 모른다. 그런데 이제야 절반쯤 물에 젖어들었나? 하품이 절로 나는 느린 속도였다.

'그냥 정령들 불러서 씻을까? 아냐, 아냐. 유희라고 했잖아. 그럼 그냥 밖으로 나가서 혼자 씻고 와? 아냐. 그래도 모처럼 남이 씻겨주

는걸.’

그런 고민 끝에 케이는 자신의 몸을 씻을 물을 열심히 길어 올렸다. 엘리아는 열심히 케이 몸에 물을 뿌려댔고.

“엘리아!”

얼마나 지났을까? 엘리아는 자신을 부르는 소리에 돌아보니 아데닌이 마을 아이들과 함께 있었다.

“아, 아데닌, 안녕. 그런데 너 괜찮아?”

엘리아의 인사에 아데닌의 얼굴이 확 일그러졌다. 괜찮느냐는 말에 전날의 악몽이 되살아난 것이다.

“그 얘기는 하지 말자.”

“호홋. 알았어.”

아데닌의 반응에 이미 어떤 일이 있었는지 충분히 짐작한 엘리아가 웃으며 대답했다.

“근데 지금 뭐 하고 있는 거야?”

“보시다시피 케이 씻기고 있지.”

“케이?”

“이 늑대 이름이야.”

“아아, 그렇구나. 케이라고 지은 거야?”

“뭐, 자기가 그게 좋다네.”

엘리아의 대답에 아데닌이 피식 웃었다.

“그게 무슨 말이야? 마치 저 늑대가 자기 이름을 고른 것 같잖아.”

“맞아. 얘 사람 말도 다 알아듣고 글자도 알아.”

엘리아가 고개를 끄덕이며 말하자 아데닌은 다시 한 번 피식 웃었다.

"무슨 말도 안 되는 소리야? 늑대가 사람 말을 알아듣고 글자도 안다니."

아데닌이 어이없다는 얼굴로 말했다. 주위에 있던 다른 꼬마들도 같은 생각인지 고개를 끄덕이고 있었다.

"믿기 싫음 믿지 말던가. 나 지금 바빠. 이 커다란 애 씻기려면 말이야."

아데닌의 말에 엘리아는 별 신경도 안 쓰고 열심히 케이를 씻기고 있었다. 케이는 기분이 좋은 듯 가만히 엘리아에게 몸을 맡긴 채 가만히 있었다.

"저기… 엘리아."

"왜?"

아데닌이 다시 말을 걸자 엘리아의 대답에는 약간의 짜증이 묻어났다. 그렇지 않아도 바쁘게 열심히 케이를 씻기고 있는데 자꾸 방해하는 아데닌 때문에 심통이 제법 난 듯했다.

"저기, 저 케이라고 했지? 안 물어?"

"안 물어. 얼마나 똑똑하고 순한데."

'나랑 있어본 지 얼마나 됐다고 똑똑하고 순하다고 하는 건지……'

엘리아의 대답에 케이는 어이가 없었지만 어쩔 수 없었다. 자신이 정한 것 아닌가. 당분간 엘리아와 함께하는 것은.

"한 번 만져 봐도 돼?"

엘리아의 대답에 아데닌이 케이를 힐끔거리며 조심스레 물었다.

'허어. 이것들이 내가 동네 강아지로 보이나.'

아데닌의 말에 케이는 다시 한 번 어이가 없었지만 역시나 어쩔 도리가 없었다.

아데닌의 말에 엘리아는 잠시 고민하는 듯했다.

"모르겠어. 내가 만질 때는 순했는데 다른 사람은 만져 본 적이 없어서……."

엘리아의 자신없는 대답에 슬금슬금 케이 근처로 다가오던 마을 아이들이 우뚝 멈춰 섰다. 그리고는 하나 둘 뒷걸음질치기 시작했다. 하지만 아데닌만큼은 케이 바로 곁에 다가와 조심스레 쳐다봤다. 전날 동굴에서 느낀 대로라면 그렇게 위험하지는 않을 것 같다는 생각이 들었기 때문이다.

"만져 봐도 되지?"

케이 옆에 선 채 아데닌은 엘리아를 보며 물었다. 엘리아는 작게 고개를 끄덕였다. 아데닌은 엘리아의 대답을 본 후 조심스레 케이를 향해 손을 뻗었다.

'확, 물어버릴까? 이 녀석들이 동네 강아지 취급하는 것도 기분 상하는데……. 아냐, 그랬다가는 이 마을에 있는 것도 피곤할 테니. 후, 어이없긴 하지만 당분간은 참고 지내야지.'

자신을 향해 다가오는 손을 보며 느낀 순간의 충동을 케이는 억눌렀다. 좋은 게 좋은 거라고 그냥 시끄럽지 않게 조용히 이 마을에 있고 싶었기 때문이다.

드디어 아데닌의 손이 케이의 털에 닿았다. 주위의 아이들은 긴장한 눈으로 케이와 아데닌을 번갈아 바라보았다. 케이는 가만히 있었다. 아데닌이 좀 더 자신을 가지고 털을 쓰다듬어도 가만히 있었다.

"우와!"

그 모습에 아이들이 달려들어 케이 여기저기를 만지기 시작했다. 그 모습에 엘리아는 어쩔 수 없다는 듯 고개를 흔들며 옆으로 물러나 있었다.

이 자리에 모인 아이들은 모두 열 살 남짓한 아이들이다. 그랬기에 저렇게 호기심을 보이며 달려드는 걸 뭐라 할 수 없었다. 아데닌이 저 꼬마들의 대장 격이지만 그것도 이런 일이 있을 때뿐이었다. 보통 때는 다섯 살에 가까운 나이 차가 함께 노는 것을 힘들게 했다.

'그냥 콱 물어버릴 걸 그랬나.'

자신의 몸 여기저기에 달려들어 만져 대는 아이들의 행동에 케이는 조금 전의 결정을 약간, 아니, 제법 후회했다.

"자자, 이제 그만 해. 아직 몸 씻기는 거 안 끝났단 말이야. 케이도 귀찮아하잖아."

엄한 엘리아의 목소리에 아이들은 하나 둘 케이에게서 떨어졌다. 가장 마지막으로 떨어져 나온 사람은 아데닌이었다.

아이들이 비켜서자 엘리아는 다시 케이에게 물을 뿌리기 시작했다.

"저, 엘리아."

"이번에는 또 왜?"

엘리아의 말에 묻어 나오는 짜증을 느꼈음인지 아데닌은 조심스레 말했다.

"저기 혼자 하려니 힘들지 않아? 우리가 도와줄까? 보니까 아직 비누칠도 못한 것 같은데 말이야."

아데닌의 말에 엘리아의 얼굴이 크게 밝아졌다. 그렇지 않아도 이 큰 녀석을 언제 다 씻기나 하는 생각이 들던 참이었다.

"좋아. 그럼 다들 집에 가서 물통을 들고 와. 여기에 물통이라고는 이거 하나밖에 없으니까."

엘리아의 말이 끝나자마자 아데닌을 필두로 아이들은 재빠르게 집으로 달려갔다. 얼마 지나지 않아 저마다 한 손에는 물통을, 한 손에는 솔을 들고 있었다. 솔은 이야기도 안 했는데 엘리아가 가지고 있는 것을 보고 가져온 모양이었다. 몇몇은 비누까지도 들고 있었다.

"좋아. 그럼 이제 씻기자."

엘리아의 말과 함께 아이들이 물을 길어 통에 나누어 담아 케이에게 뿌리기 시작했다. 확실히 여럿이서 하니까 빨랐다. 엘리아 혼자서는 그렇게 힘들었는데, 어느새 케이는 물에 흠뻑 젖어 있었다.

아데닌과 엘리아가 손에 비누를 들고 몸 여기저기에 비누칠을 시작했다. 온몸에 다 비누칠을 하니 금세 비누 두 개가 사라졌다. 정말 커다란 몸이었다.

비누칠을 끝내자 이제는 아이들이 솔을 들고 달려들어 몸 여기저기를 박박 문질렀다. 곧 비누 거품이 쉼없이 솟아올랐다. 케이를 씻기던 아이들은 그 거품으로 장난도 치면서 까르르 웃었다.

"자자, 이제 헹궈줘야지."

엘리아의 말에 다시 우물에서 물을 길어 케이에게 끼얹기 시작했다. 엘리아는 아이들이라도 수가 많으니 편하다는 것을 다시 한 번 느꼈다. 그렇게 얼마 되지 않아 케이는 목욕을 마쳤다. 목욕을 마치자 물먹은 털이 축 늘어져 케이 몸의 윤곽이 거의 다 드러났다. 털이 가리고 있었던 곳이 사라지자 앙상해 보이는 것이 웃겨 보이기도 했다.

아니, 웃겼다.

"저것 봐, 킥킥."

"발가벗은 거 같아. 하하."

여기저기서 아이들의 웃음이 들렸다. 무성하던 케이의 털이 물을 먹고 누워서 상대적으로 그렇게 보인 것이지 여전히 케이의 몸은 커다랗고 탄탄했다.

'이것들이⋯⋯.'

그렇지 않아도 조금 전 자신의 몸을 마음대로 마구 만져 기분이 언짢아진 상황이었다. 그런데다 자신의 모습을 보면서 웃기까지.

'어디 맛 좀 봐라.'

케이는 성큼성큼 걸음을 옮겨 아이들의 가운데로 갔다. 케이가 거대한 몸을 이끌고 움직이자 아이들은 슬금슬금 물러섰다. 물지 않는다는 것은 알고 있었지만, 그래도 저렇게 큰 늑대가 움직이니 겁을 안 먹을 수 없었다.

푸드드드득.

아이들의 가운데서 케이는 온몸을 힘껏 흔들었다.

파다다다닥.

털이 가득 머금고 있던 물을 사방으로 뿜어댔다. 그 커다란 몸이 머금고 있던 만큼 엄청난 양의 물이었다. 케이를 가리키며 웃던 아이들은 온몸이 물에 흠뻑 젖고 말았다. 케이를 씻기며 몸이 좀 젖어 있었지만 이건 완전히 물에 빠진 생쥐였다.

있는 힘껏 몸을 털어낸 덕분에 물이 튀어나간 거리는 상당했고, 덕분에 좀 멀리 있던 엘리아와 아데닌도 예외없이 흠뻑 젖었다.

"케이~!!"

흠뻑 젖은 엘리아의 목소리가 크게 울렸지만 물을 털어낸 케이는 고개를 돌리고는 딴청을 피웠다.

이것이 바스테르 산자락에 위치한 어느 마을에 온 케이의 두 번째 날이었다.

2 초 3 식

슬픈 영웅의
노래는 아련히…

슬픈 영웅의 노래는 아련히…

상쾌한 아침이다. 이슬을 머금은 나뭇잎, 햇살을 받으며 지저귀는 새들. 게다가 시원한 산바람까지.

정말 만족스러웠다. 이런 아침 풍경은 케이에게는 그야말로 환희였다.

'너무 오랜 시간을 잔 것인가? 아니, 얼마만큼의 시간이 지났는지도 모르니……. 이제 깬 지도 제법 시간이 흘렀는데 여전히 이런 아침이 좋은걸.'

케이가 이 마을에 들어온 지 벌써 보름이라는 시간이 흘렀다. 그 시간 동안 케이는 엘리아만을 고분고분 따랐기에 마을 사람들도 이제는 어느 정도 케이의 모습에 익숙해진 상태였다.

엘리아가 씻고 옷을 갈아입는 사이 잠시 집 밖으로 나온 케이는 산자락 마을의 아침 풍경을 감상하느라 여념이 없었다. 이것이 최근 케이의 매일 아침 일과였다.

"케이, 밥 먹자."

문이 열리며 엘리아의 목소리가 들렸다. 아침 기운에 멍하니 잠겨 있던 케이는 몸을 일으켜 집 안으로 들어가 식탁 앞에 앉았다. 처음에는 식탁에서 식사를 할 수 있다는 것을 보여주기 위해 의자에 올라앉았지만 솔직히 케이의 몸집에는 너무나 작은 의자였다.

바닥에 그냥 앉아도 식탁의 음식을 먹는데 아무 지장이 없는 것을 보면 의자에 올라앉은 행동은 정말 많이 무리한 것이었다. 그나마 무공으로 단련이 된 케이의 균형 감각이었기에 그 큰 덩치를 그 자그마한 의자에 올릴 수 있었다.

하지만 이제는 케이의 식사도 항상 식탁 위에 준비해 주기에 이렇게 편하게 바닥에 앉았다. 미엘은 여전히 그 모습이 신기하기만 했다, 벌써 보름이나 흘렀는데. 그래서 미엘에게 있어 하루 중 가장 즐거운 시간은 식사 시간이었다. 이렇게 유쾌한 모습을 볼 수 있으니.

"아, 케이. 있지, 오늘은 마을 밖으로 나갈 거야."

엘리아의 말에 케이는 고개를 갸웃거리며 그녀를 쳐다보았다.

분명 멋대로 마을 밖에 나갔다가 엄청나게 혼났던 게 보름 전의 일이다. 그런데 이렇게 당당하게 마을 밖으로 나간다니. 게다가 미엘도 고개를 끄덕이며 웃고 있었다.

"호홋. 이게 다 네 덕이야. 어른들이 너랑 함께라면 가까운 곳에는 나갔다 와도 된다고 하셨어."

사실 지난 보름간 밤만 되면 케이는 매일 꾸준히 사냥감을 하나씩 잡아왔었다. 엘리아 모녀가 사냥감 해체를 잘 못하는 것 같아 작은 짐승들을 잡아오려 했지만 식육점에 넘기면 된다는 생각에 여전히 큰 녀석들로 잡아왔다.

케이의 사냥감들은 무척 다양했다. 멧돼지부터 곰, 사슴, 노루, 심지어는 같은 동족인 늑대마저. 케이가 늑대를 물고 왔을 때 그것을 본 촌장님은 과연 카이져 실버 울프라 말했었다. 그런 케이 덕에 요즘 마을에는 고기가 풍부했다. 그리고 엘리아네 집 경제 사정도 무척이나 좋아졌다. 덕분에 마을의 사냥꾼들이 조금 투덜거렸지만 큰 문제는 없었다.

무엇보다 압권이었던 것은 어제였다. 어제도 해가 질 때쯤 케이가 높다란 목책을 훌쩍 넘어 마을 밖으로 나갔다. 오늘은 또 어떤 걸 사냥해 올까 하는 궁금함을 가지고 케이를 기다리기를 한 시간여.

쿵!

까악!

요란한 소리와 비명 소리. 엘리아와 미엘은 놀라서 집 밖으로 뛰어나갔다. 그리고 동시에……

"까악~!"

그녀들도 비명을 질렀다.

그럴 수밖에. 집 앞에 피를 흘리며 놓여 있는 사냥감은 몬스터 도감에서나 볼 수 있었던 트롤이었다. 그런 트롤이 집 앞에 대 자로 뻗어 있었다. 보아하니 이미 죽은 것 같았지만 그래도 몬스터이니 비명이 계속해서 터져 나왔다.

이미 수많은 젊은이들이 엘리아의 집 앞에 모여 있었다. 비명 소리가 그만큼 크고 요란했기에 모여든 젊은이들의 손에는 저마다 칼이며 도끼가 들려 있었다. 그중에는 밀러도 있었다.

모여든 장정들은 트롤의 모습에 처음에는 놀랐지만 시체인 것을 발견하고는 곧 안도의 한숨을 내쉬었다.

그런 소동 속에서도 케이는 태연한 모습으로 앉아 있었다.

"이게 무슨 소란인가?"

갑자기 마을이 시끄러워졌기에 촌장도 모습을 드러냈다.

"저, 그것이 갑자기 트롤의 시체가 나타나서……."

자경단장인 밀러가 조심스레 말을 꺼냈다. 그로서도 이해할 수 없는 상황이었기에 목소리에 자신이 없었다.

"트롤의 시체? 그게 무슨 말인가?"

도통 알 수 없는 소리에 촌장이 다시 물었다.

"저기……."

촌장의 반응은 당연했기에 밀러는 한 발짝 물러서며 트롤의 시체가 있는 곳을 가리켰다.

"허어. 이게 어찌 된 일인지……."

트롤의 시체를 확인한 촌장의 얼굴에도 경악은 고스란히 떠올라 있었다.

"저……."

그때 엘리아가 조심스레 끼어들었다.

"응? 무슨 일이냐, 엘리아?"

"아무래도 케이가 잡아온 것 같은데요."

엘리아의 말에 모두의 시선은 케이를 향했다. 그러고 보니 케이는 처음부터 트롤의 머리 앞에 앉아 있었다.

"설마… 아무리 카이져 실버 울프라고 해도 트롤을 잡다니……. 말도 안 된다."

촌장은 잠시 케이를 쳐다본 후 고개를 저으며 말했다.

"케이, 네가 잡은 거야?"

촌장의 반응에 엘리아가 재빨리 케이에게 물었다. 그러자 케이의 머리가 위아래로 움직였다. 모여 있던 사람들은 모두 그것을 보았다.

케이가 마을에 온 지 2주째 되는 날이다. 마을 사람들은 모두 케이가 어느 정도 사람의 말을 알아듣는다는 사실을 알고 있었고, 그래서 무척이나 신기해했다. 그 케이가 엘리아의 말에 고개를 끄덕였다. 모두 놀랄 수밖에.

"도무지 믿을 수 없는 일이로군. 아무리 덩치가 크다지만 고작 늑대가 트롤을 잡아오다니. 트롤을 잡으려면 적어도 기사 두세 명은 필요한데."

밀러가 조용히 중얼거렸다. 하지만 케이와 엘리아의 귀에는 똑똑히 들렸다. 자신의 케이를 못 믿다니. 엘리아의 볼이 심통과 함께 잔뜩 부풀어 올랐다. 케이 역시 기분 좋은 얼굴은 아니었다.

"케이!"

심통난 목소리로 엘리아가 케이를 불렀다. 사람들은 그 모습을 그저 지켜보고 있었다. 엘리아의 기색이 심상치 않았지만 왜 그러는지 알 수 없었기에. 밀러의 중얼거림을 들은 사람이 몇몇 있었지만 그들의 생각 역시 밀러와 같았기에 설마 그것 때문이라고는 생각지 못했다.

"한 마리 더!"

아우우우~!

엘리아의 말에 케이는 고개를 높이 쳐들고는 길게 울음소리를 낸 후 목책 너머로 사라졌다.

'뭐라고?! 저 자식, 내가 저딴 트롤을 못 이길 거라고 했겠다.'

케이도 이미 밀러로 인해 자존심에 상처를 입은 상태였다.

"엘리아! 그게 무슨 말이냐?"

케이가 사라진 후 엘리아의 말에 놀란 촌장이 엘리아에게 물었다.

"케이가 이 트롤을 잡아왔는지 그렇지 않은지 알아보려면 이 수밖에 없잖아요. 이번에 케이가 트롤을 가지고 오면 이것도 케이가 잡은 거고, 그렇지 않으면 이 트롤이 왜 여기에 있는지 다시 생각해 봐야죠."

엘리아의 당돌한 대답에 촌장은 잠시 엘리아를 바라보다가 머리를 흔들었다. 대책 안 서는 아이란 뜻일 테다.

마을 사람들은 아무도 집에 돌아가지 않고 그 자리에 있었다. 이미 엘리아의 대답을 들었기에 케이가 뭘 잡아올까 하는 것에 흥미가 생겨 버린 탓이다. 과연 다시 트롤을 잡아올까? 하는 그런 기대 어린 얼굴로 서 있었다.

긴 울음과 함께 케이가 사라진 지 20분쯤 흘렀을까?

쿵!

요란한 소리와 함께 무언가가 바닥으로 떨어졌다. 물론 사람들이 없는 곳으로.

"트롤이다!"

가장 먼저 그것의 정체를 파악한 사람이 소리를 질렀다. 그리고 트롤 위로 날아오는 은빛 줄기, 케이였다. 케이는 트롤의 가슴 위에 네

발을 딛고 고개를 치켜들고는 당당히 서 있었다. 그리고는 밀러를 한 번 슬쩍 쳐다보았다. 그와 동시에 샐쭉 올라가는 입 꼬리. 늑대가 웃고 있었다.

'저… 저… 자식, 지금 날 비웃고 있어……'

다시 한 구 더 나타난 트롤의 시체를 놀란 눈으로 바라보던 밀러는 케이의 행동을 모조리 지켜보았다. 가는 눈으로 자신을 쳐다보는 것 하며, 입 꼬리가 올라가며 그 흉측한 송곳니가 드러나는 것까지. 늑대 주제에 인간을 비웃고 있었다. 표정도 딱 그랬다. 열받지만 어쩔 수 없었다. 자신은 트롤을 단신으로 잡아올 능력이 없었으니까. 열받았다고 케이에게 덤벼봤자 손해 보는 건 자신이다. 온몸이 분노로 부들부들 떨렸지만 참을 수밖에.

'훗, 짜식. 그렇게 왜 까불어.'

밀러의 변화를 모조리 지켜본 케이는 회심의 미소를 지으며 마음껏 즐거워하고 있었다.

"그런데 대체 어떻게 트롤을 잡았을까? 트롤은 재생력이 강해서 단 번에 목을 잘라 내거나 심장을 찔러야 하는데……."

촌장은 트롤을 살피며 궁금한 듯 중얼거렸다. 촌장의 말에 사람들은 그제야 그 사실을 깨달은 듯 웅성거리며 트롤의 시체로 다가갔다. 이 미 죽어버린 몬스터 따위야 하나도 무서울 게 없었으니까.

"이건……."

밀러가 무엇을 발견한 듯 놀라서 외쳤다.

이미 해가 져 어둠이 내려앉은 탓에 잘 안 보였지만 밀러는 확인할 수 있었다. 수없이 물어뜯어 너덜너덜해진 트롤의 목을. 목이 모두 떨어진 것이 아니라 1/4 정도는 붙어 있었지만 주요한 혈관과 신경이 모두 잘린 탓인지 트롤은 죽어 있었다.

누군가 들고 온 횃불로 마을 사람들도 그것을 확인할 수 있었다.

"놀랍군. 대단한 늑대야!"

촌장이 놀라 외쳤다. 마을 사람들도 경탄 어린 시선으로 케이를 쳐다보았다. 그럴수록 케이는 목을 한껏 하늘을 향해 쳐들었으며, 엘리아의 코도 덩달아 높은 곳을 향했다.

'독한 놈……'

오직 밀러만이 자신의 목을 쓰다듬으며 질렸다는 눈으로 케이를 쳐다보았다.

"자자, 이렇게 놀라고 있을 게 아니라 어서 저 시체를 처리해야지. 트롤의 피와 가죽은 아주 귀한 거니 말일세. 밀러, 자네라면 작업할 수 있겠지?"

촌장이 놀라고 있는 마을 사람들을 추스르며 말했다. 역시 촌장다웠다. 지금 가장 중요한 것을 놓치지 않고 있으니.

트롤은 그 뛰어난 재생력으로 사냥이 무척이나 어려운 몬스터였다. 일반 기사라면 두세 명. 소드 익스퍼트 중급 이상은 되어야 일 대 일로 싸워 이길 수 있을 정도니. 그런데 트롤의 피는 무척이나 쓸모가 있었다. 그 뛰어난 재생력의 근원이 피였기에 포션의 원료로 사용되는 탓이다.

잡기는 어려운데다 피는 가치가 있으니 당연히 비쌀 수밖에. 게다가 가죽 역시 무척이나 질겨 비싼 값에 팔렸다.

그런 트롤의 시체가 두 구나 있었다. 빨리 처리해야 했다. 트롤의 피는 트롤이 죽고 나서 세 시간 이상 지나면 아무 쓸모가 없게 되어버리 니 피는 빨리 뽑으면 뽑을수록 좋았다. 신선도가 좋을수록 효능도 뛰 어나기 때문이다.

전직 기사였던 밀러는 이런 일이 익숙한지 능숙한 손놀림으로 트롤 의 피를 받아내고 있었다. 마을 청년 몇몇이 곁에서 밀러를 거들고 있 었다.

"흐음. 이제 저걸 처리하는 것도 일이구만. 저런 가치있는 물건은 우리 마을에서는 처리가 안 될 테고 도시로 나가야 하니. 밀러, 다음 번 도시로 나가는 건 언제인가?"

"다음주입니다."

빠르게 손을 놀리며 밀러가 대답했다.

이런 산자락의 마을은 물자가 많이 부족했다. 그래서 한 달에 한 번 정도 가까운 도시로 몇몇 사람들이 다녀왔다. 약초나 짐승 가죽 따위 를 팔고 마을에 필요한 것을 사오기 위해서였다.

그렇지만 산을 벗어나는 것은 상당히 위험했기에 항상 밀러가 함께 갔다. 그때면 마을에는 대부분 노인과 여자 아이들, 소수의 청년들만 남게 된다. 왕복 일주일 정도 걸리니 그동안이 마을에서는 가장 위험 할 때였다.

"그럼 그때 같이 가지고 가서 팔면 되겠구먼. 이보게, 미엘."

"예, 촌장님."

자신을 부르는 소리에 미엘은 촌장에게 다가가며 대답했다.

"사실 이 두 마리 트롤은 케이가 잡아왔으니 자네네 것이네만 자네 들은 이것들이 있어봐야 어떻게 할 수 없지 않은가?"

"그렇지요."

촌장의 물음에 미엘이 고개를 끄덕이며 대답했다. 트롤의 피와 가죽이 비싸다는 것은 알고 있지만 알고 있을 뿐이었다. 어떻게 해서 얻는 줄은 몰랐다. 그랬기에 지금 저 트롤들은 미엘에게는 아무짝에도 쓸모없는 짐일 뿐이다.

"해서 지금 밀러가 저리도 열심히 작업을 하는 게고. 그래서 말인데 이러는 게 어떻겠는가? 우리 마을 차원에서 저 트롤들의 피와 가죽을 분리하고, 또 도시에 나가서 팔아줌세. 대신 한 마리는 마을 공동 경비로 쓸 수 있게 해주게나. 그러면 다른 한 마리 몫의 돈은 미엘 자네에게 주지."

촌장다운 뛰어난 교섭력이었다. 사실 트롤의 피를 얻거나 가죽을 떠내는 것은 경험이 조금 있는 사람에게는 어려운 일이 아니었다. 다만 힘이 조금 드는 일이지. 밀러 정도 되는 사람에게는 손쉬운 일이었다. 지금도 밀러는 손을 바쁘게 놀리고 있지만 어렵지 않게 작업을 하고 있었다.

그리고 도시에 가져다 파는 것. 어차피 한 달에 한 번 가야 하는 길이고, 그것이 다음주일 뿐이다. 그런데 그걸 해줄 테니 절반을 달라고 한다.

'촌장 녀석, 완전 도둑놈 심보군. 트롤 한 마리를 날로 먹으려 하다니.'

촌장의 말을 가만히 듣던 케이는 촌장의 엉덩이에 꼬리가 몇 개 움직이는 걸 보는 듯했다. 케이의 생각대로 촌장은 그야말로 트롤 한 마리를 날로 먹으려 하고 있었다.

촌장의 말에 미엘은 잠시 생각을 하더니 대답했다.

"그렇게 하도록 하지요. 어차피 저희 모녀에게는 아무 쓸모도 없고, 또 마을 분들이 이렇게 수고해 주시는데요. 사실 많이 손해 보는 감도 있지만 그래도 마을을 위한 경비로 쓰시겠다는데 그래야죠."

"크음, 큼큼. 고맙네그려."

미엘의 마지막 뼈있는 말에 헛기침을 한 촌장은 붉어진 얼굴로 미엘에게 감사 인사를 했다.

"아하하하. 고마워, 미엘."

촌장의 얼굴을 보던 마을 사람들 모두 그 붉은빛에 크게 웃은 후 미엘에게 감사 인사를 했다. 아무리 이런 산자락에 묻혀 사는 사람들이라지만 그 정도 생각은 할 수 있었다. 그들은 모두 촌장이 미엘로부터 트롤 한 마리를 날로 먹는 모습을 지켜보았다. 하지만 그것이 마을을 위한 일이었기에 이렇게 웃으며 미엘에게 감사 인사를 하는 것이다.

"에에에, 우리 엄마보다는 케이한테 고맙다고 해야죠. 트롤을 잡아 온 건 케이라구요!"

사람들의 모습에 엘리아가 떡하니 케이 앞에 서서는 큰 소리로 말했다.

"하하하하! 엘리아 말이 맞구나. 고맙다, 케이."

엘리아의 말에 가장 먼저 반응을 보인 것은 잭이었다. 잭에 이어 사람들은 저마다 케이를 향해 고맙다는 인사를 했다.

'하아. 이거 은근히 기분 좋은걸. 앞으로는 그럼 트롤만 잡아올까?'

잠시지만 케이는 그런 고민을 했다.

트롤을 어렵지 않게(케이의 몸에 전혀 상처가 없었기에 다들 그렇게 짐작했다) 잡아오는 케이의 실력에 마을 어른들은 엘리아에게 케이와 함께라면 가까운 곳으로는 나가도 좋다고 허락해 주었다. 거기에는 트롤로 인해 마을에 제법 많은 수입이 된 것도 한몫했음을 말할 필요도 없었다.

전날 그런 일이 있었기에 엘리아는 오늘 케이와 함께 마을 밖에서 재미나게 놀 생각에 한껏 부푼 채 맛있는 아침을 즐기고 있었다. 다만 케이는 전날 엘리아가 마을 밖에 나가도 좋다는 허락을 받는 모습을 보지 못했기에 즐거워하는 그녀를 보며 잠시 갸웃거린 것이다.

"자, 다 먹었다. 케이 너도 다 먹었지? 그럼 어서 나가자!"

엘리아의 아침 식사 속도가 여느 때랑은 달리 무척이나 빨랐다. 케이도 아직 자신의 식사를 끝내지 못한 상태였다. 하지만 엘리아는 이미 케이에게 달라붙어 계속 끌어당기고 있었다.

'잠깐 좀 있어보라구, 이 계집애야. 이것 좀 다 먹고.'

케이는 먹는 것을 무척이나 좋아했다. 게다가 미엘의 음식 솜씨는 상당히 좋은 편이라 식사가 무척이나 맛있었다. 사실 이 집에서 자신에게 주는 것이 양에 차지는 않았지만 맛이 있었기에 그런대로 지내던 참이다. 그런데 자신의 몫도 다 못 먹었는데 나가자고 끌어당기다니. 케이는 오기로라도 꾸역꾸역 자신의 식사를 계속하고 있었다.

"원, 엘리아. 그만 하렴. 네가 마을 밖으로 나가 놀고 싶은 마음은 알겠다만. 보렴. 케이는 아직도 식사 중이잖니. 네가 아무리 다 먹었고, 나가 놀고 싶어도 케이가 식사를 다 할 때까지는 기다려야지."

'맞다, 맞아. 엄마 말씀 잘 들어야지, 엘리아.'

열심히 식사를 하는 와중에 들리는 미엘의 말에 케이는 음식을 먹으면서 고개를 끄덕였다. 그 모습을 본 미엘은 살포시 웃었다.

"그것 보렴. 케이도 그렇다고 하지 않니."

"알았어."

엄마의 말에 엘리아는 자신의 자리로 돌아와 앉았다. 하지만 양 볼이 한껏 부푼 게 심통이 난 모양이었다. 자리에 앉은 엘리아는 팔짱을 끼고는 케이를 계속 보고 있었다.

'알았다. 이 계집애야. 빨리 먹을게. 그만 좀 쳐다봐라. 먹다가 체하겠다. 이잉.'

엘리아의 부담스러운 시선을 느낀 케이는 속으로 투덜거리면서도 먹는 속도를 빨리 하고 있었다. 이윽고 케이 앞에 놓인 음식들이 모두 사라지자 엘리아는 재빨리 케이의 곁으로 다가와 잡아끌었다.

"이제 다 먹었지? 자, 빨리 가자."

마지막 음식을 삼킨 케이는 어느새 옆에 다가와 자신을 잡아끌고 있는 소녀를 물끄러미 쳐다보았다. 정말 한심하다는 듯한 표정을 최대한 지은 채. 엘리아도 그런 케이의 표정을 읽었음인가?

"뭐, 뭐야? 케이, 왜 그렇게 쳐다보는 거야?"

엘리아는 얼굴이 붉어진 채 케이를 향해 외쳤다.

'쯧. 아니다, 아냐. 귀여운 것.'

그러고는 케이는 앞장서 집 밖으로 나와 납작 엎드렸다.

"우와!"

케이의 뒤를 따라나온 엘리아는 재빨리 케이의 등에 올라탔다. 이미 마을을 돌아다닐 때도 엘리아는 제 발로 걷기보다는 케이를 타고 다니는 일이 많아진 터였다.

"자자, 빨리 가자구."

엘리아는 뒤도 돌아보지 않고 마을 입구 쪽으로 케이를 재촉했다.

"원, 녀석두. 그렇게도 좋을까? 하긴 한창 뛰어놀 나이에 이 좁은 마을에서만 지내는 것도 답답했을 테지."

미엘은 뒤도 안 돌아보고 나가는 딸의 모습에 조금 섭섭하기도 했지만 그래도 저렇게 즐거워하는 모습을 보자 절로 미소가 떠올랐다.

지금 엄마가 무슨 생각을 하는지 관심도 없는 엘리아의 눈에 목책과 함께 마을 입구가 눈에 들어왔다. 낮이라 그런지 문은 열려 있었고, 그 앞에 두 명의 마을 청년이 창을 들고 서 있는 것이 보였다. 자경단원들일 것이다.

"엘리아."

마을 입구만 보고 가고 있는 엘리아의 옆에서 누군가가 자신을 부르는 소리가 들려왔다. 엘리아는 소리가 난 곳을 바라보았다. 역시나 아데닌이었다. 아버지가 자경단장인 이상 자신이 마을 밖으로 나가는 것을 허락받았다는 소식을 들었을 것이다. 그럼 자신을 찾아온 이유는 보나마나 뻔했다. 함께 가자는 것이겠지.

"저, 나도 같이 가면 안 돼?"

역시였다.

"안 돼."

엘리아의 입에서 즉각 대답이 튀어나왔다. 잠시의 생각도 하지 않은 반사적인 대답이었다.

"왜? 나도 데리고 가주라."

엘리아의 단호한 대답에 아데닌의 얼굴은 울상이 되었다. 그리곤 간절한 어조로 애원했다.

"안 돼. 지난번 일 벌써 잊었어? 너 때문에 난 죽을 뻔했다구."

'물론 덕분에 케이도 만났지만 말이지.'

뒷말은 혼자만 생각한 매몰찬 어조였다.

"이번에는 절대 안 그럴게. 절대 말썽 안 피울게. 응?"

"안 돼. 허락받은 건 나 혼자란 말이야. 내가 너랑 같이 가고 싶어도 저기 아저씨들이 허락 안 할걸?"

엘리아는 마을 입구를 지키고 있는 자경단원들을 가리키며 말했다. 그 말에 아데닌의 시선이 바닥을 향했다. 그 말대로였다. 분명 자신은 막을 테니. 자경단원들의 눈을 피하자면 개구멍으로 나가야 하는데, 그러면 또 몰래 나가는 것이 되어버리니.

"알았어. 잘 놀다가 와."

그 말을 남긴 아데닌은 축 처진 어깨를 이끌고 터덜터덜 돌아갔다.

'으음. 저 모습을 보니 쪼금 안돼 보이긴 하네. 미안하기도 하고. 뭐, 그래도 어쩔 수 없는 건 어쩔 수 없지.'

그렇게 마음을 다잡은 엘리아는 다시금 마을 입구를 향했다. 이 케이라는 늑대가 보통 똑똑한 게 아니란 걸 안 것이 자신이 멈추고 싶으면 알아서 섰다. 가고 싶으면 알아서 가고. 엘리아 자신은 등에 타고만 있으면 됐다. 정말 편했다.

잠시 그런 생각을 하는 사이 케이는 어느새 마을 입구에 도달해 있었다.

"엘리아구나. 조심해서 다녀오너라. 해 지기 전에는 들어오고."

"예. 아저씨들도 수고하세요."

이미 엘리아에 관한 이야기를 들은 자경단원들은 웃으며 엘리아를 내보내 주었다. 엘리아는 그런 그들에게 밝게 웃으며 손을 흔들어주었다.

케이가 조금 더 나아가자 울창한 숲이 펼쳐졌다. 짙은 녹음이 마음을 뻥 뚫리게 해주는 듯했다. 아마도 마을을 둘러싼 목책을 벗어나서 그런 게 아닐까? 전에는 어른들 몰래 나온 거라 마음 한쪽이 무거웠었는데 오늘은 상쾌하기만 했다.

"훗. 전부 네 덕이야. 케이, 정말 고마워."

당당하게 마을을 벗어난 즐거움에 엘리아는 케이의 등을 토닥이며 중얼거렸다.

"그러고 보니 케이를 만난 것도 아데닌 때문이기도 한데 내가 너무 심했나?"

아데닌에게 생각이 미치자 미안한 마음이 조금 더 무거워졌다. 힘없이 돌아서는 모습이 무척이나 안타까웠으니까.

"뭐, 다음에는 어른들한테 부탁해서 아데닌도 데리고 나오면 되겠지. 그렇지, 케이?"

케이의 머리가 위아래로 움직였다.

"역시. 믿음직하다니까!"

그 모습에 엘리아는 밝게 웃으며 말했다.

"으음. 이제 어디로 갈까나. 그래, 개울가로 가자. 시원한 개울에서 물장난 하면서 놀고 싶었어. 음. 그런데 어디쯤이려나……."

엘리아가 그렇게 중얼거리며 고민할 때 케이가 잠시 멈춰 서더니 한쪽 방향으로 걸음을 옮겼다. 이런 곳에서 물 흐르는 소리를 듣고 그곳을 향하는 것쯤이야 케이에게는 식은 죽 먹기였다.

"응? 어디로 가니, 케이? 너 혹시 개울가로 가는 거야?"

잠시 고민하는 사이 케이가 멋대로 움직이는 것을 느낀 엘리아가 물었다. 그러고 보니 그 동굴에서 마을로 길을 찾아온 것도 케이였다는 생각이 떠올랐다. 역시 케이의 머리가 움직이며 긍정의 뜻을 표시했다.

"와! 역시 넌 최고야! 케이! 그럼 개울가로 힘껏 달려가 볼래? 마을에서만 있어서 힘껏 달리지도 못했잖아! 자, 달려!"

그렇게 말하고는 엘리아는 케이의 털을 꽉 잡았다. 덩치만큼이나 털도 길어서 엘리아가 잡기에는 전혀 불편하지 않았다. 다만 케이가 약간의 통증을 느꼈을 뿐.

'우. 아무리 잡을 게 없다지만 털을 그렇게 꽉 움켜쥐면 아프잖아. 젠장. 하긴 내가 속도를 올리면 저 정도는 잡아야 안 떨어지겠지만. 그래도 아픈 건… 어쩔 수 없다구. 으으.'

그런 생각을 하면서도 케이는 속도를 올렸다. 물론 적당히. 최대 속도로 달렸다가는 엘리아가 자신의 털을 놓치든지 아님 자신의 털이 뽑히든지 둘 중의 하나일 테니까. 그리고 두 가지 모두 결과는 같았다. 엘리아가 등에서 떨어져 날아간다는 것으로. 그래서 케이는 속도를 조절하며 적당히 빠르게 달렸다.

"와아~! 신난다! 케이 너 진짜로 빠르구나! 말보다도 빠른 것 같아!

이야!"

'이런, 계집애야. 네가 언제 말을 타본 적이 있다고 그런 소릴 하냐.'

털에서 은은하게 느껴지는 통증 때문인가? 케이의 반응이 영 신통치 않았다. 하지만 그런 케이의 반응을 엘리아는 알 리 없었다. 그래서인가 엘리아를 칭하는 케이의 말은 어느새 계집애로 완전히 굳어 있었다.

그렇게 5분쯤 달렸을까? 슬슬 물 흐르는 소리가 엘리아의 귀에도 들리기 시작했다. 물 흐르는 소리가 들렸다 싶을 때 케이가 딱 멈춰 섰다. 물론 속도를 서서히 줄여서 멈췄기에 관성에 의해 엘리아가 앞으로 날아간다거나 하는 일은 생기지 않았다.

'그냥 앞으로 날려 버릴 걸 그랬나? 아냐, 그랬다가 털이라도 뽑히면 나만 손해지.'

그런 생각으로 최대한 엘리아가 편안하게끔 멈췄다는 것을 물론 엘리아는 몰랐다.

"이야! 벌써 개울이네. 케이, 너 정말 빠르구나. 그런데 너무 멀리 나온 건 아닌가? 뭐, 케이 네가 있으니까 괜찮겠지?"

잠시 걱정스러운 듯 말하던 엘리아는 케이를 쳐다보더니 웃으며 말했다. 그녀의 눈에 케이가 그렇게 믿음직스러울 수가 없었다.

'그래, 안심해라. 내가 여기 있는데 어느 미친 몬스터가 이리로 올까. 여기 올 만한 녀석은 드래곤밖에 없으니까 안심하고 놀아라. 이 오빠가 지켜줄 테니까.'

엘리아의 말에 케이는 그런 생각을 하며 고개를 끄덕였다. 케이의 대답을 본 엘리아는 다시 한 번 방긋 웃으며 개울로 갔다. 치마를 살짝 올리고 발을 담그며 노는 모습이 그렇게 귀여울 수가 없었다. 아니, 열다섯이라는 나이 때문인가? 귀엽다기보다는 예뻤다.

'하아. 저 계집애 참. 조금 더 크면 사내 여럿 울리겠네. 솔직히 이런 산골에 있다고는 생각 안 될 정도로 예쁘단 말이야.'

그랬다. 지금 엘리아의 모습은 저 나이 때의 세린이 떠오르게 할 만큼 예뻤다. 세린과는 다른 발랄한 분위기를 풍기는 그런 아이였다.

'음. 다들 어떻게 되었으려나? 아니, 내가 잠들고 시간이 얼마나 흐른 걸까?'

엘리아의 모습에서 잠시 세린을 떠올린 케이는 하늘을 멍하니 올려다봤다. 그러고 보니 자신이 그 동굴로 들어서고 얼마의 시간이 흘렀는지도 모르고 있었다. 다른 일행의 소식도 몰랐다.

아니, 어쩌면 케이는 그들을 만나는 걸 두려워하는 것인지도 몰랐다. 자일론의 생명을 거둔 후 그렇게 무책임하게 사라졌으니까. 자신의 감정을 이기지 못하고 일행을 버리듯 떠나온 건 자신이 아니던가. 그래서 일행을 다시 마주할 자신이 없어 이렇게 유희라는 핑계로 이 마을에 눌러앉은 것인지도 몰랐다.

그런 생각이 들었다. 왠지 모르게 서글퍼졌다.

'언젠가는 찾아가 봐야지. 그래야지.'

솔직히 일행이 보고 싶었다. 바볼랏의 그 유쾌한 모습도, 세린의 그 수줍은 듯 예쁜 모습도, 고요한 퓨어의 모습도, 의젓하던 발린, 그리고 브라이튼과 카트린까지 다들 어떻게 지내는지 무척이나 궁금했다.

'실력들이 있으니 다들 잘 지내겠지. 그래, 여기에 몇 년 있다가 찾아가 보지 뭐. 아직은 마주할 자신이 없으니까.'

그렇게 마음을 정하며 고개를 끄덕일 때 얼굴 한쪽에 차가운 느낌이 확 들었다.

"호호. 무슨 생각을 그렇게 해! 너 꼭 늑대가 아니라 사람 같더라!"

엘리아가 물을 끼얹은 것이었다.

'허, 그렇게 깊게 생각에 빠졌었나? 고작 여자 애가 뿌리는 물도 눈치 채지 못할 만큼.'

케이는 엘리아가 장난치며 뿌린 물을 전혀 알아차리지 못한 자신에게 어이가 없었다. 달리 말하면 그 정도로 일행이 그리웠다는 말일 것이다. 어쨌든 그들은 이곳 류블라드에 존재하는 소수의 지인들이니까.

"케이, 이리 와. 케이도 같이 놀자. 솔직히 혼자서 놀려니 이제 좀 질린다. 역시 아데닌이랑 같이 올 걸 그랬나?"

케이가 생각에 잠기고 시간이 제법 흘렀었나 보다. 그동안 개울에서 이것저것 장난치던 엘리아가 곧 질린 것이리라. 아무리 마을 밖이라 하지만 역시 놀이도 혼자 하면 금세 재미없어지기 마련인 것이다. 논다는 것도 함께하기에 즐거운 것이니.

그러다가 마침 케이가 눈에 띄었던 것이다. 그것도 늑대 주제에 사람이라도 된 양 생각에 빠진 모습의. 그 모습을 본 엘리아가 한 행동이 바로 물을 뿌린 것이다.

'알았다. 놀아주지. 각오하라고.'

케이는 곧장 거대한 몸을 개울에 던졌다. 그러자 작은 개울의 물이 사방으로 튀었다.

"앗. 차가워. 뭐야, 케이? 물에 다 젖었잖아!"

입은 투덜거리고 있었지만 얼굴은 웃고 있었다. 아직 그녀에겐 옷이

110 케이

젖는 것보다 물장난치는 것이 더 즐거운 것이었다.

"에잇! 맛 좀 보라고!"

그러면서 엘리아는 양손을 바쁘게 놀리기 시작했다. 제 딴에는 열심히 물을 뿌린다고 뿌리는 것이겠지만 케이의 몸에 그건 그야말로 새발의 피였다. 오히려 케이가 앞발을 한 번씩 움직일 때마다 엘리아가 보는 손해가 막심했다. 얼마 지나지 않아 엘리아는 물에 흠뻑 젖고 말았다.

"아앗. 케이 너무하잖아! 나만 물에 다 젖고. 이 꼴로는 집에 못 가잖아. 엄마한테 엄청 혼날 텐데. 에이."

물에 빠진 생쥐가 되기 직전에야 엘리아는 물장난을 멈추고 개울 밖으로 나왔다. 그러면서 케이에게 투덜거리는 것을 잊지 않았다.

'고거 샘통이네. 지금까지 당한 것의 작은 앙갚음이라고. 이 계집애야. 크크.'

그렇게 말하고 생각하는 일인일수(一人一獸)였지만 둘 모두 표정은 밝았다.

엘리아는 엘리아대로 정말 오랜만에 즐겁게 놀았고, 케이는 케이대로 잠시나마 엘리아를 상대하면서 우울했던 기분을 날릴 수 있었던 것이다.

"후. 재밌게 놀았어. 그래도 이대로 돌아가면 혼날 거 같으니까 옷 좀 말리고 가자, 케이."

엘리아는 그렇게 말하며 나무 사이로 적당히 볕이 드는 곳으로 가서 앉았다. 케이도 그녀가 간 곳으로 가 그녀의 뒤에 엎드렸다. 그러자 엘리아는 케이에게 기대앉았다. 정말 편했다.

"고마워, 케이."

푹신한 털에 몸을 파묻으며 엘리아가 작게 중얼거렸다. 조금 축축한 감이 없지 않아 있었지만 그런대로 편안했다. 기실 케이의 몸은 거의 젖지 않은 것이나 다름없었기 때문이다.

"케이, 노래해 줄까?"

눈을 감고 자신의 몸에 기대 따스한 햇살을 쬐던 엘리아가 느닷없이 말했다. 케이는 영문을 알 수 없었지만 가만히 있었다.

"듣고 싶지? 이거 내가 제일 좋아하는 노래야. 내용은 제법 슬프지만 말이야. 지금부터 불러줄 테니까 잘 들어야 돼, 알았지?"

여전히 눈을 감고 있는 엘리아는 거기까지 말하고 잠시 조용히 있었다. 아마도 노래를 떠올리고 있는 듯했다.

곧 엘리아의 입이 열리고 청아한 목소리가 울려 퍼졌다.

그대들은 아나요?

여기 한 슬픈 영웅이 있음을.

그대들은 아나요?

그의 노래를.

마왕이 강림한 조국을 지키기 위해.

슬픈 검을 뽑아야만 했던 그의 사연을.

그대들은 알고 있나요?

자신의 검에 마왕의 심장이 뚫릴 때,

피눈물을 흘려야만 했던 그의 심정을.

자신이 찌른 그 마왕이 자신의 친구였음을.

그대들은 알았던가요?

세상을 구하기 위해

마왕에게 영혼을 빼앗긴 둘도 없는 친우를,

스스로의 손으로 죽여야만 했던,

그 슬픈 영웅의 슬픈 사연을 그대들은 알고 있나요?

그렇게 엘리아의 노래는 끝을 맺었다. 정말 아름다운 목소리로 부른 정말 아름다운 노래였다. 엘리아가 노래를 그렇게 잘하는 줄은 몰랐다.

엘리아의 노래에 취했음인가? 어느새 케이의 눈에는 눈물이 방울지고 있었다. 아니, 정확히는 노래의 가사 때문이리라. 마치 자신의 일을 노래한 듯한 그 슬픈 가사 때문일 게다. 거기에다 감정이 실린 엘리아의 아름다우면서도 슬픈 듯한 목소리가 케이의 눈물샘을 자극했으리라.

엘리아는 여전히 눈을 감고 있었다. 그랬기에 케이의 눈물을 보지 못했다. 하지만 그녀의 눈에서도 어느새 한줄기 눈물이 흐르고 있었다. 아마도 노래를 부르며 노래에 너무 깊이 빠져든 탓일 게다.

'이, 계집애는. 제법 슬픈 게 아니라 엄청나게 슬프잖아. 뭐, 이딴 노래를 좋아한다는 거야?

"슬프지? 그치?"

약간은 울먹거리는 엘리아의 목소리.

'어라? 감정이입이 지나쳤던 모양이군.'

케이는 엘리아의 목소리로부터 그녀가 눈물을 흘리고 있다는 사실을 어렵지 않게 알 수 있었다.

"웃기지? 내가 부른 노래에 내가 울어버리고 말이야. 그런데 난 이 노래 부를 때마다 울어. 제일 좋아하는 노래인데 부를 때 마다 울다니 나도 참 바보 같아."

케이는 가만히 엘리아의 말을 듣고만 있었다.

"이 노래는 어떤 영웅에 관한 노래래. 실제로 있었던. 내가 여덟 살 땐가? 잠시 우리 마을에 들른 음유시인 아저씨가 노래를 부르면서 가르쳐 주셨어. 나도 그때 배웠지."

어느새 진정이 되었는지 엘리아의 목소리에서 울먹거림이 잦아들고 있었다.

"너, 바스테르 산이 어디에 있는지 알아? 예전에는 버려진 땅이라고 불리는 곳을 감싸고 있는 산맥이었대."

'알아, 그 정도는. 내가 직접 반란 진압에도 참가했었구만.'

케이는 엘리아의 말에 잠시 자일론과 반란군을 진압하던 때가 떠올랐다.

"그런데 그중에서 카이렌이라는 나라에 포함된 부분의 사람들이 반란을 일으켰대. 그리고 그 반란을 카이렌의 5왕자가 진압한 거지. 그때 큰 공을 세운 장군이 있었는데 지니어스 후작이라는 분이었대. 그분은 그 공으로 이 땅을 영지로 받았다더라."

엘리아의 설명에 케이의 얼굴이 묘하게 변했다. 저건 분명 자신의 이야기였다.

"그 지니어스 후작이란 분은 엄청난 검의 고수였대. 소드 마스터보다 강하다고 했어. 상상이 되니? 검의 절대자라는 소드 마스터보다도 강하다니. 아마 케이 너는 상대도 안 될걸? 후훗."

'내 얘기구만. 내가 나에게 상대가 안 된다니… 말이 되는 소리를 좀 해라. 응?'

엘리아의 마지막 말에 케이는 잠시 어이가 없었다. 하지만 엘리아는 자신의 정체를 모르니. 그런데 엘리아의 말에 이상한 부분이 있었다. 하지만 케이는 현재 평범한(?) 늑대였기에 그냥 듣고 있는 수밖에 없었다.

"그 지니어스 후작님께는 동료가 있었다고 하더라. 그랜드 소드 마스터 엘프 검사라는 퓨어님, 그리고 신안을 가지고 정령왕을 소환하는 소환술사이기도 했던 세린님, 헤이트론의 왕세자셨던 바볼랏 신관님, 히스티딘 가문의 발린님, 칼라의 후계자였던 카트린님, 카이렌이라는 나라의 공작 가문 자제였던 브라이튼님, 그리고 카이렌의 5왕자인 자일론님. 그분들이 동료라고 했어. 엄청나지 않니?"

엘리아의 설명을 가만히 듣고 보니 분명 엄청난 사람들의 조합이기는 했다. 수긍하는 케이의 머리가 미세하게 움직였다. 엘리아는 여전히 눈을 감고서는 이야기를 계속했다.

"그런데 그중 자일론님이 그만 마왕에게 영혼을 제압당하고 육체를 빼앗긴 거야. 그 마왕을 막으려고 안간힘을 썼지만 다들 속수무책이었대. 세린님도 퓨어님도 브라이튼님도 바볼랏님도 누구도 상대가 안 되었대. 그때 지니어스님이 나서서 심장에 검을 꽂아 마왕을 물리쳤다는 거야."

케이는 이제야 알아차렸다. 슬픈 영웅의 정체를. 엘리아의 이야기를 들으며 설마설마 했었다. 아니, 아니기를 빌었다. 그 슬픈 기억이 떠오를까 봐. 그런데 자신의 이야기였다니.

"그리고 상심한 지니어스님은 그대로 사라지셨어. 다른 동료들은 말릴 수가 없었대. 그냥 말없이 떠나는 그분의 뒷모습을 지켜볼 수밖에는. 그리고 그대로 지니어스님은 류블라드에서 사라지셨어."

'후. 그렇겠지. 그 지니어스가 지금 여기에 이렇게 있으니……'

케이의 가슴에 회한이 몰아쳐 왔다. 그때 왜 자신은 그렇게 훌쩍 사라져 버렸을까? 물론 이길 수 없는 슬픔에 휩싸였지만 꼭 사라질 필요가 있었을까? 잠시 그런 생각을 하는 케이의 눈에 습막이 어렸다.

"그 이후에 카이렌이라는 나라는 망했대. 마왕 때문에 군사력의 절반이 사라지고 왕세자랑 2왕자, 5왕자까지 죽어버려서. 마케인 제국이랑 후디스 제국이 위아래에서 공격해 와 결국 망했대. 그전에 브라이튼님은 카이렌의 귀족들에게 질려 칼라로 떠나 버렸다고 하더라. 브라이튼님이랑 카트린님이랑 연인이었다고 하더라고. 두 분은 결혼 후 그렇게 칼라로 들어가서 다시는 세상에 나오지 않았어."

엘리아의 이야기가 이어질수록 케이는 뭔가 불길한 것을 느꼈다. 카이렌이 망했다고 한다. 그리고 브라이튼과 카트린이 다시는 세상에 나오지 않았다고 한다. 이 말들이 뜻하는 것이 무어란 말인가? 이런 케이의 혼란에 아랑곳 않고 엘리아는 자신의 이야기를 계속했다.

"바볼랏 신관님은 헤이트론 성국의 교황이 되셨고, 세린님은 헤이트론 성국의 신안 성녀가 되셨어. 두 분 모두 헤니트론 역사상 최고의 교황과 성녀셨다고 해. 그래서 지금 헤이트의 광장에 가면 두 분의 동상이 있다고 해. 주변은 무척이나 아름답게 꾸며져 있고, 또 그곳에는 지니어스님의 동상도 같이 있대. 그 동상은 세린님의 바람이었다고 해."

아무래도 시간이 보통 많이 흐른 게 아닌 듯했다. 엘리아의 이야기로 유추해 보면 이미 자신의 동료들이 죽은 것 같았다. 말하는 투가 이미 죽어버린 사람들에 관해 이야기하고 있는 것 같았다.

　"발린님은 히스티딘 가문으로 돌아가서 그동안 공부한 마법으로 가업을 일으키셨지. 그 결과물이 지금의 히스티딘 마법 상회니까 말이야. 지니어스님이 그분의 마법 스승이었다고 하더라. 아무튼 정말 대단한 분이셔. 그런 엄청난 마법 상회를 이룬 분을 가르치다니 말이야. 퓨어님은 그 후 엘프의 숲으로 돌아가셨다나 봐. 그 중간에 만난 음유 시인들과 이야기를 나누셨는데, 그 내용이 이 노래의 가사가 된 거지."

　케이는 정신이 없었다. 히스티딘 마법 상회라는 것은 또 뭐란 말인가? 퓨어가 숲으로 돌아갔다는 것은 그때 들어서 알고 있었지만, 대체 어느 정도의 시간이 지난 것인지 알 수가 없었다.

　"숲으로 돌아가신 퓨어님은 그 후 더욱 검술 연마에 힘을 쏟으셨다나 봐. 엘프가 검이라니 조금 우습기도 하지만 말이지. 하긴 이제는 아무도 엘프의 검을 무시하지 못한다고 해. 퓨어님이 스스로 창안하신 검술을 엘프의 숲에 있는 엘프들에게 전해서 엘프들의 검술은 무척이나 뛰어나다고 하더라. 그리고 현재 류블라드 최고의 검사는 퓨어님이고. 그랜드 소드 마스터의 경지를 깨는 것도 머지않았다는 소문도 있어."

　'후. 그랬던가. 그렇게 되어버렸다. 내가 제법 오랜 시간 잠들어 있었나 보군.'

　"아무튼 지니어스님이 마왕을 물리친 게 벌써 400년인가 500년 전이라고 해. 정말 옛날일이지. 그런데 난 지니어스님이 너무 불쌍해. 다른 동료들은 제각각 사람들의 존경도 받으면서 무언가를 이루었는데, 그분만은 친구를 죽였다는 슬픔을 안고 그대로 사라지셨으니까. 그래서 그런 그분을 노래한 이 노래가 내가 가장 좋아하는 노래가 되어버렸어. 무척 슬프긴 하지만 말이야."

마지막 말을 마치고 엘리아는 눈을 떴다. 어느새 눈물은 멈추고 눈은 초롱초롱 빛나고 있었다. 적당한 물기가 어린 눈이 더욱 아름답게 빛났다.

엘리아의 마지막 말에 케이는 그대로 굳었다. 놀람이 극에 이른 것이다. 제법 긴 시간 동안 동굴에 있었다고는 생각하고 있었다. 슬픔을 잊기 위해 무작정 내면으로 내면으로 들어갔다. 그리고 어느 정도 잊었고, 또 무공에 있어서도 성취가 있었다. 그런데 400년이 넘는 시간이 흘렀다니.

자신은 대체 어떻게 된 존재란 말인가? 늑대의 수명은커녕 인간의 수명도 넘어 있었다. 이 사실을 어떻게 설명해야 할까?

자신의 친구들은 이미 모두 한 줌 흙으로 돌아가 버렸다. 오직 퓨어만을 제외하고. 하이 엘프의 수명은 2000년이라 했으니 퓨어는 이제 어엿한 성인 엘프로 인정받을 정도의 나이가 되었을 게다.

'후. 대체 어떻게 된 것일까? 그 긴 시간 동안 죽지도 않고 살아 있다니……. 아무리 무공이 경지에 이르렀다지만 이건 도대체…….'

실상 케이는 동굴 속에서 수면과도 비슷한 명상의 상태에서 상단전을 열었다. 비록 상단전의 껍질을 조금 깨낸 것에 불과하지만 어쨌든 중단전은 완전히 열렸고, 상단전도 약간이나마 열려 중단전과 연결이 되었다. 결국 상, 중, 하 삼단전이 모두 하나의 길로 연결된 것이다.

본디 하단전은 장정(藏精)의 부(府)이며, 중단전은 장신(藏神)의 부이고, 상단전은 장기(藏氣)의 부라고 한다. 인신(人身)은 정(精), 기(氣), 신(神)이 주가 되는데, 신은 기에서 생기며, 기는 정에서 생기므로 정, 기, 신이 조화롭게 어울려 있는 것이 이상적인 상태이고, 한계를 벗어난 상태이기도 하다.

케이는 현재 상단전이 조금 열리면서 정기신이 한 길로 유통하기 시작했기에 이미 피조물로서 피조물의 한계를 넘어서고 있었다. 달리 말하면 신이라는 존재를 향해 다가가고 있다고 할까? 상단전이 완전히 열리면 어떻게 될지 알 수는 없었지만, 적어도 현재는 수명이 엄청나게 늘어난 결과로 나타나고 있었다.

이러한 사실을 모르는 케이는 현재 자신의 상태에 대해 고심하고 있었다.

"자, 케이. 이제 옷도 대충 마른 것 같으니까 마을로 돌아가자. 너무 늦으면 어른들이 걱정해. 그리고 배도 조금 고프고 말이야."

엘리아의 말에 케이는 정신을 차렸다. 그러고 보니 시간이 제법 지났다. 현재의 고민은 단시간에 해결할 수 없었기에 머리 속 한쪽으로 밀어놓았다. 해맑게 웃는 엘리아의 얼굴이 현재 케이가 가진 고민을 조금이나마 잊게 해준 것도 있었다.

'아침을 그렇게 대충 먹었으니 벌써 배가 고프지.'

엘리아는 여전히 엎드려 있는 케이의 등에 올라탔다.

"빨리 돌아가자, 케이. 네가 찾아온 곳이니까 길은 네가 알겠지? 난 그냥 네 등에 타고 있어서 길도 모른다구."

케이는 느릿느릿 걸음을 옮기기 시작했다. 엘리아를 따라 나왔다가 정말 의외의 사실들을 알게 되었고, 새로운 고민도 생겼다.

'그나저나 400년이라……. 이건 해도 해도 너무하는군.'

아직도 지나간 시간이 실감이 나지 않는 케이의 귓가로 아련한 노랫소리가 들려왔다. 노래를 부른 이는 없었지만 조금 전에 들었던 노래가 케이의 머리 속에서 그 슬픈 기운과 함께 다시 들리고 있었다.

그대들은 아나요?

여기 한 슬픈 영웅이 있음을.

그대들은 아나요?

그의 노래를.

마왕이 강림한 조국을 지키기 위해.

슬픈 검을 뽑아야만 했던 그의 사연을.

그대들은 알고 있나요?

자신의 검에 마왕의 심장이 뚫릴 때,

피눈물을 흘려야만 했던 그의 심정을.

자신이 찌른 그 마왕이 자신의 친구였음을.

그대들은 알았던가요?

세상을 구하기 위해

마왕에게 영혼을 빼앗긴 둘도 없는 친우를,

스스로의 손으로 죽여야만 했던,

그 슬픈 영웅의 슬픈 사연을 그대들은 알고 있나요?

'다시 음미해도 마음에 안 드는 노래야. 너무 쓸쓸해. 나의 지난 삶은 결코 그렇게 슬픈 것만은 아니었는데 말이야.'

엘리아를 등에 태우고 마을로 향하는 케이의 뒷모습이 유독 쓸쓸해 보였다.

슬픈 영웅의 노래는 다시 한 번 케이의 가슴에 아련히 젖어들었다.

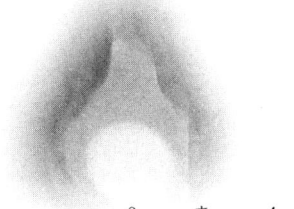

2 초 4 식

몬스터들의
습격에…

몬스터들의 습격에…

목책에 감싸인 마을의 정문. 두꺼운 통나무로 단단하게 만든 그 문이 서서히 올라간다. 그 앞에는 제법 많은 마을 청년들이 수레에 짐을 가득 싣고 서 있었다. 그 대열의 선두에는 밀러가 당당한 모습으로 서 있었다.

촌장이 걱정스러운 얼굴로 그의 손을 꽉 잡고 있었다.

"이번에도 먼 길 가는구만. 부디 몸조심하고, 마을을 위해 수고해 주게나."

"걱정 마십시오, 촌장님. 한두 번 다녀온 길도 아니고, 별일없이 무사히 다녀올 수 있을 겁니다."

밀러는 빙그레 웃어 보이며 자신을 걱정하는 촌장을 안심시켰다.

"그건 그렇네만. 그래도 항상 자네들이 떠날 때면 돌아올 때까지 잠도 제대로 못 잔다네."

"그리고 저희는 항상 무사히 돌아왔지 않습니까? 산 밖으로 벗어나는 길이라 몬스터들도 거의 없습니다. 그러니 걱정 그만 하시고 이만 보내주세요."

자신들을 걱정해 주는 촌장의 마음이 절절히 느껴졌기에 밀러는 더욱 환하게 웃으며 말했다. 지금은 이런 웃음만이 촌장을 안심시킬 수 있으리라.

"그럼, 다녀오겠습니다."

"잘 다녀오게나."

밀러는 촌장에게 인사를 남기고 걸음을 옮겼다. 그의 뒤로 말이 끄는 서너 개의 수레가 따랐고, 마을 청년들이 주변을 호위하듯 서서 걸음을 옮겼다.

"잘 다녀오세요!"

"조심하세요!"

한 달에 한 번씩 이 마을에서 벌어지는 진풍경이다. 케이 역시 엘리아를 등에 태우고 미엘과 함께 그 작은 행렬을 지켜보고 있었다.

'이들은 이렇게 사는구나. 이렇게 열심히.'

요 며칠간 케이는 무척이나 침울한 상태였다. 자신이 잠든 사이의 일을 대략적으로나마 들었기에 거기에서 몰려오는 회한 때문이었다.

잠시 슬픔을 잊기 위해 몸을 숨겼던 것인데 400년이 넘는 시간이 흘러 버리다니. 케이는 자일론의 죽음 때와는 또 다른 회한으로 며칠을 보냈다. 그나마 엘리아가 밝은 모습으로 곁에 있었기에 조금 나았는지도 모른다.

"자, 케이. 이제 집으로 가자."

엘리아의 목소리는 여전히 밝았다. 그런 밝은 모습이 케이에게 힘을 주었다. 지난번 개울에 함께 다녀온 후 케이가 힘 빠진 모습을 보이는 걸 엘리아는 알고 있었다.

동물들의 그런 기색을 알아차리는 것은 보통 사람에게는 힘든 일이 었지만 엘리아는 가능했다. 그래서 요 근래 더욱 밝은 모습으로 케이를 대하고 있었다.

"무사히들 다녀와야 할 텐데."

케이의 곁에서 걸음을 옮기던 미엘이 걱정스럽게 중얼거렸다.

"걱정 마, 엄마. 항상 무사히 다녀왔잖아. 그리고 밀러 아저씨도 있는데."

엘리아가 밝은 목소리로 말했다. 저 행렬을 보고 올 때면 엄마가 항상 보이는 모습이었다. 그리고 항상 그렇듯이 오늘도 엘리아는 엄마의 걱정을 덜어주기 위해 밝은 얼굴로 늘 하던 말을 했다.

'확실히 밀러라는 자는 이런 마을에 있기에는 아까운 실력자지. 어떤 일로 이런 곳에 숨어 사는 것인지…….'

엘리아의 말에 밀러의 실력을 잠시 떠올린 케이는 궁금함이 일었다. 첫 대면에서 파악한 밀러의 실력은 소드 익스퍼트에 근접한 소드 러너였다. 그 정도면 능히 기사단에 있을 수 있는 실력이었다. 한데 이런 산골에 있다는 것은 분명 무언가 사연이 있을 것이다.

아직 이른 아침이다. 먼 길을 가야 하기에 항상 새벽에 출발하는 그들이 떠난 지금도 아직 아침 식사 전이었다. 집으로 돌아온 미엘은 서둘러 식사를 준비했다.

이제는 일상이 되어버린 두 사람과 한 늑대의 아침 식사. 분명 보통 사람이 보기에는 무척이나 해괴한 모습이지만 엘리아는 이 아침 식사가 정말 좋았다. 엄마와 단둘이서 식사할 때보다 훨씬 즐거웠으니까.

"자, 케이. 오늘도 나가야지?"

아침 식사가 끝나자 엘리아는 케이를 보고 방긋 웃으며 말했다. 엘리아는 처음 마을 밖으로 나간 그날 이후 매일같이 마을 밖으로 나갔다. 이제 자주 나갔다 와서 그런지 첫날처럼 재촉은 하지 않았기에 여유있게 식사를 마친 케이는 엘리아의 앞으로 걸음을 옮겼다.

"오늘은 좀 더 빨리 와야 한다. 마을에 사람들도 얼마 없으니까."

오늘도 역시나 마을 밖으로 나가려는 딸의 모습에 미엘은 엄한 목소리로 말했다. 일행이 도시로 떠난 지금이 마을이 가장 위험한 때였다. 지킬 수 있는 인원이 얼마 없기에 마을 사람들은 더욱 조심스러웠다.

미엘의 솔직한 심정으로는 내보내고 싶지 않았지만 케이라는 존재가 주는 든든함 때문에 그런 충고로 끝낸 것이다.

처음 트롤을 잡아온 그날 이후, 케이는 매일같이 트롤을 한 마리씩 물어왔기에 마을 사람들의 케이에 대한 믿음은 지대했다.

"알았어요!"

엄마의 말에 힘차게 대답한 엘리아는 집 밖으로 나오자마자 케이의 등에 올라탔다. 이제는 익숙해졌는지 케이가 약간만 몸을 구부려도 등에 폴짝 올라타는 모습이 무척이나 자연스러웠다.

케이는 걸음을 빨리 해 마을 입구 쪽으로 나갔다. 이른 아침에 열어

둔 문은 여전히 열려 있었고, 그 옆에는 한 명의 자경단원이 경비를 서고 있었다. 아무래도 도시로 향한 일행 때문에 인원이 줄어 경비도 한 명이 서는 모양이었다. 그런 경비 옆에 한 소년이 함께 있었다.

"아데닌."

엘리아가 먼저 알아보고 소년의 이름을 불렀다.

"헤헤. 이제 오는 거야?"

아데닌은 엘리아에게 손을 흔들며 말했다.

"너 언제부터 나와 있었니?"

"사람들이 도시로 떠날 때 나와서 줄곧 기다리고 있었어."

얼마나 마을 밖으로 나가 놀고 싶었으면 그때부터 기다렸단 말인가?

"아침은?"

"아버지 드실 때 같이 먹었으니까."

"아, 그렇구나."

밀러가 이번 행령의 책임자였기에 아데닌네 아침식사는 무척이나 빨랐을 것이다.

"어머니한테는 말씀드렸어?"

"아니. 말해 봤자 혼나기만 할걸. 일단 오늘 다녀와서 말씀드리려고."

태연하게 대답하는 아데닌의 모습에 엘리아는 할 말이 없었다.

"너희 그게 무슨 말이지?"

곁에서 둘의 대화를 듣고 있던 자경단원이 물었다.

"아, 닉 아저씨. 오늘은 저도 함께 나가면 안 될까요?"

대강이나마 예상했던 이야기를 아데닌이 꺼냈다.

"안 돼."

닉이라는 자경단원은 단호하게 대답했다.

"에이. 이번 한 번만 좀 봐줘요. 지금 아버지도 안 계시잖아요. 예?"

아데닌이 노린 것은 이것이었다. 아버지가 책임지는 일행이 떠나면 마을의 자경단원 수는 평소의 1/3 수준으로 준다. 게다가 단장인 아버지 역시 자리를 비운다. 자연 자경단원들이 조금 느슨해지게 되는 것이다.

물론 적은 인원만 남기에 경계에는 더욱 힘쓰겠지만, 책임자가 빠지면 어느 정도 느슨해지는 것은 어쩔 수 없는 일이었다. 또한 지금까지 도시로 가는 이들이 떠난 후 큰일이 있었던 적이 한 번도 없었으므로 마음에 틈이 생기기도 했다.

그 점을 알고 있는 아데닌이 집요하게 졸랐다. 엘리아는 케이의 등에서 아데닌의 모습을 지켜볼 뿐이었다. 이것이 그녀가 내건 조건이었으니까. 오늘 이 자리에서 아데닌이 허락을 얻어내면 함께 나가는 것이고, 그렇지 않으면 또 그녀 혼자 나가는 것이다. 그랬기에 아데닌은 필사적이었다.

"안 돼, 안 된다구! 정 그렇게 나가보고 싶으면 촌장님께 허락을 받아오던지."

집요한 아데닌의 조름에 결국 닉의 목소리가 커졌다. 닉이 소리를 지르자 찔끔한 아데닌이 움츠러들었다.

"아, 미안하다. 소리를 질러서. 하지만 안 되는 건 안 되는 거야. 그렇게 나가고 싶으면 좀 전에 말한 대로 촌장님께 허락을 받아와."

움츠러든 아데닌의 모습에 자신의 실수를 알아차린 닉은 조용한 목소리로 아데닌을 타일렀다.

처음에는 쉽게 생각했던 일이 잘 안 풀리자 아데닌의 어깨가 축 처졌다. 무척이나 불쌍한 모습이었지만 닉은 고개를 돌려 외면했다. 닉이라고 왜 지금 아데닌의 심정을 모르겠는가? 자신에게도 저렇게 어렸던 시절이 있었는데. 그래도 안 되는 건 안 되는 것이었기에 자신의 약해진 마음을 다잡기 위해 시선을 돌린 것이다.

"그럼 촌장님께 다녀올게요. 엘리아, 내가 돌아올 때까지 기다리고 있어."

축 처진 어깨로 아데닌은 터덜터덜 촌장의 집으로 향했다. 아데닌의 뒷모습을 바라보는 엘리아의 눈에는 아쉬움이 가득했다. 그녀가 보기에도 아데닌의 모습은 무척이나 안타까웠기에.

그렇게 기다리기 시작한 지 얼마나 지났을까?

아데닌이 싱글벙글 웃으며 나타났다. 그의 뒤로 촌장이 따라오고 있었다. 닉과 엘리아는 아데닌의 얼굴에서 그가 허락을 얻어냈다는 것을 알 수 있었다. 그리고 케이는 아데닌의 양 볼에 나 있는, 이제는 말라버린 눈물 자국을 볼 수 있었다. 워낙 미세했기에 케이 정도는 되어야 알아차릴 수 있을 정도였다.

"이보게, 닉."

"예, 촌장님."

"오늘 하루 정도는 아데닌도 엘리아와 함께 나가는 걸 허락하도록 하지. 아버지도 마을을 떠나서 쓸쓸할 텐데 말이야."

"알겠습니다."

촌장의 허락이 떨어지자 닉은 한쪽으로 비켜섰다.

"그럼 저 다녀올게요~!"

그 옆으로 아데닌은 싱글벙글 웃으며 지나갔고, 케이가 그 뒤를 따랐다. 닉은 마을을 벗어나는 아데닌의 뒷모습을 걱정스레 쳐다보았다.

"왜 허락하신 겁니까? 허락 안 하실 줄 알았는데⋯⋯."

닉은 아데닌이 워낙 자신을 귀찮게 하여 절대 허락하지 않을 거라 믿은 촌장에게로 떠넘긴 것이었다. 그런데 허락하다니.

"헐, 자네 이 늙은이에게 저런 골치덩이를 떠넘기고 미안하다는 생각도 안 드는가?"

촌장의 뼈있는 말에 닉의 얼굴이 붉어졌다.

"그리고 내 앞에 드러누워서 허락 안 해주면 죽어버리겠다고 엉엉 울어 젖히는데 내가 어찌하겠나? 누굴 닮아서 저런 말썽꾸러기인지⋯ 쯧쯧."

촌장의 중얼거림에 닉은 고개를 끄덕였다. 지나가던 사람들이 볼 수 있는 이곳에서는 그저 조르기만 하던 녀석이, 촌장의 집 안에서는 정말로 배 째라고 드러누운 모양이었다.

"단장님의 아들이라는 게 신기할 지경이죠."

닉의 말에 촌장은 고개를 저었다.

"그건 모르지. 아들은 아비를 닮는다고, 밀러의 어린 시절이 어땠을지는. 밀러가 이 마을에 왔을 때가 아데닌이 갓난쟁이일 무렵이니 밀러의 어린 시절을 아는 사람은 없지 않은가? 헛허허허."

그 말과 함께 여운 가득한 웃음을 남기고 촌장은 자신의 집으로 돌아갔다.

"우엣춰!"

"왜 그러십니까, 단장님?"

"아, 아닐세."

마을을 벗어난 이후 바스테르 산 밖으로 열심히 이동하던 중 밀러의 갑작스러운 재채기에 놀란 자경단원이 물었다. 밀러는 손을 흔들며 아니라 하고는 이상하게 가려운 귀를 긁적였다.

'홋, 역시 제놈이 땡깡을 안 부리고야 허락을 받아낼 리 없지. 그나저나 저놈도 은근히 한성깔 하는 녀석이군.'

이미 마을이 안 보일 정도로 걸어왔지만 케이의 청력은 촌장과 닉의 대화를 들을 수 있었다. 얼굴에 말라붙은 눈물 자국으로 대강 짐작은 할 수 있었지만, 사실이 확인되자 어이가 없기도 했다. 한편으로는 그 성깔이 마음에 들기도 하고.

"저, 엘리아. 나도 케이 등에 타고 가면 안 돼?"

케이의 걸음을 힘겹게 따라가던 아데닌이 위를 올려다보며 물었다. 덩치가 있는 케이의 보통 걸음을 쫓아가기 위해 아데닌은 뛰듯이 걷고 있었기에 그의 얼굴은 이미 땀에 젖어 있었다.

"케이, 어때?"

아데닌의 물음에 엘리아는 케이에게 다시 물었다.

'짜식, 한 번 봐준다.'

케이는 멈춰서 몸을 낮췄다.

"타. 케이가 허락했어."

그 모습에 엘리아가 웃으며 말했다. 아데닌은 활짝 웃으며 케이의 등에 조심스레 올랐다.

"케이, 고맙다."

등에 오른 아데닌은 웃으며 말했다.

'그래도 싸가지는 있는 녀석이군.'

작은 말 한마디에 기분이 좋아진 케이는 다시금 걸음을 옮겼다.

"그런데 엘리아, 어디로 가는 거야?"

"응? 개울가. 요즘 거기서 놀거든."

엘리아는 가만히 있고 케이가 알아서 걸음을 옮기기에 목적지가 궁금했던 아데닌의 물음에 엘리아가 대답했다.

"개울가? 그럼 물장난하는 거야?"

"응. 얼마나 재미있는데."

"히, 재밌겠다."

두 아이의 얼굴에는 동시에 웃음이 떠올랐다.

마을에는 개울이 없었다. 마을의 식수를 오직 우물에만 의존했기에 마을에서 물장난이란 꿈도 못 꿀 일이었다. 마을에는 네 곳에 우물이 있기는 했지만, 그래도 귀중한 물을 가지고 아이들이 장난하게끔 어른들이 내버려 두지 않았다.

덕분에 아데닌의 얼굴은 기대로 가득 물들었다. 기대로 물들기는 엘리아 역시 마찬가지였다. 그동안 혼자서 혹은 케이와만 물장난을 했었다. 그것도 재미는 있었지만, 역시 만만한 상대가 있어야 놀이는 더욱 재미나는 법이다. 솔직히 케이는 그녀에게는 너무 강적이었다. 그러던 차에 만만한 아데닌과 함께 가니 그녀 역시 기대되기는 마찬가지였다.

"케이, 좀 빨리 가자. 그리고 아데닌, 꽉 잡아."

아데닌은 엘리아의 말에 케이의 털을 꽉 움켜쥐었다. 등에서 느껴지는 통증의 강도가 세어진 걸 확인한 케이는 달리기 시작했다. 아이들이 떨어지지 않을 만한 속도로 달리는 케이의 등에서 아데닌이 소리를 지르기 시작했다.

"우와! 엄청난걸! 정말 신나는데!"

"그렇지?"

아데닌의 소리에 엘리아도 웃으며 동조했다.

'너희는 신나냐? 난 아프단다.'

속도가 올라감에 따라 아이들의 손에 힘이 들어갔고, 그에 비례해 케이의 통증도 올라갔다.

'그런데 너희 진짜 열다섯 맞냐? 물장난을 그렇게 좋아하다니, 나이에 맞지 않게 되게 어리게 노는군.'

등에서 아련히 전해오는 통증과 함께 케이의 머리를 스치는 생각이었다.

"우와! 개울이다!"

케이가 달리기 시작하고 얼마 지나지 않아 개울에 도착할 수 있었다. 좁지 않은 폭에 상쾌한 소리와 함께 흘러가는 맑은 물을 본 아데닌의 입에서 탄성이 터져 나왔다.

마을 근처에는 이런 개울이 없었기에 그로서도 처음 보는 모습이었으니.

'겨우 개울 하나에 저런 얼굴이라니. 이 마을의 아이들은……'

아데닌의 얼굴은 케이를 씁쓸하게 만들었다. 흔히 볼 수 있는 계곡의 개울. 그것이 저 아이에게는, 아니, 아데닌의 마을 아이들에게는 흔히 볼 수 없는 광경인 것이다. 거기에 생각이 미치자 몹시 안타까웠다.

"자자, 아데닌. 어서 가서 신나게 놀자."

그 말과 함께 엘리아는 케이의 등에서 깡총 뛰어내렸다. 아직 케이는 몸을 굽히지 않았는데도 뛰어내리는 모습이 능수능란했다. 엘리아의 모습에 아데닌도 서둘러 뛰어내렸다. 착지하는 모습이 불안하기는 했지만 그런대로 훌륭히 땅에 발을 디딘 아데닌은 엘리아의 뒤를 따라 개울로 뛰어들었다.

얼마나 기뻤으면 아데닌은 신발을 신은 채 그대로 뛰어들었다. 엘리아는 어느새 신발을 다른 곳에 벗어두는 치밀함을 보였지만, 아데닌은 그런 것에 신경 쓸 정신도 없는 모양이었다.

"에잇! 받아라!"

개울에 발을 담그기 무섭게 날아온 물이 아데닌의 얼굴을 덮쳤다.

"어푸, 앗, 차가워. 엘리아! 비겁하잖아!"

그 말과 동시에 개울에 담가졌다가 뻗어 나오는 아데닌의 손. 아데닌의 손을 벗어나 엘리아를 향해 날아가는 물줄기. 아데닌의 얼굴에는 회심의 미소가 감돌았다.

하나 능숙하게 옆으로 살짝 피하는 엘리아의 모습에 아데닌의 얼굴은 일그러졌다. 요 며칠간 케이와 물장난을 한 엘리아와 처음으로 개울에 나온 아데닌과는 쌓아둔 물장난의 내공이 달랐던 것이다.

이후 엘리아의 일방적인 공격이 계속되었다. 자신보다 훨씬 커다란 케이와 물장난을 하며 놀던 엘리아에게 비슷한 또래의 아데닌은 정말

쉬운 상대였다.

엘리아의 일방적인 공세 속에 아데닌은 발악하듯 반격을 했지만 살짝 젖은 엘리아의 옷과 흠뻑 젖은 아데닌의 옷이 지금 둘의 상황을 잘 보여주고 있었다.

"잠깐!"

일방적으로 몰리자 아데닌은 한쪽 손을 들며 외쳤다.

"왜?"

아데닌의 외침에 엘리아는 의아한 듯 양손을 멈추며 물었다.

"에잇!"

그때 아직 물속에 있던 아데닌의 다른 한쪽 손이 움직였고, 시원하게 날아간 물줄기는 그대로 엘리아의 얼굴에 착지했다.

"아앗. 비겁하게."

어떻게 보더라도 비겁한 아데닌의 공격에 독이 오른 엘리아가 재빨리 손을 움직였지만, 기습에 성공한 아데닌의 공격은 쉬지 않고 계속 되었다. 아데닌이 기세를 탔는지 엘리아가 조금씩 밀리기 시작했다.

'쩝. 저 녀석, 비겁하게. 하긴 나랑 물장난하면서 단련된 엘리아에게 공격하려면 어쩔 수 없었겠지. 그래도 비겁한걸, 사내 녀석이.'

그 모습을 케이는 하품을 하며 지켜보았다. 두 아이가 노는 모습이 재미있기도 했지만 지루하기도 했다. 긴 잠에서 깨어나 하는 일이 다 큰 애 보기라니. 스스로 결정한 유희에 케이는 요즘 조금씩 싫증이 나고 있었다. 다만 엘리아의 밝은 웃음이 그런 싫증을 날려 보내주었기에 이렇게 케이는 엘리아와 함께하는 것이다.

잃어버린 400년의 회한을 달래주는 웃음을 가진 엘리아였기에.

'으음. 그나저나 한 달도 안 되어서 이렇게 질리는데, 드래곤들은 어떻게 몇십 년씩을 유희하는지 모르겠군.'

다시 한 번 하품을 하며 머리에 떠오른 생각에 케이는 잠시 고개를 갸웃거렸다.

케이의 그런 상념들과는 상관없이 아데닌과 엘리아의 치열한 공방전은 점점 그 열기를 더해가고 있었다. 서로가 서로에게 뿌리는 물줄기에 젖어가면서도 둘의 입에 떠오른 웃음은 더욱 짙어졌다. 열다섯답지 않은 순수함, 그것을 둘은 가지고 있었다. 아니, 둘뿐 아니라 마을 아이들 모두 그러했다. 폐쇄된 곳에서 서로가 서로를 의지하며 살아가야 하는 환경이 그런 순수함을 그들에게 남긴 것인지도 모른다.

"헉헉헉. 아데닌, 잠깐 쉬었다 하자. 너무 힘들어."

"헥헥헥. 그럴까? 마침 나도 힘들던 참이야."

엘리아의 휴전 제안에 아데닌도 동의했다. 두 사람은 늘 엘리아가 옷을 말리며 쉬던 그곳으로 갔다. 케이는 오늘도 어김없이 그곳으로 가 두 사람이 편히 기대어 쉴 수 있게 해주었다.

"아, 늘 그렇지만 오늘도 고마워, 케이."

"케이, 고마워."

엘리아의 인사에 아데닌도 덩달아 인사를 하며 케이에게 등을 기댔다. 얼굴을 간질이는 따스한 햇살에 기분이 절로 좋아졌다.

"엘리아."

"응?"

"정말 좋다."

"그렇지?"

"매일같이 이랬으면 좋겠는데. 몬스터들 때문에 제대로 놀지도 못하고… 바스테르 산에는 대체 몬스터가 왜 그렇게 많은 거야!"

기분 좋은 웃음 뒤에 나오는 우울한 한마디.

"그래도 어쩔 수 없잖아. 이곳은 버려진 땅인걸. 누구도 몬스터 퇴치는 안 해주는데 어쩔 수 없지."

덩달아 우울하게 나오는 엘리아의 목소리. 두 사람은 그렇게 잠시 우울한 기분에 젖어 햇볕을 쬐었다.

'응? 버려진 땅? 몬스터 퇴치를 안 해줘? 카이렌이 망했다고 하더니 이곳은 그때 그대로 버려진 것인가?'

두 아이의 대화에 케이는 나름대로 이 마을이 처한 상황을 유추했다. 케이의 생각에는 아마도 그럴 가능성이 높았다. 그리고 현 상황은 그런 케이의 예상과 일치했다.

버려진 땅의 토질이 비옥하기는 했지만, 그에 반해 교통은 무척 불편했다. 예전의 카이렌에 있어 이곳은 불편한 교통을 감수하고서라도 반드시 쥐고 있어야 하는 곡창 지대였다.

반면 카이렌을 차지한 두 나라, 마케인과 후디스의 입장에서는 광대한 제국의 영토에 비한다면 있어도 그만, 없어도 그만인 땅인 것이다. 아니, 관리의 어려움을 들면 없는 편이 나았다. 게다가 카이렌 시절의 그 반란은 두 나라에 시사하는 바가 컸다. 해서 카이렌의 다른 영토는 두 제국이 양분했지만, 이곳 버려진 땅만큼은 그냥 버려둔 것이다.

게다가 카이렌을 집어삼킨 마케인이 마오를 밀어붙이며 마오의 영토 일부를 차지했다. 그러면서 예전 마오의 영토였던 버려진 땅의 부분까지 방치해, 그야말로 바스테르 산맥 안쪽의 땅은 주인 없는 버려진 땅이 되어버린 것이 현재 블루덴 대륙의 상황이었다.

"자, 이제 2회전 시작해야지. 옷도 대강 마른 것 같은데."

우울한 현재 상황을 잊기 위함인지 아데닌이 몸을 일으키면서 활기차게 말했다.

"좋아!"

엘리아가 대답하며 먼저 개울로 걸어 들어갔다. 아데닌이 그 뒤를 따랐다. 아데닌은 이번에는 신발을 벗어 햇볕이 잘 드는 곳에 놔두고 들어갔다. 엘리아의 모습을 보고 그사이 배운 것이다.

힘차게 움직이는 두 아이의 손. 다시금 개울에서 두 아이의 물장난이 시작되었다. 아까 했던 것의 영향인지 이제는 아데닌도 썩 잘 움직이고 있었다.

'호오. 움직임이 제법인걸? 일주일 가까이 나랑 놀면서 배운 엘리아의 움직임을 거의 따라가고 있어. 아까 잠시 물장난을 친 것 가지고 말이야. 의외의 재능을 가진 녀석인가?'

아데닌의 움직임을 유심히 관찰하던 케이의 눈이 빛났다.

지금까지 케이에게 있어 아데닌의 인상은 결코 좋을 수 없었다. 첫 만남부터 아데닌의 인상은 최악이었다. 겁먹은 채 울면서 여자인 엘리아를 내버려 둔 대책없는 녀석. 게다가 오늘은 촌장 앞에서 죽어라 땡깡 부린 떼쟁이까지. 그래서 아데닌을 보는 케이의 시선은 시큰둥했다. 다만 엘리아랑 잘 놀아줘서 그건 기특했지만.

한데 지금 아데닌의 움직임에는 그의 재능이 엿보이고 있었다.

'하긴 아버지가 뛰어나니. 호부 밑에 견자 없다던가?'

케이가 보기에 밀러는 넘치는 재능을 가지고 있되 꽃피우지 못하고 져버린 사람이었다. 좀 더 체계적으로 수련을 했다면 이미 소드 익스 퍼트 상급에는 이르렀을 재능을 가지고 있는 사람이었다. 그런 밀러의 아들이니 이 정도 재능은 당연하다고 할 수도 있을 것이다.

아데닌의 재능을 알아차리자 케이의 흥미가 동했다. 재능있는 아이를 가르치는 재미. 케이는 이미 그것을 두 번이나 맛봤다. 중원에 있을 때의 백리단과 류블라드의 자일론. 그 둘은 가르치는 재미가 넘쳐 나는 이들이었다.

물론 백리단이나 자일론에 비하면 아데닌의 재능은 손색이 있어 보였지만, 지금 보여주는 움직임만으로도 충분히 가르칠 가치가 있었다.

케이가 아데닌에 대한 평가를 내리고 있는 사이 둘 사이의 승부가 갈리고 있었다. 아까와는 반대로 엘리아가 훨씬 많이 젖어 있었다. 엘리아 자신도 그것을 아는지 얼굴이 붉게 물들어가고 있었다. 분명 화가 나서 그럴 것이다. 일주일을 케이와 물장난을 치며 쌓은 실력이 단한 번에 따라잡히니 기분이 좋을 리 없었다. 엘리아의 붉어진 얼굴에서 서서히 볼이 부풀기 시작했다. 심통이 났다는 증거다.

그 모습이 또 귀여워 케이는 슬며시 웃었다. 반면 아데닌은 얼굴이 딱딱하게 굳었다. 이제야 엘리아의 변화를 알아차린 것이다. 이대로 계속한다면 엘리아의 화를 감당할 자신이 없었다. 그때부터 아데닌의 손과 움직임이 둔해지기 시작했다. 그러자 이번에는 아데닌의 옷이 급격하게 젖어들기 시작했다. 그러면서 엘리아의 양 볼도 슬그머니 가라앉았다. 언제 그랬냐는 듯이 혈색도 정상으로 돌아왔고, 입에는 웃음마저 걸려 있었다.

'저 계집애, 여우란 말이야.'

그래도 그 모습이 싫지만은 않은 듯 케이는 여전히 웃고 있었다.

"하아, 힘들다. 잠시 쉬었다가 다시 하자."

아데닌의 옷이 자신과 비슷한 정도로 젖었다는 생각이 들자 엘리아가 휴전을 제의했다. 아데닌은 따를 수밖에 없었다. 어쨌든 아데닌이 이렇게 놀 수 있는 것은 엘리아 덕이니까.

두 사람은 다시 케이가 한가로이 볕을 쬐고 있는 곳으로 와서는 케이에게 등을 기댔다. 케이는 머리를 땅에 대고는 하품을 했다.

'응?'

그 순간 케이의 감각을 자극하는 기운이 있었다.

'이게 뭐지? 설마? 이곳에 이럴 리는 없는데?'

서둘러 정신을 집중해 그 기운의 근원을 알아보는 케이의 얼굴이 딱딱하게 굳었다. 자신의 감각이 틀릴 리는 없었지만 이번만큼은 틀리기를 바랐다. 정신을 집중하는 가운데 케이는 조용히 두 눈을 감았다. 등을 케이에게 기대고 있던 두 아이는 잠시 케이의 몸이 경직되는 것을 느꼈지만 크게 신경 쓰지 않았다. 빨리 옷이 말라 다시 한 번 더 물장난을 치고 싶은 마음뿐.

'젠장. 이때까지 이런 일은 없었는데 갑자기 무슨 일이야? 산이 통째로 미쳐 버렸나? 지금까지의 마을 사람들의 말만 보더라도 전에는 이런 일이 없었는데.'

갑작스러운 변화에 케이는 정신이 없었다. 이곳에 온 지는 고작 2주 정도 지났지만, 그간 마을에서 지내면서 들은 사람들의 말로는 이런 일이 일어날 리가 없었던 터였다. 하지만 케이의 온몸의 신경은 케이에게 강렬히 경고하고 있었다.

'일단 돌아가야 한다.'

그렇게 결정한 케이는 서둘러 몸을 일으켰다.

"아얏."

"아아!"

케이가 몸을 일으킴과 동시에 뒤로 쓰러져 버린 두 아이의 입에서 동시에 비명이 터져 나왔다.

"케이, 왜 그래 갑자기?"

뒤통수를 문지르며 의아한 듯 엘리아가 물었다. 하지만 케이가 대답을 할 리 없었다. 케이는 늑대니까.

케이는 그런 두 사람의 앞으로 와서 다시 엎드렸다. 그 모습에 엘리아의 눈에 의문이 떠올랐다.

"진짜 왜 이래? 뭘 어쩌라구?"

엘리아의 물음에 케이는 머리를 들어 자신의 등을 가리켰다.

"그러니까 등에 타라고?"

케이의 행동에 무언가를 느낀 엘리아가 물었다. 위아래로 움직이는 케이의 머리.

"갑자기 왜?"

답답한 듯 엘리아가 물었지만 케이는 같은 행동을 계속할 뿐이다. 답답했지만 어쩔 수 없었다. 케이는 그냥 늑대니까. 영문을 알 수 없었지만 지금까지 케이의 말을 따라 손해 본 것은 없었기에 신발을 신고는 케이의 등에 올랐다. 아데닌 역시 그 뒤에 올랐다.

두 사람이 자신의 등에 오른 것을 확인한 케이는 마을을 향해 걸음을 옮겼다. 그러면서 서서히 속력을 올렸다. 케이가 점점 빨리 움직이기 시작하자 케이의 털을 쥔 두 사람의 손에 힘이 들어갔다.

"엘리아, 대체 무슨 일이야?"

"몰라. 지금까지 이런 적은 없었는데……."

두 사람의 문답이 들리는 가운데 케이는 속력을 더욱 빨리 했다. 지금 이 순간에도 온몸을 찌르는 그 기운은 더욱 강해지고 있었기에. 두 사람은 대화를 중단하고 케이의 등에 납작 엎드렸다. 이미 두 눈은 꼭 감은 지 오래다. 세찬 바람에 눈을 뜰 수가 없었기 때문이다.

그렇게 빨리 달리던 케이가 어느새 속력을 줄이더니 멈춰 섰다. 케이가 멈춘 것을 느낀 둘은 몸을 일으키며 눈을 떴다. 어느새 마을 안에 도착해 있었다. 그런 그들을 닉이 멍하니 바라보고 있었다. 워낙 빠른 속도로 달려들어 제대로 막아서지 못했기에.

케이의 몸이 아래로 내려왔다. 케이의 뜻을 알아차린 엘리아가 땅으로 내려왔다. 아데닌 역시 케이의 등에서 내렸다.

"대체 왜 그런 거야, 케이?"

갑자기 마을로 돌아온 케이의 행동을 이해할 수 없는 엘리아는 재차 물었지만 돌아오는 대답은 없었다. 그걸 알고도 물었지만 답답한 마음을 어찌할 수 없었다.

잠시 엘리아를 바라본 케이는 몸을 돌려 마을 입구로 향했다.

"어, 어, 케이! 어디 가는 거야?"

케이의 갑작스런 행동에 다시 한 번 놀란 엘리아가 소리치며 따라갔다. 마을 입구 근처에서 케이가 돌아봤다. 여지껏 본 적이 없는 사나운 눈이었다. 케이의 눈에서 무언가를 읽은 엘리아는 그 자리에 멈춰 섰다. 그리고 한 발 한 발 뒤로 물러섰다. 그때 엘리아는 언뜻 보았다. 케이의 입 언저리에 가늘게 생긴 미소를.

케이는 마을의 문을 벗어나 대여섯 걸음 간 뒤 그 자리에 우뚝 섰다. 그리고는 바스테르 산을 당당한 눈으로 바라보았다.

"대체 왜 저럴까?"

무언가 느낌이 있었지만 알 수 없는 케이의 행동에 엘리아는 두 손을 모아 쥔 채 중얼거렸다.

*　　　　*　　　　*

점점 정신이 맑아지고 있었다. 얼마 만일까? 이런 상쾌함을 맛보는 것은. 한창 즐거운 유희 중 찾아온 수면기였기에 아쉬운 마음으로 레어로 돌아왔는데. 드디어 몸은 수면기가 끝났음을 알리고 있었다.

오랜 잠 때문인가? 눈꺼풀이 그렇게 무거울 수가 없었다. 인간들은 한창 졸음이 쏟아질 때 눈꺼풀이 가장 무겁다 하지만 자신은 달랐다. 오히려 긴 잠에서 깨어날 때 더욱 무거웠다. 오랫동안 근육을 쓰지 않아서일까? 정신만 깨어나고 몸은 여전히 딱딱하게 굳어 있었다.

긴 잠에 빠져 있는 동안 조용히 침묵하고 있던 심장이 모처럼 주위에서 마나를 빨아들이기 시작했다. 성장하면서 맞이하는 두 번째 수면기가 이제 끝나가고 있었다.

그사이 성장 덕인지 자신의 심장은 쉬지 않고 주위에서 마나를 빨아당겼다. 잠자는 동안 한층 크기를 키운 심장은 빈 공간을 마나로 가득 채울 때까지 마나를 빨아들일 것이다.

그사이 자신은 근육들을 회복시켜야 했다. 의식만 깨어서는 아무 소용없으니. 우선 눈부터 시작해서 최선을 다해 온몸의 근육을 자극했다. 이윽고 반응이 있었다. 커다란 눈꺼풀이 조금씩 떨리기 시작했다. 그리곤 서서히 열렸다.

눈꺼풀이 열리며 노란색 눈동자가 드러났다. 노란색 눈동자 가운데 세로로 길게 찢어져 있는 동공. 눈알이 데구르르 구르며 주위를 살핀다.

"으음, 드디어 수면기가 끝난 것인가? 500년이라니. 안타깝군. 그 시간이면 얼마나 많은 유희를 즐길 수가 있는데. 아쉬워. 하지만 성장하기 위해서는 어쩔 수 없으니."

가르릉거리는 소리와 함께 새어 나오는 어눌한 말. 아직 혀의 근육이 제대로 풀리지 않는지 말소리가 어색하기 그지없었다.

"아직 마나가 다 차려면 하루 정도 걸리겠군. 하긴 근육을 모두 푸는데도 그 정도는 걸리니. 마나가 다 차는 대로 움직일 수 있게 근육을 풀어야겠지?"

그러면서 온몸에 다시 한 번 힘을 주었다. 지금까지의 노력으로 어느 정도 근육이 풀렸는지 온몸이 부르르 떨리기 시작했다.

거대한 그의 몸체가 떨리는 모습은 장관이었다. 온통 검은색밖에 없는, 오직 두 눈동자만 노란색인 그의 몸이 떨림에 따라 벽 여기저기서 먼지들이 떨어져 내려왔다. 그렇게 그의 몸은 서서히 조금씩 풀리는 근육에 따라 점점 움직임이 커져 갔다.

그렇게 블랙 드래곤 카시오라는 500년의 긴 잠에서 깨어나 3500살의 윕급 드래곤에 접어들었다.

카시오라가 잠에서 깨어난 그 순간, 그가 깨어났음을 가장 먼저 알아차린 존재는 레어 근처의 몬스터들이었다. 생태계에서 드래곤에 비해 절대적 약자인 몬스터들. 그들의 생존 본능이 드래곤이 깨어났음을 알려왔다.

카시오라가 깨어남과 동시에 드래곤 하트가 급속히 마나를 흡수하기 시작하자 주변의 마나가 떨렸고, 몬스터들은 그 파동을 느낀 것이다. 드래곤은 마나를 먹고사는 존재. 해서 드래곤이 마나를 흡수하면서 생기는 마나의 파동은 극히 느끼기 어렵다. 아니, 자연에 그대로 녹아든 현상이기에 거의 기척이 없다. 오직 드래곤만이 소용돌이치는 마나의 움직임을 느낄 뿐.

하지만 생존을 위한 진화의 힘은 몬스터들에게 그것을 느낄 수 있게끔 해주었다.

카시오라의 레어 근처에 있는 몬스터들부터였다, 그 끔찍한 마나의 파동을 느낀 것은. 그리고 점점 그 범위는 넓어져 갔다.

몬스터들은 공포로 물들었다. 그리고 무작정 달렸다. 살아남기 위해서. 드래곤이 잠들어 있다면 몰라도 깨어난 이상 도망쳐야 했다. 몬스터들은 빠르게 다리를 놀렸다. 그 공포스러운 파동이 일어난 곳에서 최대한 멀어지기 위해 달리고 또 달렸다.

오우거도 미노타우루스도 트롤도 가고일도 오크도 고블린도 코볼트도 모두 무작정 달렸다. 서로 잡아먹고 먹히는 적이었던 그들이 한데 섞여서 무작정 달렸다.

그들에게 있어 최고의 포식자는 드래곤이었기에 무작정 도망쳤다.

수면기에서 막 깨어난 드래곤은 몬스터들에 있어 최고의 공포였다.

이것이 카시오라의 레어가 있는 바스테르 산 정상 부근에서 일어난 일이었다.

케이가 가장 먼저 느낀 기운은 카시오라가 흡수하는 마나의 파동이었다. 비록 쉽게 느낄 수 없는 파동이었지만, 이미 상단전의 틈이 열린 케이는 미세하나마 이상함을 느낄 수 있었다.

정신을 집중하여 살핀 후 정확히 느낄 수 있었다. 그 다음 케이의 감각에 잡힌 것은 몬스터들의 이동이었다. 공포에 빠진 몬스터들의 목적 없는 질주!

그것을 알아챈 즉시 케이는 마을로 돌아왔다. 몬스터들의 질주는 마나의 파동이 감지된 곳을 중심으로 원을 그리며 사방으로 이어지고 있었다. 바스테르 산 전체를 몬스터들이 덮어가듯 그들은 그렇게 퍼져 나갔다. 아마 저 속도면 하루 안에 이곳을 덮칠 것이다.

정상에서부터 오는 녀석들이 이곳에 도달하는 데 하루라면 이 주위에서 오는 녀석들은 오래지 않아 덮치리라. 다행히 산자락에 위치하여 대형 몬스터들은 얼마 없다는 것이 케이의 위안이라면 위안이었다.

하늘의 해는 지금 시간이 점심때를 지났음을 알렸다. 이 정도면 마을을 떠난 일행도 바스테르 산맥을 벗어났을 것이다. 그렇다면 조금은 안전하지 않을까란 생각이 케이의 가슴 한구석에 일었다.

'젠장. 대체 그 파동은 뭐지? 지금껏 느껴본 적이 없었는데……'

드래곤이 수면기에서 깨어날 때의 변화를 겪어본 적이 없는 케이로서는 혼란스러울 수밖에 없었다. 조용하던 산속에 때 아닌 폭풍이 몰아치고 있으니.

'원인이 뭐든 어쨌든 버티는 수밖에. 그런데 버틸 수 있을까?'

아직 자신의 몸에서 일어난 변화를 정확히 알지 못하는 케이의 가슴 한구석에 불안감이 슬며시 피어올랐다. 아무리 자신이라도 바스테르 산에서 몰려 내려오는 공포에 눈이 뒤집힌 몬스터들을 감당할 자신은 없었다.

'잠든 사이 어느 정도 깨달음도 있었고, 상단전에 틈도 생긴 것 같지만⋯⋯ 그것만으로는⋯⋯.'

불안한 눈으로 앞을 바라보는 케이는 자신의 등 뒤에 있는 엘리아를 생각하며 다리에 힘을 주었다.

'왔다!'

드디어 주변에서 몰려온 몬스터들 중 가장 빠른 일단의 무리가 케이의 감각에 잡혔다.

두두두두두.

얼마나 많은 몬스터들이 몰려오는 걸까? 땅이 조금씩 울리기 시작했다. 기이한 울림에 닉은 놀라서 마을 밖을 바라보았다. 나무들이 조금씩 흔들리기 시작했다.

"몬스터다! 몬스터들이 몰려온다!"

그때 망루에 올라가 있던 사내의 입에서 급격한 외침이 터져 나왔다. 그는 본 것이다. 셀 수조차 없을 정도의 무리들이 마을로 몰려오는 것을.

"닉! 문을 닫아! 그리고 목책으로 올라와! 엄청난 수다!"

망루의 사내는 아래를 보고 외친 후 비상종을 힘껏 울렸다.

땡땡땡땡!

요란한 종소리와 함께 마을은 시끄러워졌다. 싸울 수 있는 자경단원들은 서둘러 무기를 챙겨 목책으로 향했다. 닉은 허리의 검을 뽑아 문을 고정하고 있던 줄을 자르려 했다.

"앗! 아저씨! 안 돼요! 케이가 아직 밖에 있단 말이에요!"

엘리아가 놀라서 외쳤다. 하지만 닉의 검은 이미 줄을 지나고 있었다.

쿵~!

요란한 소리를 내며 문은 아래로 내려와 마을 밖과 안을 차단했다.

"케이~!"

엘리아는 놀라서 외쳤다.

"미안하다. 하지만 마을을 지키려면 어쩔 수 없어."

그 말을 남긴 닉은 서둘러 목책 위로 올라갔다. 목책에 올라온 그는 밖을 보고는 입을 벌렸다. 벌어진 입에서는 어떠한 소리도 나오지 않았다. 숲을 뒤덮으며 내려오는 고블린과 코볼트 무리들. 비록 상대하기 어렵지 않은 소형 몬스터지만 이미 그 수가 감당이 안 될 정도였다.

"이게 어찌 된 일이지? 대체 무슨 일이 일어나고 있는 거야? 우리가 마을을 지킬 수 있을까?"

가장 먼저 정신을 차린 자경단원의 입에서 힘없는 소리가 새어 나왔다. 그의 목소리는 이미 절망으로 물들어 있었다.

"대체 무슨 일이기에 그러는 겐가?"

비상 종소리에 급히 달려온 듯 얼굴이 땀에 젖은 촌장이 물었다.

"저 밖을 보시지요."

한 사람이 자리를 비켜주자 촌장은 목책 밖을 바라보았다.

"허. 이런……."

그 광경에 촌장 역시 할 말을 잃은 듯했다.

"케이! 어서 돌아와! 거기 있으면 죽어!"

언제 목책 위로 올라온 것일까? 다들 밖의 광경에 넋을 잃은 사이 목책에 올라온 엘리아가 케이를 향해 큰 소리로 외치고 있었다.

"엘리아, 내려가라. 여기는 위험하다."

촌장은 엄한 소리로 엘리아를 향해 말했다. 하지만 눈물을 흘들며 머리를 흔드는 엘리아의 얼굴은 단호했다.

'훗. 고마운 소리야. 하지만 내가 물러나면 너희 마을 사람들이 죽는다. 저 녀석들은 지금 앞으로 달리는 것밖에는 모르는 상태니까.'

가까운 곳으로 다가오는 몬스터들을 본 케이는 눈을 빛냈다. 저 몬스터들의 얼굴에 떠오른 것은 공포였다. 지금 저들의 머리를 지배하는 것은 오로지 가능한 멀리 가야 한다는 것뿐이었다. 그랬기에 앞을 가로막는 것은 무조건 헤치며 달리고 또 달려오고 있었다. 이미 수많은 나무들이 쓰러졌다.

저들이 그대로 달려온다면 마을의 목책은 얼마 버티지 못하고 무너져 내릴 것이다.

케이는 온몸의 마나를 가득 끌어올렸다. 그리고 사자후의 기운을 실어 힘껏 울었다

아우우우우!

커다란 울음소리!

케이의 울음이 터지자 미친 듯 달려오던 몬스터들은 그 자리에 우뚝

섰다. 케이의 사자후 섞인 울음소리는 몬스터들에게는 드래곤 피어와 같았다. 뒤에도 드래곤, 앞에도 드래곤.

몬스터들은 그 자리에 멈춰 앞뒤를 반복해서 돌아보며 갈팡질팡 하고 있었다. 이윽고 결정이 되었는지 앞을 향해 다시 달리기 시작했다. 그들이 판단하기로는 앞쪽의 기운이 더 작은 것 같았다. 그리고 보통 때의 드래곤보다는 수면기 직후의 드래곤이 더 무서웠다. 그들의 본능은 그 사실을 알았다.

다시 달리기 시작할 때 그들 사이에 은빛 바람이 휘몰아쳤다. 케이가 천랑태청수를 펼치며 그들 사이를 헤집고 있었다. 애초에 사자후는 몬스터들의 발걸음을 잠시 지체시키기 위한 것이었다.

무슨 일인지는 모르지만 저들은 극한의 공포에 취해 있었다. 자신의 사자후 정도로 되돌려 보낼 상태가 아닌 것이다. 그렇다면 최대한 속도를 느리게 만든 후 쓸어야 했다.

케이는 정확히 마을의 너비만큼의 범위에서만 몬스터들을 해치웠다. 지금 앞으로 가는 것만 머리에 가득 찬 몬스터들이 옆에 있는 마을을 습격할 리 없었기에.

천랑태청수로 인한 강기가 번쩍이는 케이의 앞발이 움직일 때마다 몬스터들이 쓰러졌다. 그러나 뒤에서 꾸역꾸역 몰려오는 몬스터들의 수는 끝이 없었다.

"케이……."

목책에서 밖의 상황을 지켜보던 엘리아는 힘없는 목소리로 중얼거렸다.

"너… 이걸 알았던 거니? 그래서 그렇게 서둘러 돌아와서 날 마을에

버려두고는 마을 밖으로 나갔던 거야?"

그런 엘리아의 두 눈에서는 눈물이 흘러내리고 있었다.

"이럴 수가……. 아무리 카이져 실버 울프라지만… 저런 모습이라니……."

목책 위의 촌장과 다른 자경단원들은 놀라서 벌어진 입을 다물 수가 없었다. 케이의 활약은 가공스러웠다. 마을 범위로는 케이를 지나온 몬스터가 단 한 마리도 없었다.

처음에는 케이 양쪽에서 갈라져 나오는 몬스터들 때문에 긴장했지만 그들은 마을을 지나쳐 계속 달리기만 했다. 때문에 지금 마을은 안전했다.

촌장의 놀라움은 더 했다. 그는 문헌을 통해 카이져 실버 울프에 대해 어느 정도 알고 있었다. 그래서 케이가 트롤을 잡아올 때도 놀라기는 했지만, 역시 카이져 실버 울프구나 하고 생각했었다. 케이가 카이져 실버 울프 중에서도 제법 강한 축에 든다고 생각했을 뿐이었다.

하지만 지금 눈앞에 펼쳐진 케이의 모습은 늑대의 그것이 아니었다. 아무리 카이져 실버 울프라지만 늑대의 몸에서 빛이 날 리 없었다.

"놀라워… 정말 놀라워……."

촌장은 가만히 중얼거렸다.

"응?"

"왜 그러십니까, 단장님?"

어느새 점심때가 지난 시간이었다. 마을을 떠난 밀러는 갑작스레 느껴지는 좋지 않은 예감에 뒤를 돌아봤다. 곁에서 함께 가던 잭이 그런 밀러의 모습에 의아한 듯 물었다.

"뭔가 이상한 기분이 들어서."

"그래요?"

"그래. 무척이나 불길해."

"호오. 단장님의 예감은 항상 잘 맞잖아요."

밀러의 말에 짐짓 심각한 얼굴로 잭이 대꾸했다.

"지금까지 느껴본 예감 중 가장 불길해."

"예?"

밀러의 말에 잭의 얼굴에 놀란 기색이 떠올랐다. 밀러를 알아온 지 이제 15년 가까이 되어 가지만 지금껏 이런 말을 들은 적은 없었다.

"제3차 제국전쟁이 터질 때 느낀 불길함도 이것보다는 못했어."

카이렌이 망한 이후 후디스와 마케인은 국경을 마주하게 되었다. 대륙을 양분하는 두 제국이 마주한 이상 전쟁은 자연스러운 수순이었다. 블루덴 대륙을 들었다 놓을 정도의 규모로 전쟁이 벌어진 것만 벌써 세 번. 그중 3차 제국전쟁이 20년 전에 있었다.

잭은 마을 안에서 밀러와 가장 친분이 깊었다. 때문에 가끔 함께 맥주잔을 기울이다가 밀러의 과거에 대해 들은 것이 있었다. 밀러가 기사단에서 국경 수비대에 있을 무렵 제3차 제국전쟁이 터졌고, 그는 거기서 살아남은 이였다. 그런 그가 그때보다 더 진한 불길함을 느꼈다고 한다. 잭도 불안해졌다.

"즉시 최대한 속력을 올려서 전진한다!"

불길함을 떨쳐 버리려는 듯 밀러는 큰 소리로 외쳤다. 그에 따라 일행의 발이 바빠졌다. 말이라고는 수레를 끌기 위한 것들이 전부고 다들 걸어서 이동하는 터였다. 오전쯤에 산맥을 벗어나 평원에 들어섰기에 이제 별 위험은 없을 것이라 생각했는데 전속전진이라니.

하지만 그동안 밀러가 보여준 능력을 믿었기에 자경단원들은 전력으로 달리기 시작했다. 단순한 예감에 따른 판단으로 밀러가 내린 명령.

그 명령 덕에 밀러 일행은 무사히 도시에 도착할 수 있었다. 그들이 그 사실을 깨달은 것은 도시에 도착한 다음이지만.

아우우우우!

다시 한 번 터진 케이의 사자후. 몬스터들은 약속이나 한 듯 모두 딱딱하게 굳어들었다. 그 찰나의 시간 몬스터들을 휘감아 버리는 은빛 바람. 얼마나 몬스터들을 죽였을까? 아직 케이 뒤로 지나간 몬스터는 단 한 마리도 없었다.

지금까지 케이가 죽인 몬스터들의 시체가 쌓여 작은 동산을 이루고 있었다. 일렬로 높게 쌓인 몬스터들의 시체가 장벽이 되어 몬스터들의 전진을 느리게 하고 있었다. 덕분에 케이가 몬스터들을 상대하기 제법 수월해진 상태다.

동족들 또는 다른 종족들의 시체를 헤치고 계속해서 몰려오는 몬스터들은 여지없이 케이의 발톱에, 이빨에 죽음을 맞이했다.

'후우. 정말 끝도 없이 밀려오는군. 아직은 소형 몬스터라 견딜 만하지만 대형 몬스터들이 몰려오면 골치 아프겠는걸.'

머리는 앞으로의 일을 걱정하고 있었지만, 몸은 부지런히 움직였다. 발끝에 맺힌 수강(手罡)은 한 번에 서너 마리씩의 몬스터를 찢어발겼다. 케이가 지나간 자리에는 온몸이 잘린 몬스터들의 시체가 계속해서 쌓였다.

끔찍한 모습이다. 하지만 목책 안쪽의 사람들은 그 끔찍한 장면들을 기대 어린 시선으로 보고 있었다. 케이의 활약에 마을이 점점 더 안전해지고 있었으므로.

엘리아 역시 케이의 모습을 뚫어져라 바라보았다. 아직은 소녀인 그녀가 보기에는 무척이나 끔찍하고 잔인한 모습이다. 하지만 그녀는 눈을 떼지 않았다. 자신에게는 자신을, 자신의 마을을 지켜주기 위해 고군분투하는 케이의 모습을 두 눈으로 똑똑히 지켜볼 의무가 있다고 생각했다.

숲 안쪽에서 몰려 나오는 몬스터들의 숫자가 점점 줄어들고 있었다. 목책 위에서 지켜보는 마을 사람들도, 몬스터들을 도륙하고 있는 케이도 느끼고 있었다. 그렇게 얼마가 더 지났을까?

케이의 이빨에 무참히 몸이 두 동강난 코볼트를 마지막으로 더 이상의 몬스터는 나타나지 않았다.

"우… 우와! 살았다! 몬스터를 물리쳤어!"

누군가가 기쁨에 겨운 목소리로 외쳤다.

"케이, 만세!"

"케이, 만세!"

또 다른 누군가의 입에서 터져 나온 만세 소리. 만세 소리는 마을 곳곳으로 퍼져 곧 온 마을이 하나되어 울려 퍼졌다. 이미 마을 사람들은 모두 케이의 활약을 전해 들은 터였다. 그랬기에 만세 소리는 감격에 겨워 있었다.

엘리아는 자신의 볼을 타고 흐르는 눈물을 손가락으로 닦아냈다.

"고마워, 케이. 정말로 고마워……."

엘리아의 목소리에도 기쁨이 가득했다.

'후우. 이제 일차전이 끝난 건가? 아직 기뻐하기는 이르다구요. 마을 분들.'

케이는 한숨 돌리며 자리에 앉았다.

더 이상의 몬스터가 나타나지 않자 마을 사람들은 이제 재앙과도 같은 몬스터들의 습격이 끝났다고 생각했다. 서서히 올라가는 마을 입구의 문. 문이 올라가는 소리에 케이는 뒤돌아봤다.

가장 먼저 보이는 이는 엘리아였다.

'걱정이 많이 되긴 했나 보군.'

힘든 가운데 그 모습을 보자 케이의 얼굴에 미소가 감돌았다.

아우우.

마을을 향해 케이의 입에서 나온 낮은 울음소리. 엘리아는 그 울음소리에 담긴 의미를 알 것이다. 케이 자신도 이상하게 생각하는 것 중 하나인데 엘리아는 묘하게 자신의 뜻을 잘 알아들었다. 그녀의 말로는 어떤 느낌이 있다고 했는데, 이번에도 그 느낌에 기대를 걸어야 했다.

엘리아가 알아듣지 못한다면 케이가 직접 가서 마을의 문을 열지 못하게 하는 수밖에.

다행이 엘리아가 케이가 전하고 싶은 뜻을 알아차렸는지 마을의 문은 다시 내려왔다.

"엘리아, 대체 왜 그런 게냐? 다시 문을 닫으라니."

케이의 울음을 들은 엘리아의 말에 문을 닫으라 한 후 촌장이 물었다.

"아직 위험이 끝나지 않았대요."

"방금 그 울음소리가 그런 뜻이었냐?"

"그런 느낌이었어요."

"네가 그렇다면 그런 거겠지. 허허. 갑자기 이게 무슨 일인지……."

흰 수염을 쓸어 내리며 촌장은 걱정스레 중얼거렸다.

'아직 한두 시간 여유는 있군.'

잠시 눈을 감고 주변의 기척을 살펴본 케이는 두 번째 무리가 도달하려면 어느 정도 여유가 있는 것을 알았다.

'다음 녀석들은 오크들인가 보군. 일단 그사이 운공을 좀 해야겠어.'

케이는 자리에 앉은 채 두 눈을 감았다.

마을 사람들은 긴장한 채 케이의 뒷모습을 지켜보았다. 시간이 얼마나 흘렀을까? 케이의 경고 이후 어느 정도 시간이 흘렀지만 숲은 조용했다. 바스테르 산도 조용했다. 아직은 몬스터들의 이동이 마을에까지 전해지지 않고 있었다.

"이거 괜한 걱정 아닐까?"

긴장한 채 산을 바라보던 누군가의 입에서 한숨 섞인 말이 흘러 나왔다.

"그건 아닐 게야. 내가 보니 케이는 보통 늑대가 아닐세. 영물이야. 저런 영물이 허튼 짓을 할 리 없지. 더 이상 몬스터들이 없다면 아마 마을로 들어왔을 걸세. 지금 케이는 마을을 지키기 위해 저기에 있는 거니까. 그러니 쓸데없는 생각 말고 잘 지키게나. 혹시라도 케이가 놓친 몬스터가 마을 쪽으로 오면 자네들이 막아야 하니 말일세."

엘리아가 뭐라 말하기 전에 촌장이 먼저 조용한 어조로 말했다. 마을에서 밀러의 무력이 절대적인 믿음을 받는다면 촌장의 지력 역시 절대적인 믿음을 받았다.

방대한 지식과 세월이 준 지혜로 인해 촌장의 말은 마을 사람들에게는 진리였다. 그랬기에 촌장의 말이 끝나자 자경단원들은 다시 한 번 긴장한 채 산 쪽을 주시했다.

그러고 나서 얼마의 시간이 더 흘렀을까? 케이가 눈을 뜨고는 조용히 일어났다. 케이의 뒷모습을 지켜보고 있었기에 케이가 눈을 감았던 사실조차 몰랐던 사람들이지만 케이가 움직임을 보이자 긴장의 정도가 올라갔다.

"이제 곧 오겠군."

촌장의 중얼거림에 자경단원들이 침 삼키는 소리가 늘어났다. 엘리아는 두 손을 꽉 모아 쥐고는 간절한 눈으로 케이를 바라보았다.

멀리 산 위의 나무들이 조금씩 떨리기 시작했다. 제법 먼 곳이라 그 떨림은 아주 미세했다. 하지만 긴장한 채 전방을 주시하는 자경단원들이 쉽게 알아차릴 만한 변화였다.

"어어… 저기……."

누군가가 손을 들어 앞을 가리켰다. 하지만 그가 그러기 전에 이미 모두의 시선은 그곳을 향해 있었다.

두두두두두두두.

지축을 흔드는 소리도 멀리서 울려 퍼지기 시작했다.

아우우우우우우~!

케이의 입에서 다시 한 번 터진 사자후. 케이는 그렇게 사자후를 내지른 후 자신의 앞에 있던 몬스터 시체를 넘어 아직 모습이 드러나지 않은 오크 무리를 향해 달려갔다. 가까이 이르기 전에 미리미리 수를 줄여 나가려는 생각이었다.

오크들이라면 조금 전의 소형 몬스터들보다는 힘들겠다는 생각에 조금 더 전진한 것이다.

목책에서 내려다보는 사람들은 그저 한줄기의 빛만을 볼 수 있었다. 바스테르 산을 향해 쏘아진 은빛 화살! 케이의 모습은 그들에게 그렇게 다가왔다.

앞으로 달려나가고 얼마 지나지 않아 케이는 겁에 질린 오크 떼를 만날 수 있었다. 자신이 내지른 사자후의 영향 때문에 오크들은 멍하니 서서 앞으로 갈지 뒤로 갈지 판단하지 못하고 있었다.

정신 나간 오크들을 케이가 휘감았다. 다시 한 번 몬스터 도륙이 시작되는 찰나였다.

그렇게 아무것도 모르고 수십의 오크가 죽어갔다. 이어서 곧 정신을 차린 오크들은 다시 앞으로 내달리기 시작했다.

도… 도망가라……. 구릉……. 깨어났다……. 구릉……. 도망가라……. 구릉……. 살아야 한다……. 구릉…….

무… 무섭다……. 구릉……. 도망가야 한다……. 구릉…….

눈이 풀린 오크들은 저마다 같은 말만 중얼거리며 무작정 달렸다. 오크들의 입에서 흘러나오는 소리에 케이는 바스테르 산에서 무언가가 일어났다는 것을 알아차렸다. 아마 자신이 느낀 그 마나의 파동과 관련이 있을 듯싶었다.

케이는 조금씩 뒤로 밀렸다. 거리를 벌기 위해 상당히 앞으로 온 터라 조금씩 뒤로 물러서며 오크들을 상대해도 어느 정도 여유는 있었다. 이미 앞으로 나올 때부터 이런 상황을 계산해 둔 터였다.

무작정 하나의 선을 지킬 때보다는 지금이 어느 정도 여유가 있었다. 조금씩 뒤로 물러나며 차근차근 오크들의 숫자를 줄여 나갔다. 하지만 역시 끝도 없었다.

'젠장. 바스테르 산의 모든 오크 떼들이 몰려 나왔나 보군.'

케이의 생각대로였다. 여간해서는 마을을 벗어나지 않는 암컷 오크와 아직 어린 오크들도 있었으니. 케이 역시 그들을 보고 그리 짐작한 것이다.

'찝찝해. 아무리 몬스터지만 이건 찝찝하다구.'

아이를 안은 암컷 오크를 아이와 함께 반으로 갈라 낸 후 케이는 무척이나 기분이 나빴다. 아니, 착잡하다고 할까? 아무리 인간의 마을을 지키기 위해서라지만. 저토록 겁에 질려 절박하게 몰려오는 것은 저들도 살기 위해서일 텐데……

'젠장. 그래도 어쩔 수 없어. 하필이면 마을이 있는 이곳으로 도망치는 니들 잘못이라구.'

애써 그렇게 스스로를 위로하며 케이는 바쁘게 몸을 놀렸다. 그사이 케이는 어느새 처음의 마지노선에 도달해 있었다. 코볼트와 고블린 따위의 시체들이 쌓인 것이 어느 정도 장벽 역할을 해줘서 오크들의 전진 속도는 상당히 떨어진 상태였다. 그만큼 케이가 상대하기 수월했다.

"세상에나… 저런 오크들이라니……."

이미 마을에서도 오크들의 모습은 똑똑히 볼 수 있었다. 사람들은 다시 한 번 벌어진 입을 다물지 못하고 있었다.

"내 평생 저런 오크 무리를 보게 될 줄은……."

촌장은 허탈한 듯 중얼거렸다.

'후. 겨우 이 정도로 그렇게 놀라면 다음 녀석들 보면 기절하겠군.'

케이는 뛰어난 청력 덕분에 바쁘게 오크들을 쓸어가는 와중에도 마을 사람들의 말소리를 들을 수 있었다.

몇 시간이 지났을까? 오크들은 여전히 끝도 없이 밀려들고 있었다. 하지만 케이의 움직임에는 변화가 없었다. 처음의 그대로였다. 케이스스로도 현재 자신의 상태에 놀라고 있었다.

'이게 어떻게 된 거지? 예전의 나는 이 정도는 아니었는데…….'

스스로의 실력은 자신이 가장 잘 안다. 케이는 잠든 사이 자신의 몸에 있었던 변화가 결코 작지 않음을 깨달아가고 있었다.

'이것인가? 상단전의 위력이?'

끊이지 않고 온몸을 돌고 또 도는 내공에 케이의 몸은 더욱 빨리 움직이고 있었다. 잠든 사이의 깨달음으로 벌어진 상단전의 틈새. 아주 작은 틈이었음에도 불구하고 케이는 어마어마한 위력을 보이고 있었다.

'이 상태라면 어쩌면 가능하겠군.'

서서히 케이의 가슴에 자신감이 솟아올랐다. 그 자신감과 함께 케이는 더욱 힘차게 움직였다.

"후우. 대단하군. 도저히 뭐라고 해야 할지. 너무 엄청나서 더 이상 아무 말도 생각이 안 나."

"히야. 그러게 말이야."

"엘리아, 대단하구나. 너희 집 늑대."

목책에 서서 멍하니 케이의 모습을 바라보는 사람들은 저마다 중얼거렸다. 케이의 모습은 그들로서는 상상도 할 수 없는 것이었기에 그렇게 멍하니 바라만 보았다.

끝도 없이 몰려오던 오크의 숫자도 서서히 줄어들고 있었다. 서쪽 하늘이 붉게 물들며 하루의 끝을 알리고 있는 시간이었다. 붉게 달아오른 석양을 맞으며 오크들과 싸우는, 아니, 오크들을 쓰러뜨리는 케이의 모습은 신의 늑대와도 같았다.

석양과 어우러진 그 모습이 그렇게 멋질 수 없었다.

주변에 어둠이 내릴 때 즈음 드디어 마지막 오크를 끝으로 더 이상의 오크는 나타나지 않았다. 긴 싸움이 끝을 맺은 것이다. 사람들은 저마다 안도의 한숨을 내쉬었다. 하지만 엘리아만은 딱딱한 얼굴로 고개를 가로저었다.

"아직도인 게냐?"

그 모습을 본 촌장이 나직이 물었다.

"네. 케이의 저 모습을 보면 아직 끝나지 않은 것 같아요."

케이는 아까와 마찬가지로 자리에 앉아서는 바스테르 산쪽을 바라보고 있었다.

"그런 모양이구나. 이게 대체 무슨 재앙인지……."

촌장은 탄식과 함께 중얼거렸다.

"아무래도 오늘 밤 잠자기는 그른 것 같군."

촌장의 말을 들은 닉이 중얼거렸다. 몇몇 자경단원들은 목책에서 내려가 홰를 찾아들고 올라왔다. 밤 사이 목책을 밝히기 위해서였다. 언제 다시 몬스터들이 몰려올지 알 수 없으니 한시도 긴장을 늦출 수 없었다.

목책 여기저기 횃불이 켜지면서 어둠을 조금씩 몰아내고 있었다.

"큰일이야……."

횃불의 빛에 의존해 마을 밖을 바라보던 촌장이 낮게 중얼거렸다.

"왜 그러시죠?"

촌장의 곁을 지키던 닉이 의아한 듯 물었다.

"제일 처음 나타난 몬스터들이 뭐였는가?"

"코볼트나 고블린… 에, 또 뭐 그런 소형 몬스터들이었죠."

"그 다음은?"

"오크들이요."

촌장의 물음에 닉은 대수롭지 않게 대답했다.

"산속 깊이 들어갈수록 강한 몬스터들이 살고 있지. 즉, 마을에서 멀리 떨어질수록 몬스터들이 강하다는 거야. 그만큼 약한 몬스터들이 마을 주변에 있고. 만일 저 산속에서 몬스터들이 동시에 뛰쳐나온다면 가장 먼저 당도하는 것들은 어떤 무리들이겠는가?"

"가장 가까이 있는 녀석들이니 소형 몬스터들이죠."

닉은 깊게 생각하지 않고 쉬이 대답했다.

"그렇지. 그리고 그 다음은 오크들일 게야. 그럼 그 다음은 어떤 무리들이겠는가?"

촌장의 물음에 잠시 생각해 보던 닉의 안색이 변했다.

"설마……."

"아마도 그 설마가 맞을 걸세. 그러니 케이가 저러고 있지."

촌장의 대답에 닉의 얼굴이 하얗게 질렸다.

"도대체 바스테르 산에 어떤 일이 일어난 걸까요?"

"그건 나도 모르지. 내가 기억하는 한 이런 일은 한 번도 없었으니 말일세. 그것보다 밀러 일행이 걱정이야."

닉의 물음에 답해 준 촌장은 걱정스러운 눈길로 마을 뒤를 바라보았다.

"예?"

"마을 쪽으로 오는 몬스터들이야 케이가 막아주었지만 마을의 범위를 벗어난 몬스터들은 그냥 두지 않았나? 그것들이 그 속도로 계속 달려간다면 밀러 일행을 덮칠지도 몰라서 하는 말일세."

촌장의 말에 주변에 있던 사람들의 안색이 변했다. 작은 목소리가 아니었기에 촌장 주변에서 경계를 서던 사람들은 모두 그 이야기를 들었다. 당장 마을에 닥친 위기 상황에 마을을 떠난 이들에 대해서는 생각지 못했던 그들의 얼굴에 걱정이 가득했다.

마을을 지나간 몬스터들의 수효. 그렇게 돌진하는 몬스터들이 뒤를 덮친다면 죽을 수밖에 없으니. 모두 한마음으로 밀러 일행이 무사하기를 간절히, 정말 간절히 기원했다.

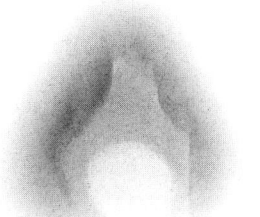

2 초 5 식

카이져 실버 울프,
그 잊혀졌던
전설이여!

카이져 실버 울프, 그 잊혀졌던 전설이여!

"휴. 드디어 마을인가? 이제 좀 쉬어갈 수 있겠군."

쉬지 않은 전속전진 덕에 밀러 일행은 평소보다 빨리 첫 번째 마을에 도착할 수 있었다. 매달 지나가는 곳이기에 너무나 익숙한 마을. 자신들의 마을보다 규모는 조금 크지만 여전히 시골 마을이었다. 이곳에서 도시까지는 아직도 이틀 정도는 더 가야 한다.

하지만 일행이 쉴 만한 여관 정도는 있었기에 마을을 바라보는 모두의 얼굴에는 생기가 가득했다.

"그냥 지나친다. 오늘 밤은 자지 않고 계속 전진한다."

밀러의 무심한 말. 모두의 얼굴이 일그러졌다. 지금처럼 휴식이 간절한 때에 쉬지 않고 전진이라니. 게다가 밤을 새야 한다니. 아무리 밀러라지만 이건 해도 너무했다.

"단장님, 이건 조금 너무한 것 같은데요."

바로 곁에 있던 잭이 조심스레 말을 꺼냈다.

"아니. 나의 예감이 강력히 경고하고 있어. 최대한 빨리 도시에 도착해야 한다고."

단호한 말. 그의 단호한 모습에 모두 불만이 가득했지만 꾹 참고 걸음을 옮겼다. 수레를 끄는 말들도 지친 기색이 역력했지만, 밀러는 묵묵히 걸음을 옮겼다.

모두의 얼굴이 피곤으로 찌들 때쯤 서서히 동쪽 하늘이 밝아오고 있었다.

"정지."

밀러의 말이 떨어지자마자 모두 그 자리에 주저앉았다. 더 이상은 도저히 못 움직이겠다는 침묵의 시위였다.

"여기서 다섯 시간 휴식 후 다시 출발한다."

밀러는 무뚝뚝하게 말했다. 모두의 얼굴에 다시 한 번 불만이 떠올랐지만 밀러에게 직접 뭐라 할 수는 없었다. 다만 잭만은 긴장한 얼굴로 밀러를 바라볼 뿐이었다.

잭은 저처럼 딱딱하게 굳은 밀러의 얼굴을 본 적이 없었다. 지금껏 밀러를 알아오면서 알게 된 그의 버릇은 위험한 일을 할 때면 얼굴이 딱딱하게 굳어 들어간다는 것이다. 하지만 여태껏 저 정도로 안색이 굳은 적은 없었다. 그 사실을 아는 이는 얼마 없었는데, 그중 하나가 잭이었다. 그랬기에 야영 준비를 한 후 자리에 드러눕는 잭의 몸은 긴장으로 굳어 들어가고 있었다.

대강의 식사와 야영 준비들에 허비한 시간을 제하면 일행이 눈을 붙인 시간은 세 시간 남짓이다. 하지만 처음 말했던 다섯 시간이 지나자 밀러는 다시 출발이라는 소리를 외치며 일행을 깨웠다.

피곤에 지친 눈을 거우거우 뜬 일행은 부스스한 얼굴로 주변을 정리한 후 다시 걸음을 옮겼다. 그들의 발에는 힘이 없었다. 하지만 쉬지 않고 움직였다. 선두에서 이끄는 밀러가 계속해서 걷고 있으므로. 불만은 있었지만 그는 그들을 이끄는 리더였다. 모두를 위한 결정이라 믿고 불만을 삭이고 따라야 했다.

아침 해가 눈부시게 떠오르고 있었다. 그 빛은 찬란하였지만 그 빛을 바라보는 이들의 얼굴은 초췌했다. 아침 햇살을 느끼며 케이는 담담히 눈을 떴다. 밤새 무슨 일이라도 있을까 쉬지 않고 경계를 했던 이들은 하나 둘 지쳐 자리에 주저앉았다.

"수고했어. 이제 교대하자구."

불안한 가운데 집에서 눈을 붙이고 온 이들은 밤새 목책 위에서 경계를 선 이들의 어깨를 두드려 주며 그 자리에 대신 섰다. 눈이 빨갛게 충혈된 이들은 지친 걸음을 이끌고 목책 아래로 내려갔다.

엘리아의 눈 역시 빨갛게 충혈되어 있었다. 그녀도 목책 위에서 밖을 바라보며 밤을 꼴딱 샌 것이다. 하지만 그녀는 내려가지 않았다. 단지 햇살을 받고 있는 케이를 바라볼 뿐.

"엘리아, 이제 그만 집에 가는 게 어떠냐? 네 어머니가 걱정하고 있는데."

어젯밤 늦게 집으로 갔다가 새벽 일찍 다시 목책으로 올라온 촌장이 엘리아의 어깨를 두드리며 조용히 말했다. 엘리아는 묵묵히 고개를 가로저을 뿐이었다.

"허, 녀석도 참……."

지금 목책 바로 아래에서는 미엘이 걱정스런 얼굴로 위를 올려다보고 있었다, 엘리아가 있는 그곳을. 올라갔다가는 자경단들에게 방해가 될까 차마 올라가지는 못하고 간절히 두 손을 꼭 쥔 채 위를 바라보고 있었다.

"엄마가 저를 걱정하는 만큼 저도 케이가 걱정이에요. 그래서 내려 갈 수가 없어요."

시선은 마을 밖을 향한 채 엘리아가 조용히 말했다. 그 목소리 깊은 곳에서 우러나는 진정에 촌장은 어쩔 수 없었다. 가만히 몸을 돌려 미엘에게 걱정 말라는 말을 전해주는 것이 그가 할 수 있는 최선이었다.

아침 해가 바스테르 산에서 완전히 벗어났을 무렵. 지축을 울리는 소리와 함께 나무가 심하게 떨리기 시작했다.

"드디어 오는가?"

촌장은 딱딱하게 긴장한 얼굴로 멀리 바스테르 산을 바라보며 중얼거렸다. 그의 손은 이미 땀으로 흠뻑 젖어 있었다. 그의 생각대로라면 지금이 진정한 마을의 위기였으므로.

"모두 준비는 되었는가?"

촌장이 주위를 둘러보며 말했다. 이미 자경단원들은 창과 활을 든 채 눈을 빛내고 있었다.

"여기는 위험하니 내려가시죠."

닉이 촌장에게 다가와 말했다. 저기 오는 몬스터들은 대형 몬스터들임이 틀림없다. 만일 케이가 놓친 몬스터가 마을로 다가오면 목책 위는 가장 위험했다. 위험 지대에 늙은 촌장을 둘 수 없었기에 닉의 목소리에는 걱정이 가득했다.

엘리아에게는 다른 자경단원이 다가가 내려가기를 권하고 있었다.

하지만 두 사람 모두 거절하고는 마을 밖을 바라볼 뿐이었다.

'후, 이번이 진짜 싸움이겠군. 뭐, 마지막이겠지만.'

바스테르 산을 내려오는 마지막 몬스터 무리들. 케이의 감각에는 저들이 마지막이었다. 그리고 수도 적었다. 물론 어마어마한 수였지만 소형 몬스터들이나 오크 떼들에 비하면 분명 적은 수였다.

케이는 온몸의 내공을 끌어올렸다. 머리끝에서 발끝까지 충만한 내공을 느낀 케이는 힘껏 사자후를 펼쳤다. 마나가 되어 케이의 입에서 울려 퍼지는 소리는 바스테르 산 곳곳으로 퍼지며 메아리를 만들어냈다.

그와 동시에 지축을 흔들던 소리가 멎었다.

익숙해진 광경에 목책 위의 자경단들은 긴장한 채 산을 바라보았다.

케이가 달려갔다. 케이의 몸은 어제와 마찬가지로 푸르스름하게 빛나고 있었다. 특히 발에서 나는 빛이 강했다.

'지금의 나라면 막을 수 있다. 가자!'

스스로에게 각오를 다지며 케이는 더욱 속도를 올렸다. 어느새 은빛 바람으로 화해 있었다.

멍하게 서 있는 몬스터 무리들. 여기까지는 어제와 같았다. 다만 다른 것이라고는 몬스터들의 종류.

오우거, 트롤, 미노타우루스, 게다가 바포메트까지. 진정 바스테르 산의 모든 대형 몬스터들이 쏟아져 나와 있었다. 육상 몬스터들 중 가장 강하다는 녀석들답게 벌써 사자후의 영향에서 벗어나고 있었다.

다시금 달리려 할 때 가장 선두에 있는 오우거의 목을 케이의 앞발이 긁고 지나갔다. 케이가 그 뒤로 지나가고 나자 오우거의 목은 힘없이 아래로 떨어졌다.

떨어진 오우거의 목이 케이의 싸움을 알렸다.

이들도 겁에 질려 무작정 달리고 있었다. 하룻밤을 꼬박 새워 달려왔는지 몬스터들에게서 지친 기색이 엿보였다. 케이에게는 다행스러운 일이었다.

미노타우루스는 지금 겁에 질려 있었다. 그가 어제 느낀 그 기운은 분명 위대한 존재가 깨어나려는 움직임이었다. 살기 위해 도망쳤다. 해가 지고 다시 뜰 때까지 달렸다. 점점 그 기운으로부터 멀어지는 것이 느껴졌다. 그래도 안심이 안 되었다. 더 빨리 달려야 했다. 열심히 달렸다.

그때 들려오는 소리, 이 소리는 분명 위대한 존재만이 낼 수 있는 소리다. 모든 몬스터들의 본능 깊은 곳에서부터 공포를 끄집어내는 그 소리. 대체 이게 어찌 된 일이란 말인가! 앞에서도 뒤에서도! 산속에서 무서운 것이 없었던 미노타우루스 자신인데. 어찌 이런 일이…….

하지만 곧 앞에서 느껴지던 그 존재의 기운은 사라졌다. 무언가 위험한 기운이 느껴졌지만 자신에게 절대적인 공포를 주는 뒤에 있는 위대한 존재의 기운만 못했다. 다시 달렸다, 살아야 했기에.

그때 눈앞에 늑대 한 마리가 들어왔다. 제법 컸지만 그래봐야 늑대다. 서둘러 도망쳐야 하는데 길 앞을 막고는 알짱거린다. 그런데 그 늑대 뒤로 지나가는 다른 몬스터들이 거의 없었다. 그냥 그 앞에서 픽픽 쓰러질 뿐.

어찌 된 일인지 궁금하지는 않았다. 그런 일을 궁금해하기에는 자신은 본능에 충실한 몬스터일 뿐이다. 그저 본능이 시키는 대로 앞으로 힘껏 달렸다. 늑대가 자신에게 달려든다. 가소로웠다. 오른손을 힘껏 휘둘렀다. 이제 저 늑대는 피떡이 되어 날아가겠지. 그런데 오른손이 그냥 지나갔다.

이상했다. 하지만 그게 중요한 것이 아니다. 일단 살려면 멀리 도망가야 한다. 방금 전의 그 일은 잊고 다리를 놀렸다. 그런데 이상하게 다리가 안 움직인다. 다만 몸이 앞으로 쓰러질 뿐. 자신의 두 눈에 땅이 다가온다. 무언가 잘못됐다. 너무나 무서웠지만 뒤를 돌아보았다. 자신의 두 다리만 땅에 서 있었다. 곧 두 다리도 쓰러졌다. 동시에 자신의 몸도 땅에 떨어졌다.

아팠다.

땅에 부딪친 몸도, 다리가 떨어져 나간 무릎 아래도 아팠다. 하지만 아픔 따위는 중요하지 않았다. 달아나야 한다. 다리가 없지만 그래도 달아나야 한다. 본능이 그에게 말하고 있다.

미노타우루스는 아직 몸통에 붙어 있는 양팔을 움직였다. 땅을 짚고 열심히 움직였다. 그렇게 열심히 기어갔다. 미칠 정도로 느렸지만 그래도 그 기운으로부터 멀어지고 있었다. 본능이 시키는 대로 열심히 기었다.

지금 막 케이는 자신을 공격하는 미노타우루스의 주먹을 피해 다리를 자르고는 그 뒤로 넘어갔다. 다리가 잘렸으니 얼마 가지는 못할 것이라는 생각에 그 뒤의 몬스터들을 처리했다. 아니, 자신이 미처 처리 못한 몬스터들에게 밟혀 죽을 거라는 생각에 신경도 쓰지 않았다.

역시 이 녀석들은 달랐다. 어제의 두 번의 싸움에서는 몬스터들은 그저 도망가기 바빴지만 이 녀석들은 공격을 해오고 있었다. 살기 위한 애처로운 몸부림으로 보였지만, 그래도 공격은 해오고 있었다. 덕분에 케이를 지나 뒤로 가는 몬스터의 수가 많았다.

어느 정도 싸우던 케이는 몸을 돌려 재빨리 뒤로 달렸다. 자신을 지나쳤던 몬스터들을 뒤에서 공격했다. 무작정 달리기만 하던 몬스터들은 뒤에서 달려드는 케이의 공격에 속수무책으로 죽어갔다. 아까 다리가 잘렸던 미노타우루스의 짓밟힌 시체도 눈에 띄었다.

케이의 발이 움직일 때마다 한 마리씩의 몬스터가 죽어나갔다. 하지만 역시 힘들었다.

어느새 케이는 예의 몬스터들의 시체로 만들어놓은 방벽 위에 있었다. 몬스터들의 시체를 밟고 서 있던 케이는 위로 훌쩍 뛰어올랐다. 허공에서 케이의 네 발이 어지러이 춤을 췄다. 어지러이 춤을 추는 케이의 발에서 푸른빛의 강기 다발이 쏟아져 나갔다.

아침의 햇살을 맞으며 나가는 푸른 강기들!

아름다웠다. 과히 장관이었다. 목책 위에서 그 모습을 지켜보던 사람들은 넋을 잃었다. 저게 과연 뭘까 하는 궁금증도 떠올리지 못했다. 케이의 발끝에서 푸르게 빛나던 빛 무리들이 케이의 발에서 찬란히 떠났을 뿐.

쾅쾅쾅! 쾅쾅!

강기 다발이 몬스터들에게 충돌하자 요란한 폭음과 함께 폭발했다. 사방으로 몬스터들의 몸이 찢겨 날아갔다. 강기가 떨어진 곳에는 제법 큰 구덩이가 파여 있었다.

정적.

한 번의 폭발에 주위는 고요해졌다. 다른 방향으로 도망가던 몬스터들도 움직임을 멈췄다.

넋이 나가 있던 사람들은 요란한 폭음에 정신을 차렸다가 눈앞에 펼쳐진 광경에 다시금 정신을 놓았다.

대체 저건 뭐란 말인가? 늑대의 발끝에서 쏘아져 나간 빛들이 떨어진 곳이 어찌 저리된단 말인가?

"대체… 케이가 정말 늑대인가……. 허어……."

촌장은 넋이 나간 채 중얼거렸다. 어제의 일로 케이라는 존재에 대한 의심이 생긴 차였다. 한데 지금 보여주는 모습은…….

잠시의 정적이 흐른 후 다시금 몬스터들이 몰려오기 시작했다. 케이는 다시 뛰어올랐다. 그리고 쏟아져 나가는 강기 다발. 요란한 폭음과 함께 가장 앞에 있는 몬스터 무리를 다시 한 번 쓸어냈다.

그 모습에 목책 위의 자경단은 자신이 창을 놓치는 줄도 모르고 바라보고 있었다.

"케이……."

엘리아는 멍하니 케이의 이름만을 중얼거렸다.

'훗, 유희는 이제 끝났군. 아니, 어제 끝난 건가? 어제의 모습도 충분히 평범한 늑대는 아니었으니……. 2주 만에 유희가 끝나다니…….

조금 지루했지만 그래도 너무 짧아서 아쉽군.'

다시 한 번 몬스터들을 향해 강기를 쏘아내는 케이의 머리 속에는 현재의 상황과는 전혀 상관없는 여유로운 생각들이 떠돌고 있었다.

케이가 강기를 쏘아내기 시작하자 몬스터들의 수는 빠른 속도로 줄어갔다. 하지만 아직도 엄청난 수가 남아 있었다. 이제야 겨우 1할의 숫자를 줄인 정도이니 그 수의 어마어마함은 말할 수 없을 정도였다.

선두의 몬스터들이 정리가 되자 케이는 다시 산을 향해 달려갔다. 사방에서 쏟아져 오는 몬스터들의 공격을 피하며 케이는 강기를 쏘아냈다. 한 번 사용하기 시작하자 거리낄 것 없다는 듯 케이는 무수한 강기를 쏘아냈다.

공포에 질려 도망가던 몬스터들도 서서히 케이를 공격하기 시작했다. 그들의 본능이 인식하기 시작한 것이다. 산에서 쏟아지는 공포를 피하기 위해서는 저 늑대를 쓰러뜨려야 한다는 것을.

그때부터 케이의 싸움이 조금씩 힘들어지기 시작했다. 무작정 도망가다가 앞을 가로막은 것을 치우기 위한 공격과 살아 도망가기 위한 공격은 그 차원이 달랐으니.

앞쪽에서 바포메트의 발이 날아왔다. 살짝 옆으로 피하니 위에서 오우거가 주먹을 내려친다. 그 오우거의 팔을 휘감아 올라가며 목을 끊었다. 그 순간 옆에서 트롤이 주먹을 휘둘렀다. 공중에서 허리를 튕겨 다시 한 번 도약해 그 주먹을 피했다. 그러자 케이에게 잘린 오우거의 머리가 트롤의 주먹을 맞고 멀리 날아간다.

공중에서 재빨리 1회전해 몸의 방향을 아래로 틀어서는 방금 주먹을 휘두른 트롤의 머리를 향해 쏟아져 갔다. 앞발이 트롤의 머리를 차고 지나갔다. 퍽 하는 소리와 함께 트롤의 뇌수가 사방으로 튀었다. 그때 거대한 나무가 케이의 몸을 쓸어왔다. 어느새 옆의 나무를 뽑아 든 미노타우루스였다. 케이는 그 나무를 밟고 도약했다. 공중에 높이 오른 케이의 네 발에서 강기가 쏟아져 나왔다.

이번에 쏟아져 나온 강기는 폭발하지 않았다. 대신 예리한 칼날이 되어 몬스터들의 몸을 토막토막 잘라 갔다. 주위의 몬스터들이 정리가 되자 케이는 땅에 내려앉았다. 하지만 또다시 몬스터들이 케이를 둘러쌌다.

눈앞에서 무력하게 죽어가는 무수한 동족들을 보았음에도 몬스터들은 끊임없이 달려들었다. 그들의 등 뒤에는 더 무서운 존재가 있었기에 앞으로 나가지 못하면 어차피 죽는다. 그런 공포가 그들을 지배했다. 그야말로 배수의 진과 같은 몬스터들의 상황이었다.

그 상황이 케이를 더욱 힘겹게 했다.

네 방향에서 동시에 몬스터들이 공격해 왔다. 케이는 몸을 튕겨 위로 솟아올랐다. 그것을 기다리기라도 한 걸까? 전후에서 나무 둥치가 날아왔다. 본능에 따라 움직이는 몬스터들답지 않은 연환 공격이었다.

케이는 전후에서 날아오는 나무를 번갈아 차 높이 도약했다. 그리고 빙그르 돌아 아래로 쏟아져 내려오며 주변의 여섯 몬스터의 몸을 휘감았다. 은색 바람이 지나간 자리에는 두세 토막으로 잘린 몬스터들의 시체만이 남았다.

케이가 착지하기가 무섭게 은색 바람의 끝부분을 미노타우루스의 발이 덮쳤다. 재빨리 왼쪽으로 피한 케이는 위로 뛰어올라 미노타우루스에게 공격해 갔다.

그때 등 뒤에서 묵직한 충격이 전해져 왔다. 세 마리의 오우거가 함께 던진 나무 둥치들이었다. 케이도 충격을 받았지만 케이가 공격하던 미노타우루스는 다른 몬스터들이 던진 나무 둥치에 머리가 터져 나갔다.

'우욱. 집중력이 떨어졌나…….'

등에서 전해지는 결코 유쾌하지 않은 감각에 케이는 신음을 흘렸다. 케이 때문에 몬스터들의 이동은 현저히 느려진 상태였다. 그렇게 전투를 벌이는 동안 시간은 계속 흘러 태양은 점점 더 하늘 높이 오르고 있었다.

케이에게는 잠시의 여유도 없었다. 사방에서 몰아치는 몬스터들의 공격.

늑대의 모습으로 이렇게 많은 수의 적과 싸우는 것은 처음이었다. 아니, 류블라드에 떨어진 후 이렇게 많은 수의 몬스터들과 싸우는 것 자체가 처음이었다.

'하지만 말이지, 인간의 모습으로 싸우는 것이 훨씬 편할 것 같아. 제기랄.'

폴리모프를 익힌 이후에는 늑대로 있기보다는 인간으로 있었던 시간이 길었다. 전력을 다해야만 하는 강한 적이 아닌 경우에는 인간의 모습으로 싸워왔다. 그랬기에 다수와의 싸움은 인간인 게 편했다.

'제길. 그냥 폴리모프를 해?'

잠시 갈등했으나 케이는 열심히 몸을 움직였다.

'꾸역꾸역 잘도 밀려온다. 이 빌어먹을 것들.'

한 번의 공격을 허용한 이후 케이는 많이 거칠어져 있었다. 누군가에게 맞은 통증. 정말 오랜만의 감각이었고, 기분 나쁜 감각이었다. 기분이 나빴기에 분노했고, 그 결과가 거칠어진 모습으로 나타난 것이다.

케이의 상태를 가장 잘 나타내 주는 것은 케이에게 당한 몬스터들의 시체였다. 점점 더 상태가 참혹해지고 있었다. 케이가 쓸데없이 힘을 많이 쓰고 있다는 반증이었다.

미노타우루스가 케이를 향해 몸을 날렸다. 아예 몸 전체를 던져 케이에게 뛰어든 것이다. 케이의 앞발이 번쩍이며 움직이자 그것의 몸은 정확히 네 조각으로 나눠졌다. 그때 사방에서 날아오는 나무 둥치들. 케이가 위로 뛰어오르는 순간 이번에는 트롤이 달려들었다.

케이는 그대로 트롤에게 부딪쳤고 둘은 반대 방향으로 튕겨 나갔다. 트롤은 이미 심장이 터져 죽어 있었다. 케이는 튕겨 나간 후 몸을 움직여 중심을 잡으려 했다. 그 순간 위에서 떨어져 내리는 오우거의 주먹. 몸을 재빨리 틀었지만 옆구리에서 둔중한 충격이 느껴졌다.

몬스터들의 대응이 점차 조직적으로 이루어짐에 따라 케이도 여기저기 공격을 허용하고 있었다. 점점 케이의 호흡이 거칠어지기 시작했다.

케이 주변으로는 성한 나무가 없었다. 몬스터들이 케이를 공격하기 위해 나무를 죄다 뽑아 던졌기에 여기저기 보기 흉하게 나무들이 쓰러져 있었다.

케이는 지금 산속으로 들어가 싸우고 있었기에 마을에서는 그 모습을 볼 수 없었다. 엘리아는 두 무릎을 꿇은 채 가슴에 두 손을 꼭 쥐고는 눈을 감고 있었다.

'리야드시여, 부디 케이를 보살펴 주소서.'

그녀가 숭배하는 신 리야드를 향해 간절히 기도했다.

"어떻게 되어가는지……."

보이던 것이 보이지 않으니 되려 불안해지고 있었다. 가만히 중얼거리는 촌장의 말에는 그런 불안함이 잔뜩 묻어 있었다.

"아앗, 저기!"

닉이 무언가를 가리키며 소리쳤다. 모두의 시선이 그리로 향했다. 기도하던 엘리아 역시 눈을 뜨고는 닉의 손끝으로 시선을 돌렸다. 서서히 몬스터들이 모습을 드러내고 있었다. 그리고 케이의 모습도 보였다.

조금씩 뒷걸음질치며 싸우는 모습이 위태로워 보였다. 몬스터들이 케이를 둘러싸고 공격하는 모습이 그렇게 흉포할 수 없었다. 엘리아는 다시 눈을 감고 기도를 시작했다. 지금 그녀가 할 수 있는 일은 이것뿐이었으므로.

케이를 지켜보는 사람들의 눈은 걱정으로 물들었다. 그와 동시에 무기를 쥔 손에 힘이 들어갔다. 보아하니 케이도 곧 한계에 이를 것 같았다. 그렇다면 자신들의 차례였다. 과연 몇 마리의 몬스터를 막아낼 수 있을지 모르지만 싸워야 했다. 자신들의 등 뒤에는 목숨보다 소중한 가족들이 자리하고 있었기에.

요란한 소리와 함께 케이가 피한 오우거의 주먹이 땅에 박혔다. 케이는 그 팔을 타고 올라가 오우거의 목을 잘랐다. 옆에서 날아오는 바포메트의 손바닥. 케이는 그 손바닥을 향해 쏟아져 갔다. 바포메트의 손이 잘려 허공으로 날았다. 그때 방향을 바꾼 케이의 이빨이 바포메트의 목에 박혔다. 바포메트는 서서히 쓰러졌다. 쓰러지는 바포메트의 시체로 날아오는 무수한 몬스터들의 손과 발. 케이는 이미 그곳에 없었다.

'헉헉. 점점 힘들어지는군. 헉헉. 그나저나 언제 여기까지 왔지?'

정신없이 싸우다 보니 이곳까지 밀린 줄도 모르고 있었다. 지금 케이가 올라선 곳은 전날 쌓아둔 몬스터들의 시체로 된 벽이었다.

많이 지치긴 했지만 치열한 사투 끝에 몬스터들의 수가 1/3 정도는 줄어든 것 같았다. 하지만 아직 남은 수는 지금까지 처리한 수의 두 배. 케이의 눈에 비친 하늘은 푸른색이 아니라 노란색이었다.

'젠장. 정말 대책 안 서는군. 무슨 산에 몬스터들이 이리도 많아. 제길.'

케이는 지금 정말로 많이 지쳐 있었다.

'이렇게 되면 정말 유희는 끝인가?'

케이는 잠시 뒤돌아 마을을 보며 고민했다.

우연일까? 케이가 뒤돌아본 그때 마침 엘리아도 케이를 바라보고 있었다. 그렇게 찰나간 소녀와 늑대의 눈이 마주쳤다. 그 순간 케이의 고민은 끝을 맺었다.

'유희는 끝이다.'

케이의 눈이 빛났다. 하늘을 향해 뛰어오른 케이의 몸에서 밝은 빛이 쏟아져 나왔다. 몬스터들을 향해 날아가는 강기 다발. 요란한 폭음과 함께 선두 부분의 몬스터 수십이 폭발에 휘말려 사라졌다. 덕분에 케이와 몬스터들 사이에 어느 정도 공간이 생겼다.

스산한 눈으로 몬스터들을 노려보는 케이.

'잘 가라, 이 징그러운 녀석들아.'

케이는 힘껏 주변의 마나를 들이켰다. 마나가 요동을 치며 케이에게로 빨려 들어갔다. 몰려오던 몬스터들은 앞에서 일어나는 마나의 움직임을 느꼈다. 본능이 경고하고 있었다. 저 파동은 그 존재의 그것과 비슷하다고.

몬스터들의 속도가 점점 줄어들더니 터덜터덜 걷기 시작했다. 걸음 속도도 서서히 느려지더니 그 자리에 멈춰 섰다. 모든 몬스터들이 멈춰 선 그 순간 마나의 요동은 거짓말같이 사라졌다.

주위의 요동은 사라졌다. 대신 케이의 몸속에서 마나는 급격한 변화를 일으키고 있었다.

'혼원신공 진결(震訣).'

단전에서 일어난 팔괘 중 진(震)기는 케이가 들이마신 마나와 급속히 섞였다. 세찬 소용돌이와 함께 섞인 두 기운은 강력한 뇌기를 띤 기운으로 화했다.

케이의 입이 크게 벌어졌다. 그와 동시에 케이의 몸속에서 어디로 가야 할지 출구를 찾아 세차게 날뛰던 기운이 쏟아져 나왔다.

하얀 섬광!

케이의 입이라는 작은 점에서 시작된 섬광은 점차 그 범위를 넓혀가며 몬스터들을 쓸었다.

순간의 번쩍임. 그 번쩍임이 끝난 자리에는 아무것도 없었다.

몬스터는커녕 풀 한 포기 보이지 않는 폐허로 변해 버렸다. 강력한 뇌전의 기운이 모든 것을 소멸시킨 것이다.

그 광경에 마을 사람들은 모두 얼어붙었다. 그들의 눈앞에 있는 늑대는 늑대가 아니다. 모두 장담할 수 있었다.

류블라드에 사는 사람들에게 있어 드래곤이라는 존재는 상식이었다. 동네에서 뛰어노는 서너 살짜리 아이들도 드래곤을 알았다. 그리고 드래곤이 가진 최고의 권능 브레스는 너무나 당연한 상식이었다.

그것이 지금 눈앞에서 펼쳐졌다. 드래곤이 아닌 늑대의 입에서. 분명 조금 전 보인 그것은 브레스다. 브레스가 아니고서야 설명할 방법이 없는 광경이었다.

브레스는 분명 드래곤만의 권능이었다. 그런데 늑대가 사용했다. 그렇다면 저 늑대가 늑대일까? 당연히 아니다. 그렇게 저 존재는 늑대가 아닌 드래곤일 것이다.

드래곤에게는 폴리모프라는 또 다른 권능이 있다고 들었다. 어떠한 종족으로도 변할 수 있는 마법, 폴리모프. 그렇다면 저 늑대는 분명 드래곤이 변한 모습일 것이다. 모두 그렇게 믿었다.

끊임없이 쏟아져 나오던 몬스터들의 움직임이 더 이상 느껴지지 않았다. 조금 전의 브레스로 처리한 몬스터들은 남아 있는 녀석들의 절반 정도였다. 한데 나머지 절반의 움직임이 없었다.

케이는 가만히 눈을 감았다. 나머지 몬스터들은 브레스의 흔적에서 좌우로 갈라져서 달려가고 있었다. 그들의 본능이 그렇게 시킨 것이리라.

이제 마을은 안전해졌다.

"이제 겨우 근육이 다 풀린 모양이군."

카시오라는 목을 들어 좌우로 움직여 보았다. 부드럽게 움직였다. 날개를 살짝 펼쳤다. 자연스러웠다. 카시오라의 움직임에 레어의 여기저기서 돌가루들이 떨어졌다.

"이젠 이곳도 좁군."

수면기에 들기 전에 비해 몸집이 상당히 커진 상태다. 예전의 몸집을 기준으로 만들었던 레어의 공간이 이제는 협소하게 느껴졌다.

"그럼, 슬슬 떠나볼까? 못 다한 유희를 마저 즐겨야지."

카시오라는 슬며시 미소 지었다.

"어떻게 나간다? 그냥 여기서 텔레포트를 할까? 아니면 모처럼 일어났으니 본체의 모습을 잠시 드러낼까? 으음."

카시오라는 잠시 고민에 빠졌다. 이윽고 눈을 빛내며 결정을 내렸다.

"막 수면기에서 깨어난 몸이니 조금 움직여 주는 것이 좋겠지. 게다가 성장까지 마쳤으니."

결정을 내린 카시오라는 두 다리에 힘을 주었다. 거대한 몸집이 서서히 일어났다.

"이동."

간결한 용언 마법과 함께 카시오라는 바스테르 산 정상에 나타났다. 카시오라는 날개를 움직이기 시작했다. 세찬 바람과 함께 몸이 공중에 뜨는 것을 음미하며 카시오라는 바스테르 산봉우리 주변을 두어 바퀴 돌았다. 그런 그의 눈에 들어오는 폐허가 있었다. 높은 곳에서 보기에는 겨우 손톱만한 크기의 폐허였지만 그에게는 너무도 잘 보였다.

"으음. 조금 전에 제법 큰 규모의 마나 유동이 느껴지더니 저곳이었나?"

카시오라는 근육을 풀던 중에 느낀 거대한 마나의 움직임을 떠올렸다. 그 정도의 유동은 드래곤만이 만들어낼 수 있는 것이기에 의아하게 생각하고 있었던 터였다. 그의 기억에 이 주변에서 그런 유동을 만들어낼 드래곤은 없었기에.

그러던 차에 그 흔적이 눈에 띄니 호기심이 동했다. 하지만 이내 머리를 흔들었다.

"아냐. 내가 신경 쓸 일은 아니지. 저곳이면 내 영역 밖이기도 하고, 또 저런 곳에 신경 쓰기에는 시간이 아까워. 수많은 여인들이 나를 기다리고 있을 테니. 후훗."

그렇게 결정을 내린 카시오라는 바스테르 산을 돌던 것을 멈추고 한쪽 방향으로 날아갔다. 그런 카시오라의 그림자는 케이의 위를, 그리고 엘리아의 마을 위를 지나갔다.

그렇게 하늘 저편으로 사라지는 블랙 드래곤 카시오라는 류블라드의 괴짜 드래곤이라는 펜타 드래곤 중 한자리를 차지하고 있었다.

'저 녀석 때문이었나?'

케이는 지금 바스테르 산 정상 주위를 날고 있는 블랙 드래곤을 보며 중얼거렸다. 이제야 몬스터들의 알 수 없는 돌진에 대한 의문이 풀렸다. 바스테르 산에는 드래곤이 있었던 것이다.

그래도 풀리지 않는 의문이 있었다. 드래곤의 레어가 있다면 몬스터가 많은 것은 당연했다. 하지만 저렇게 미쳐 날뛰지는 않는다. 저 드래곤이 이번 일의 원인이라는 것은 짐작할 수 있었지만, 그 정확한 원인은 아직도 미궁 속에 있었다. 케이는 고개를 흔들며 몸을 돌려 마을로 걸음을 옮겼다.

유희는 이것으로 끝이라 생각하며 브레스를 사용했지만 그래도 일단은 마을로 걸음을 옮겼다. 앞으로의 일은 그 다음에 생각하기로 하면서.

지금 마을 사람들은 넋이 나가다 못해 나가 있는 넋이 미칠 지경이었다. 눈앞에 늑대로 변한 드래곤이 있는데, 하늘로는 본체 그대로의 드래곤이 날아갔으니 제정신을 유지할 수 있겠는가? 그저 멍하니 있을 뿐.

누구 하나 움직이는 사람이 없었다. 누구 하나 입을 움직이는 사람이 없었다.

그사이 케이는 마을로 들어와 있었다. 모두가 정신을 차리길 기다리며 자리에 앉아 엘리아를 바라보았다.

"위… 위대한 존재시여!"

엘리아가 어서 정신을 차리기를 기다리는 케이의 귀로 촌장의 목소리가 들렸다. 그동안 가진 경험과 연륜 때문인가? 가장 먼저 정신을 차린 이는 촌장이었다. 그는 정신을 차리자마자 케이에게 절을 하며 그렇게 외쳤다.

촌장의 목소리는 곧 다른 사람들의 정신도 일깨웠다. 그 후 그 자리에 있던 마을 사람들은 모두 케이에게 엎드려 절을 하며 촌장과 같은 말을 외쳤다.

"위대한 존재시여!"

마을 사람들의 행동에 이번에는 케이가 잠시 정신이 나갔다.

'허. 어처구니가 없군. 아무리 내가 브레스를 사용했다지만 나를 드래곤으로 알다니…….'

어이없는 눈으로 사람들을 둘러보았지만 누구 하나 눈을 마주칠 수 있는 이가 없었다. 모두 이마가 바닥에 닿도록 엎드려 있었기에 케이의 눈에 들어오는 것은 형형색색의 머리들뿐이었다.

마을은 조용했다. 어이없어하는 케이와 경외감에 젖어든 마을 사람들. 누구도 어떠한 소리도 내지 않았기에 마을은 정적에 휩싸였다.

'이걸 어떻게 하나……. 아무튼 내 유회가 끝난 것만은 사실이군.'

케이는 아쉬운 눈으로 다시 한 번 마을 사람들을 돌아보았다. 오직 엘리아만 여전히 멍한 눈으로 서 있을 뿐 누구도 고개를 들고 있는 사람이 없었다.

'어떻게 한다…….'

케이가 앞으로의 일을 고민할 때 엘리아의 입술이 달싹거리며 움직이기 시작했다. 그 기적을 놓칠 케이가 아니었다. 엘리아를 바라보니 눈은 여전히 멍한 상태로 입술이 조금씩 움직였다. 그러더니 서서히 눈에 생기가 돌며 엘리아는 청아한 목소리로 노래를 부르기 시작했다.

사람들이 모르는 또 하나의 전설.

알려지지 않은 전설.

지금은 잊혀져 버린 전설.

그대들은 카이져 실버 울프를 아는가?

카이져 실버 울프의 왕을 아는가?

늑대이되 늑대를 초월한, 드래곤일지라도 경시하지 못하는
그들의 왕을 아는가!
그의 브레스에 모든 존재가 무릎을 꿇을지니
그의 잊혀진 전설을 아는가!

엘리아의 노래가 끝날 때즘 엎드려 있던 사람들이 서서히 몸을 일으키기 시작했다. 엘리아의 노래를 듣고서야 그들도 깨달았던 것이다. 눈앞에 있는 케이가 결코 드래곤이 아님을.

너무나 허황된 전설이라 누구도 믿지 않았던 그 노래의 주인공이 케이임을 그들은 그제야 깨달았다.

"케이, 네가 이 노래의 주인공이었다니……."

어느새 케이 앞에 이른 엘리아는 믿을 수 없다는 얼굴로 중얼거렸다.

"허. 그 노래가 사실이었다니……."

누군가의 입에서 탄식인지 감탄인지 모를 소리가 나왔다. 그 소리에 동조하듯 사람들은 저마다 고개를 끄덕이며 한마디씩 했다.

"하지만 눈으로 보지 않았는가, 이 사람아. 그건 분명 전설로만 전해지던 브레스였어."

"하긴, 말도 안 되는 소리라고 생각을 했었는데……."

"자자, 조용히들 하게나."

웅성거리는 소리 속에서 조용하지만 힘있는 촌장의 목소리가 울렸다. 그러자 사람들은 다들 입을 닫고 촌장을 바라보았다. 촌장은 조용한 걸음으로 케이에게 다가갔다.

"우리 마을을 구해주서서 감사합니다, 전설의 카이져 실버 울프여."

공손히 허리를 숙이며 감사의 인사를 하는 촌장의 모습에 마을 사람들도 모두 허리를 숙이며 인사를 했다.

"감사합니다, 전설의 카이져 실버 울프여."

케이로서는 여전히 어리둥절한 상태였다. 처음에 자신을 드래곤인 양 경외했던 사람들이 이번에는 전설의 카이져 실버 울프란다. 대체 자신이 잠들어 있는 동안 무슨 일이 있었던 것일까?

알 수가 없었다. 하지만 분명한 것은 이제 더 이상 이 마을에 있을 수 없다는 사실이었다. 자신은 더 이상 평범한 늑대가 아니었으니. 아니, 사실 이 마을에서 보인 행동도 평범한 늑대는 아니었다. 다만 이제는 더 이상 사람들이 자신을 그저 조금 특이한 늑대로 보지 않을 테니 그것이 문제였다.

지금 저들의 눈에 어린 경외의 감정을 보자니 앞으로의 생활이 저절로 머리 속에 그려졌다.

'이제 떠나야 하겠군…….'

마을 사람들의 모습이 그 사실을 케이에게 알려주고 있었다. 결정을 내린 케이는 몸을 일으켰다. 그리고는 마을의 문을 향해 조용히 걸음을 옮겼다.

"케이……."

케이의 뒷모습을 보며 엘리아가 힘없는 목소리로 불렀다. 그녀도 알았다. 이제 더 이상 케이는 평범한 늑대가 아님을. 그리고 더 이상 함께할 수 없음을. 하지만 아쉬웠다. 안타까웠다. 이렇게 케이가 떠나도록 내버려 둘 수 없었다.

"케이!"

이번에는 큰 소리로 외쳤다. 자신의 작은 목소리가 케이에게 들리지 않은 거라 생각하며 있는 힘껏 외쳤다. 그런 그녀의 두 눈에서는 눈물이 흘러내렸다.

'아쉽지만 잘 지내길……'

아직 마을의 문은 닫힌 그대로였기에 케이는 목책을 훌쩍 뛰어넘었다. 그리고 바스테르 산으로 터덜터덜 걸어 들어갔다.

"케이~"

그런 케이의 귀로 자신을 부르는 엘리아의 목소리가 아련히 들려왔다. 케이는 달렸다. 자신이 잠들어 있었던 동굴, 엘리아를 처음 만났던 동굴로 달렸다. 오래지 않아 도착할 수 있었다.

자신이 처음 잠들었던 그 자리에 케이는 다시 엎드렸다. 살며시 감기는 두 눈.

'후. 이제 뭘 하지? 유희랍시고 했던 것도 이렇게 끝나 버리고……. 시간은 이미 400년도 더 지나 있고. 하아. 젠장, 뭐가 어떻게 돼버린 건지는 하나도 모르고……. 나보고 어떻게 하라고. 젠장, 외로워……'

온몸을 감싸는 외로움이 케이를 힘들게 했다. 사실 인간이 아니었기에, 하지만 인간이었기에 케이는 이도 저도 아닌 존재였다. 그런 케이의 외로움을 감싸 안아주었던 존재, 자일론. 그의 죽음으로 인해 케이는 더없는 슬픔 속에 잠들어야 했다. 그리고 깨어난 지금 다시 한 번 케이는 몸서리치는 외로움 속에 떨어져 있었다.

"휴우. 힘들었어."

"그러게. 이번 도시행은 지금까지 중에서 가장 힘들었다구."

"단장님이 그렇게 서두른 적이 없었으니 말이야."

"대체 왜 그러셨을까?"

마을에서 가장 가까운 도시인 네이에 무사히 도착해 거래를 마친 이들은 달콤한 휴식 끝에 마을로 돌아가기 위해 짐을 꾸리는 중이었다. 케이가 잡아다 준 트롤 덕에 이번 도시행은 엄청난 수익을 남겨주었다. 한 가지 아쉬운 점이라면 네이 역시 도시 중에서는 규모가 작은 편이라 밀러가 알고 있는 트롤의 가죽과 피의 시세보다는 조금 싸게 팔았다는 것 정도였다.

하지만 그 금액도 어마어마해서 당분간 마을의 공동 자금은 넉넉하게 운용될 수 있을 것 같았다. 그리고 엘리아 모녀는 마을에서 손에 꼽히는 부자가 되었다.

"자, 그럼 이제 마을로 돌아간다. 돌아갈 때는 올 때와는 다르게 여유있게 갈 테니까 다들 걱정 말라구."

선두에 선 밀러의 외침에 모두의 얼굴이 환하게 밝아졌다. 설마 돌아가는 길 역시 올 때처럼 강행군이 되지나 않을까 하는 걱정에 얼굴이 어두웠던 그들이었다.

"후, 다행이군요. 갈 때는 편안하게 간다니."

밀러의 곁에 있던 잭이 안도의 한숨과 함께 빙그레 웃으며 말했다.

"뭐, 마음에 안 들면 서둘러 가도 되고."

밀러 역시 빙그레 웃으며 답했다.

"단장님은 이게 마음에 안 드는 얼굴로 보입니까? 기쁨에 떠는 표정이라구요. 올 때 정말 죽는 줄 알았다고요."

"그건 나도 마찬가지였네. 죽지 않았으니 다행 아닌가?"

태연한 밀러의 대답에 잭은 고개를 절레절레 흔들었다. 보기와는 다른 능글능글한 단장의 언변에 질려 버린 탓이다.

푸른 하늘에 싱그러운 바람. 마을로 돌아가는 길은 발걸음이 가볍기 그지없었다. 서두르지도 않았고, 날씨도 좋았다. 그리고 네이에서의 거래 덕에 주머니도 두둑했고, 마을에서 필요한 생필품들도 가득 샀다. 절로 콧노래가 나왔다.

그렇게 하루 반의 거리를 가서 중간 기착지인 작은 마을에 도달할 때였다.

"이번에는 마을에 들렀다 가는 거죠?"

올 때가 생각나서였는지 잭이 조심스레 물었다.

"그야 당연하지. 이젠 내 기분을 어지럽히는 그런 불길한 예감 따위는 없으니까."

밀러의 말에 모두 밝은 얼굴로 마을을 향했다. 그리고 그 밝은 얼굴은 마을 입구에 들어서는 순간 한없이 어두워졌다.

눈앞에 펼쳐진 지옥과도 같은 광경. 대체 이 마을에 무슨 일이 있었던 것일까? 파괴된 집들과 곳곳에 방치된 시체들. 겁에 질린 생존자의 얼굴. 간간히 보이는 몬스터의 시체.

몬스터의 시체, 그것이 이 마을에서 일어난 일을 말해 주고 있었다.

"후, 단장의 불길한 예감이 우릴 살렸군요."

마을의 생존자들에게 어떻게 된 일인지 알아보고 온 잭이 한숨과 함께 말했다.

"어떻게 된 일이지?"

"모르겠어요, 원인은. 다만 엄청난 몬스터들이 바스테르 산에서 쏟아져 나왔다는군요. 처음에는 고블린이나 코볼트 같은 소형이 다음에는 오크들, 그리고 트롤과 미노타우루스, 오우거, 바포메트들도 나왔다고 하는군요."

"기적이군."

"뭐가요?"

"생존자가 있다는 것이."

침중한 밀러의 목소리에 잭은 고개를 끄덕였다.

"그건 그렇지요. 그리고 우리가 이렇게 살아 있는 것도 기적이지요. 단장의 말대로 그렇게 미친 듯이 달려가지 않았으면 우리도 몬스터들의 습격을 받았을 테니까. 정말 단장의 그 예감이라는 것 대단합니다."

잭의 말에 다른 이들 모두 고개를 끄덕였다.

"그래? 하지만 무작정 좋아할 일은 아니야."

어느새 그 마을을 벗어나 바스테르 산쪽으로 움직이는 중 밀러가 무거운 어조로 말했다.

"그게 무슨 말이죠?"

"이 마을이 이렇게 초토화될 정도라면 우리 마을은 어떨까? 우리 마을은 바스테르 산 바로 아래에 있으니……."

밀러의 말에 모두의 안색이 변했다. 자신들은 무사히 몬스터들의 습격을 피했다는 생각에 잊고 있었던 것이다. 저마다 자신들도 모르는 사이에 걸음이 조금씩 빨라지고 있었다. 마을이 무사한지 확인해야 했다. 마을에 있는 자신들의 가족이 무사한지 확인해야 했다.

정말 열심히 달렸다. 달리고 또 달렸다. 마을을 떠날 때는 이렇게 달리는 것이 죽도록 힘들었는데, 지금은 느리기만 한 자신들의 발이 원망스러웠다. 그렇게 하루 동안 열심히 달려 도착한 마을.

무사했다. 멀쩡한 목책과 멀쩡한 집들, 그리고 밝은 얼굴로 움직이는 사람들. 다행이었다.

"휴우, 우리 마을은 무사하네요."

잭이 기쁜 얼굴로 말했다.

"그렇군. 다행이야."

밀러의 얼굴에도 미미한 웃음이 떠올라 있었다.

'나참, 이 사람은 이 상황에서도 저 정도밖에 웃지 않는다니……'

그 미미한 웃음에 역시 단장은 어쩔 수 없는 사람이구나 하는 것을 느낀 잭은 쓴웃음을 지었다.

도시로 향했던 사람들이 돌아오자 마을 사람들은 기쁨에 겨운 얼굴로 그들을 맞이했다. 도시를 떠났던 이들이 무사한지 걱정으로 보낸 며칠이었다. 자신들은 케이의 도움으로 무사했지만, 그 몬스터들이 이들을 습격했으면 어쩌나 하는 걱정이 가슴속에 쌓여 있었다.

"무사히 잘 다녀왔구만."

"다녀왔습니다."

촌장과 밀러는 지금 촌장의 집에서 마주 앉아 있었다. 두 사람 사이에는 두 잔의 차가 모락모락 향기로운 수증기를 피어올리고 있었다.

"어떻게 된 일인가?"

촌장이 먼저 물었다. 밀러는 마을을 떠난 후 있었던 일을 상세히 설명했다.

"허허, 대단하군. 자네의 그 예감이란 것 말이야."

"전쟁 때 느낀 것보다도 불길했으니까요."

대답을 하는 밀러의 얼굴에는 아픈 과거를 떠올린 듯 쓴웃음이 맺혀 있었다.

"어떻게 된 일입니까?"

이번에는 밀러의 물음이었다. 촌장은 잠시 눈을 감았다. 밀러는 말 없이 기다렸다.

느릿느릿한 어조로 촌장은 그날의 일을 설명했다. 촌장의 말이 이어 질수록 밀러의 얼굴에는 놀람이 떠올랐다. 이 표정없는 사내가 이렇게 놀랄 수도 있구나라는 생각을 하며 촌장은 아직도 믿을 수 없는 이야 기를 끝맺었다.

"어떻게 그런 일이…… 전설일 거라 생각했는데……."

"마을로 들어오면서 보지 않았는가? 브레스에 깨끗이 사라진 숲의 모습을……."

"그러고 보니……."

마을이 무사하다는 기쁨에 간과했었다. 황폐하게 변해 버린 산 일부 의 모습을. 그것이 케이가 사용한 브레스의 흔적이었던 것이다.

"몬스터의 시체도 무수히 많았다네. 그런데 그 브레스에 시체들 도 모두 사라졌지. 남아 있던 것도 제법 있었네만, 요 며칠 우리가 정리했지."

촌장의 말에 밀러는 무겁게 고개를 끄덕였다.

"그리고 케이가 떠난 후 내 나름대로 그 전설에 대해 다시 알아봤네. 마침 나에게 그에 대한 책이 있었거든. 엘리아가 빌려가서 엘리아에게 다시 돌려받았지만. 그 책을 다시 꼼꼼히 읽고야 그 전설이 사실임을 알았지. 그리고 어떻게 엘리아가 가장 먼저 그 전설을 떠올렸는지도 알았다네."

잠시 말을 끊고 차를 입에 가져가는 촌장을 바라보는 밀러의 얼굴에는 궁금함이 가득했다.

"그 노래는 퓨어님이 숲에서 종종 불렀던 노래라고 하더군. 그 책에는 그렇게 기록되어 있어. 그리고 그 카이져 실버 울프는 실제로 존재한다고 했다네, 퓨어님이."

"그랬군요."

대답을 하는 밀러의 얼굴에는 놀람이 여전히 자리하고 있었다.

엘프인 퓨어가 불렀다는 노래라면, 그녀가 사실이라고 했다면 분명한 사실이다. 그리고 그녀의 말을 의심하기 전에 이미 마을 사람들이 보았다지 않은가! 몬스터들을 한 번에 날려 버린 브레스의 위력을.

"그런 존재가 잠시지만 우리와 함께했다는 것이 믿기지가 않는군요."

"헛허허. 그렇지. 그냥 이상한 늑대 정도로만 생각을 했으니 말이야."

두 사람의 대화와 함께 어느새 해는 서쪽으로 뉘엿뉘엿 넘어가고 있었다.

붉은 노을은 바스테르 산을 바라보는 엘리아의 탄식 소리와 함께 어둠 속으로 사라졌다.

"엘리아……."

그런 딸의 모습을 바라보는 미엘의 얼굴에는 걱정이 가득했다.

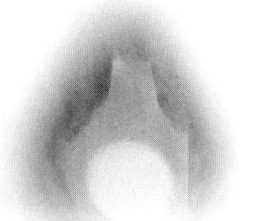

2 초 6 식

잠든 사이의
이야기는 가슴
을 울리고…

잠든 사이의 이야기는
가슴을 울리고…

　　'얼마나 시간이 흘렀을까? 또 한 400년 지나가 버렸나? 훗.'

　　동굴로 돌아와 감았던 눈을 뜬 케이의 머리 속에 잠시 그런 생각이
스쳐 지나갔다. 그저 눈을 감고 시간의 흐름을 잊어버렸으니 또다시
그런 일이 일어났는가 하는 생각이 든 것이다. 처음 400년이 흘렀다는
이야기를 듣고 얼마나 어처구니가 없었던가?

　　'응? 뭐지, 이 기운은?'

　　스스로의 생각에 어이가 없어 헛웃음을 짓던 케이는 갑자기 자신이
있는 곳에서 일어나는 마나의 움직임에 몸을 일으켰다.

　　'거대하다. 이렇게 거대한 기운은……'

　　마나의 유동과 함께 드러나는 어마어마한 힘에 케이의 몸이 딱딱하
게 굳어들었다.

케이의 눈앞에 밝은 광채가 피어났다.

"오랜만이에요, 케이."

밝은 빛을 헤치며 나타난 이는 영롱히 빛나는 금발이 무척이나 잘 어울리는 아름다운 여인이었다.

'누구지?'

케이는 갑자기 나타나 자신에게 말을 거는 여인을 물끄러미 바라보았다. 전혀 본 적이 없는 얼굴이었다. 아무리 기억을 더듬어도 만난 적이 없었다. 저 여인이 자신을 아는 척할 이유가 없었다.

"이런. 케이, 설마 날 못 알아보는 거예요? 아무리 겉모습이 바뀌었다지만 못 알아보다니……. 이거 섭섭한걸요."

그녀의 말대로 그녀의 얼굴에는 섭섭한 기색이 역력했다. 아니, 실망감이 가득했다고 할까?

'서… 설마……'

그 순간 케이의 머리를 스치고 지나가는 한 인물. 케이는 무심코 그 인물의 이름을 내뱉었다.

"설마 에르데미안님?"

"호호호. 그래요, 케이. 정말 오랜만이죠?"

설마하는 심정으로 보낸 전음에 에르데미안이 맑게 웃으며 답했다.

"그나저나 케이는 도대체 얼마나 잠들어 있었던 거죠? 드래곤도 아니고 그토록 오랜 시간을 자다니 말이에요. 아, 차라리 드래곤이라고 하는 게 더 나을까요? 브레스를 사용하는데다 이번에는 수면기까지 보냈으니 말이죠. 호호호."

케이를 바라본 에르데미안은 다시 한 번 웃었다. 그런 에르데미안의 말에 케이는 당황한 듯 별다른 말을 못하였다.

"하, 에르데미안님."

"뭘 그런 얼굴로 보는 거예요, 케이?"

"아닙니다."

오랜 시간이 흘렀건만 그녀는 변한 것이 없었다. 그런 에르데미안의 모습이 케이에게 하나의 미소를 만들어주는 걸지도.

"오랜만에 봐서 할 말이 많을 텐데 여기서 이러고 있으면 곤란하죠? 아무래도 내 레어가 나을 것 같으니까, 그럼 그리로 가서 마저 이야기하도록 해요. 이동."

자신의 할 말을 다한 에르데미안은 케이의 대답을 듣지도 않고 용언 마법으로 이동했다.

에르데미안의 레어에 도착하자마자 케이는 폴리모프를 사용하여 인간의 모습을 했다.

"그 모습도 오래간만이네요."

은빛 머리칼이 단정한 케이의 모습에 에르데미안은 미소 지었다.

"후, 에르데미안님은 여전하시군요. 그런데 인간의 모습이라니 어떻게 된 것이죠? 덕분에 처음에 못 알아봤습니다."

케이는 에르데미안이라는 사실을 알았을 때 가장 먼저 가진 의문을 이제야 물었다. 지금까지 에르데미안이 자기 할 말만 했기에 물어볼 시간이 없었던 것이다.

실상 케이가 본 에르데미안의 모습은 본체와 엘프로 폴리모프한 모습이 전부였다. 게다가 엘프일 때의 모습은 지금과는 많이 달랐다. 그래서 미처 에르데미안을 떠올리지 못했던 것이다. 그런 강대한 힘으로 자신에게 텔레포트할 존재는 그녀를 제외하면 없는데도 말이다.

"아, 지금 유희 중이에요."

"아, 그랬군요."

대답을 하는 케이의 얼굴에 쓴웃음이 떠올랐다. 유희 중이라는 말에 자신이 한 2주간의 유희가 떠올랐던 탓이다.

"아니, 왜요? 나는 유희 좀 즐기면 안 되나요? 뭐죠, 그 비웃는 듯한 웃음은?"

케이의 웃음을 다르게 해석한 에르데미안은 케이를 사납게 몰아붙였다.

"아니, 그게 아니고요."

"그게 아니면 뭐죠?"

뾰족한 목소리. 실상 에르데미안은 만 년에 가까운 삶을 살면서 거의 유희를 즐기지 않았다. 오로지 마법 연구로만 점철된 생, 그게 그녀의 삶이요 생활이었다. 그래서 이제는 태고룡에 이른 자신의 나이에 유희를 나선다는 것에 어느 정도 자격지심을 가지고 있는 터였다. 그러던 차에 케이의 웃음을 봤으니 그녀로서는 도둑이 제 발 저린다고, 자신의 자격지심을 그대로 터뜨린 것이다.

"사실 제가 잠에서 깨어나 그 유희 비슷한 걸 했거든요."

"뭐요?"

황급히 변명하는 케이의 말에 에르데미안의 눈은 흥미로 물들었다.

"케이, 정말 늑대 맞아요? 브레스, 수면기 거기에다가 유희까지……. 그냥 드래곤 하는 게 어때요?"

"농담 마세요."

방긋 웃으며 하는 에르데미안의 말에 케이는 당황한 얼굴로 대꾸했다.

"호호호. 뭐 어때서 그래요. 케이 정도면……. 그런데 그 유희가 어쨌기에 그러죠?"

"2주 만에 끝났습니다."

케이의 대답에 에르데미안은 두 눈을 동그랗게 떴다. 명색이 유희라 시작하고선 2주 만에 끝나다니. 그게 어디 유희라고 할 수나 있단 말인가?

"호호호호호. 2주요? 호호호. 아이고 배야. 아아, 미안해요, 케이. 하지만 호호호, 너무 웃긴걸요. 그런 걸 유희라고 하다니요."

에르데미안의 너무나 적나라한 웃음에 케이의 얼굴은 시뻘겋게 물들었다.

"그만 하시죠."

벌게진 얼굴로 케이는 약간은 화가 난 목소리로 말했다.

"아, 미안해요. 호호호."

한 손으로 눈가에 고인 눈물을 닦으며 에르데미안은 여전히 웃고 있었다.

"그런데 대체 뭘 어떻게 했기에 명색이 유희라고 시작한 걸 2주 만에 끝낸 거죠?"

에르데미안의 물음에 케이는 그 2주간 있었던 일을 설명했다. 에르데미안은 늘 그렇듯 흥미 가득한 얼굴로 케이의 이야기를 들었다.

"흐음. 그러면 어쩔 수 없었겠네요. 본의 아니게 유희를 마친 거니까. 하긴 늑대의 모습으로 유희를 한다면 그 정도가 한계죠. 늑대들 틈에서 산 게 아니라 인간들 틈에 있었으니."

"그러게 말입니다. 후, 그런데 그 몬스터들은 왜 그랬을까요? 아무리 드래곤의 레어가 근처에 있다지만 그렇게 미쳐 날뛰다니요."

케이의 물음에 에르데미안은 차를 살짝 마신 후 빙그레 웃었다.

"아마 인간들은 이건 거의 모를 거예요. 그러니 케이도 몰랐겠죠."

"무얼 말씀하시는 거죠?"

웃음 띤 에르데미안의 말에 케이는 고개를 갸웃거리며 물었다.

"드래곤은 꼭 세 번의 수면기를 반드시 가져야 해요. 성장을 위한 수면기죠. 일단 해츨링에서 성룡이 될 때, 그리고 웝급으로 들어갈 때, 마지막으로 에이션트급으로 들어설 때 그렇게 세 번은 반드시 수면기를 가져야 하죠."

에르데미안이 세 손가락을 펼쳐 하나하나 꼽으며 말하자 케이는 고개를 끄덕였다.

"그래서요?"

"이 성장을 위한 수면기 때는 당연히 지는 동안 본체와 드래곤 하트가 성장하죠. 그리고 수면에서 깨어날 때 성장이 끝나면서 주위로 어마어마한 마나가 뿜어나가죠. 보통은 못 느끼는데 몬스터들은 그때의 드래곤 마나를 아주 민감하게 느껴요. 그래서 겁에 질려 미쳐 버리는 거예요."

"그래요?"

"예. 왜 그러는지는 아직 정확히 밝혀지진 않았지만 그때마다 몬스터들이 미쳐 버리죠. 정확히는 겁에 질려 눈에 보이는 게 없다고 할까요?"

"그렇다면 제가 본 그 블랙 드래곤이 막 성장을 위한 수면기에서 깨어난 거라 이 말씀이군요."

케이의 말에 에르데미안은 고개를 끄덕였다.

"그래요. 바스테르 산의 블랙 드래곤이라면 카시오라겠군요. 아마 이때쯤이면 웜급에 이르는 수면을 마칠 때고요. 아마도 그가 맞을 거예요."

카시오라라는 드래곤의 이름에 케이의 머리를 스쳐 지나가는 것이 있었다.

"그, 여자에 미쳤다는 펜타 드래곤⋯⋯."

"맞아요, 그예요."

케이의 중얼거림을 들은 에르데미안이 고개를 끄덕이며 말했다.

"하지만 펜타 드래곤이라는 말, 별로 듣기 좋은 건 아니군요."

얼굴은 웃고 있었지만 에르데미안의 말 속에는 잔잔한 살기가 흐르고 있었다.

"아, 예."

그녀 역시 펜타 드래곤으로 꼽히기 때문에 펜타 드래곤이라는 말을 무척이나 싫어했다. 동족들 사이에서 괴짜들에게나 붙이는 별명이니 마음에 들 리 없었다. 자신은 그저 마법이 좋아 마법을 연구한 것뿐인데 괴짜라니. 타인의 길을 인정하지 못하는 앞뒤 꽉 막힌 먹통들이 만들어낸 말이 펜타 드래곤이라는 생각에, 그녀는 그 말에 무척 민감하게 반응했다.

'잊고 있었다. 펜타 드래곤이라는 말에 저런 반응을 보인다는

걸······.'

에르데미안이 흘린 살기에 케이는 가슴을 쓸어 내렸다.

"쩝. 하필이면 때가 그렇게 맞아떨어져서 제 유희만 날렸군요."

아쉬운 듯 케이가 말하자 에르데미안은 그 특유의 미소를 지으며 다시 한 번 찻잔을 입에 가져갔다.

"꼭 그렇게 생각할 건 없죠. 늑대의 모습으로는 그렇게 되었지만 인간의 모습으로 유희를 즐기면 상관없는 거 아니겠어요?"

에르데미안의 말에 케이는 고개를 끄덕였다. 그랬다. 유희라면 굳이 늑대의 모습이 아니라도 상관없다. 아니, 유희가 아니라 자신에게는 새로운 생활이었다. 드래곤들에게야 유희겠지만 자신의 영혼은 어디까지나 인간의 그것 아닌가.

"마침 인간 세상이 무척 재미있게 돌아가고 있어요."

"예?"

"아, 케이가 깨어난 것이 거의 400년 만이죠? 알고 있나요?"

"예. 지난번에 깨었을 때 400년 정도 흘렀다고 들었어요."

"지난번이요?"

케이의 대답에 에르데미안이 고개를 갸웃거리며 물었다.

"그게, 그 2주간의 유희가 끝나고 뭘 해야 할지 몰라 그냥 잤거든요."

"호호, 난 또. 그거라면 상관없어요. 겨우 3일 흘렀을 뿐이니까."

"예?"

에르데미안의 대답에 케이는 눈이 동그래져서 되물었다. 기실 처음의 잠과 두 번째 잠 사이의 차이를 케이는 느끼지 못했다. 처음의 잠에서 깨어난 후 400년 넘는 시간이 지났다는 것을 알고 얼마나 놀랐던가. 그리고 그와 비슷하게 잤다고 생각한 두 번째의 잠은 겨우 3일이 흘렀 다니 도무지 이해할 수가 없었던 것이다.

"내가 어떻게 케이를 찾았다고 생각해요?"

"그러고 보니 그걸 생각 못하고 있었군요."

에르데미안의 말에 머리를 긁적이며 케이가 그녀를 바라보았다.

"훗. 케이가 브레스를 사용했을 때 마나의 파동을 느꼈었죠. 그때는 유희 중 할 일이 좀 있었거든요. 그래서 이제야 그 자리를 찾았고, 그 주변을 탐색해서 케이가 있는 동굴로 갔던 거예요. 물론 탐색 중에 케 이란 걸 알았고요. 사라졌을 때 바스테르 산에 숨어서 잠에 빠져든 줄 은 알았지만 깨어난 줄은 모르고 있었거든요. 아니, 잠에 빠져든 채 수 명이 다했을 거라 생각했어요. 늑대의 수명이란 한계가 있으니까요."

에르데미안의 설명에 케이는 고개를 끄덕였다.

"맞아요. 늑대의 수명에는 한계가 있죠. 그런데 제가 400년이라는 시간을 보내고도 살아 있다니 저도 신기할 따름입니다."

"뭐, 주신의 뜻이겠죠."

"그런데 에르데미안님은 언제부터 유희를 즐기신 거죠?"

케이는 잊었던 것이 생각났다는 듯 에르데미안을 보며 물었다.

"아마 케이가 바스테르 산에 들어가고 얼마 안 있고서부터였죠? 요 즘 유희에 재미가 들려서 말이에요."

"그럼 400년간 유희 중이라는 말씀인가요?"

"그래요."

에르데미안의 대답에 케이의 가슴에는 역시라는 두 글자가 떠올랐다 사라졌다. 그녀가 괴짜로 꼽힐 만한 이유가 있었던 것이다. 수천 년이 넘는 시간 동안 유희다운 유희없이 살아오다가 400년 내내 유희라니, 도무지 종잡을 수 없는 성격이었다.

"그렇다면 제 궁금증을 해소해 주실 수 있을 것 같네요."

케이의 말에 에르데미안은 고개를 끄덕였다.

"케이가 잠들어 있었던 동안의 일 말이죠?"

"예."

케이의 대답에 다시 한 번 차의 맛을 음미한 에르데미안은 두 눈을 살며시 감았다. 머리 속의 기억을 정리하려는 듯.

"어디까지 알고 있나요? 2주간 사람들 틈에서 생활을 했다면 그래도 무언가 알게 된 것이 있을 것 같은데요."

"별것없습니다. 그저 제가 죽고 400년쯤 흘렀다는 것과 카이렌이 망했다는 것 정도일까요."

대답하는 케이의 목소리에는 쓸쓸함이 진득하게 묻어났다. 그것을 눈치 챘음인지 에르데미안의 눈에도 안타까움이 어렸다.

"카이렌 마왕 강림이 끝나고 아, 사람들은 그때의 일을 카이렌 마왕 강림이라고 불러요. 제가 유희를 시작했죠. 케이가 사라지고 아마 2년쯤 후일 거예요. 그때는 그저 여행자로 이곳저곳을 떠돌았답니다. 그때 카이렌이 입은 타격은 막대했어요. 라디칼에서 시작해 라디칼에서 끝났으니 카이렌만 피해를 입었고, 그것은 곧 주변국과의 국력 차이로 드러났죠."

그 말에 케이는 고개를 끄덕였다. 그 정도는 충분히 예상했던 일이었다.

"또 카이렌 국내에서는 왕권이 급속도로 무너져 갔어요. 결국 그 마족 강림도 왕자들 간의 다툼이 문제였으니까요."

에르데미안의 말에 케이의 얼굴에 불쾌한 빛이 떠올랐다.

"왕자들의 다툼이라기보다는 한 멍청한 왕자의 일방적인 시기였죠."

케이의 날카로운 반응에 에르데미안은 살짝 웃었다.

"뭐, 그건 그렇다고 해도 어쨌든 왕실의 문제였으니 귀족들이 점점 세력을 넓혔어요. 그 와중에 네이팜 유크 콘티넌트 공작이라든지 에피데르 드 레시페 공작, 페이트라 카나카인 후작, 릭본 라이트 백작 같은 사람들이 카이렌의 국력을 복원시키기 위해 갖은 애를 썼지만 역부족이었어요. 국왕과 귀족들 간의 세력 다툼에 주변국들의 압박. 그 와중에 카류일 국왕이 죽고 3왕자 사이어가 국왕에 올랐죠. 그 후 카이렌은 급속히 기울기 시작했어요. 그나마 카이렌에 충성하던 진정한 충신들도 죽어갔고요. 그러자 카이렌이 망하는 건 순식간이었죠. 위아래에서 후디스와 마케인이 동시에 치고 들어갔으니까요. 그렇게 두 제국은 사이좋게 카이렌의 영토를 나눠먹었어요. 그나마 국력이 강한 편에 속했던 카이렌의 어이없는 종말이죠."

케이의 얼굴에는 씁쓸한 아픔이 떠올랐다. 따지고 보면 결국 카이렌의 멸망 원인의 하나를 자신이 제공한 셈이었으니. 그가 조금 더 빨리 결심을 했다면, 조금만 더 그 마왕을 막았더라면 카이렌의 국력이 그렇게까지 약화되지는 않았을 텐데.

"그러면서 두 제국은 영토 재편에 들어갔죠. 특히 마케인은 마오의 일부 영토까지 차지했어요. 그러면서 삼국에 걸쳐 있던 버려진 땅은 완전히 버려졌죠. 아, 케이의 영지였죠? 카이렌에 속했던 버려진 땅은? 요즘도 그 부근을 지니어스 영지라 부르고 있어요. 400년이나 지났는데도 말이죠."

의외의 말에 케이는 놀랐다. 전혀 생각지 못했던 일이었기 때문이다.

"그래요? 하지만 제가 있던 마을에서는 그런 말을 듣지 못했는데요."

"뭐, 그런 얘기가 나올 일이 없었던 걸 수도 있죠. 아무튼 케이는 현재 카이렌뿐만 아니라 블루덴 대륙의 영웅이니까요. 훗. 케이의 영웅화에는 퓨어와 세린이 정말 큰 힘을 썼죠. 특하나 세린은 정말이지 생을 다할 때까지 케이를 그리워했어요."

에르데미안의 말에 케이의 눈에는 아련한 아픔이 떠올랐다.

"세린을 만나보셨습니까?"

"예. 유희를 하면서 종종 들렀죠. 뭐, 세린에게는 폴리모프를 하더라도 제 정체를 감출 수 없으니까요. 세린의 마지막도 함께했으니. 아, 맞다. 혹시라도 케이를 만나게 되면 전해달라고 했어요. 케이 덕분에 행복한 삶을 살 수 있었다고, 정말 감사하다고."

"그랬습니까."

짙은 아픔과 아쉬움, 회한이 묻어나는 말이었다. 그로서도 이렇게 그들과 헤어질 줄은 몰랐으니까.

"들어봤다고 했죠? 슬픈 영웅의 노래."

케이는 고개를 끄덕였다. 어찌 잊을 수 있는가, 그 노래를. 엘리아가 눈물을 흘리며 불러준 노래인데……

"그 노래의 노랫말은 세린이 붙인 거예요. 세간에 알려지지는 않았지만 말이죠."

생각지도 못한 사실에 케이는 눈을 동그랗게 떴다.

"그리고 잊혀진 전설, 카이져 실버 울프란 노래도 있죠. 그건 퓨어가 노랫말을 붙였죠. 아무튼 그 덕에 케이는 늑대나 인간, 둘 다 인간 세상에서는 영웅이라구요, 지난 400년간. 물론 카이져 실버 울프에 관한 건 믿는 사람이 별로 없지만 말이에요. 호홋."

400년이라는 시간이 느껴지는 이야기였다. 자신이 오랜 전설 속의 영웅이 되어 있다니.

"그보다 다른 사람들은 어떻게 되었죠?"

"흐음, 다른 사람들이라… 일단 어처구니없는 일을 저질렀다는 말부터 해줄까요?"

갑작스러운 에르데미안의 말에 케이는 고개를 갸웃거렸다.

"그게 무슨 말씀이시죠? 누가 어처구니없는 일을 저지른 거죠?"

케이의 물음에 에르데미안은 조용히 손을 들어 손가락으로 케이를 가리켰다. 가만히 에르데미안의 행동을 지켜보던 케이는 자신을 가리키며 물었다.

"저요?"

"그래요. 어떻게 그런 마법 수식을 만들어서 다른 마법사에게 가르칠 생각을 했죠? 케이가 가르친 그 수식은 마법사들에게 있어 일대 혁명이었다구요. 덕분에 그 발린이라는 아이의 히스티딘 가문은 엄청난 힘을 가지게 되었죠. 더구나 그 수식을 더욱 연구하고 발전시켜서 100년쯤 전에 마갑기(魔甲機)라는 어처구니없는 괴물을 만들어냈죠.

덕분에 히스티딘 가문이 속한 후디스 제국이 현재 블루덴 최강국이에요. 발린은 그런 히스티딘 가문의 시조로 후손들에게 어마어마한 존경을 받고 있구요."

에르데미안의 말에 케이는 입이 떡 벌어졌다. 설마 자신이 잠든 400년 동안 그런 일이 있을 줄은 생각도 못했기 때문이다.

"그 마갑기 말고도 히스티딘 가가 이룬 업적은 무수히 많아요. 생활 마법이라고, 일상 생활에 쓰이는 기구들을 마법을 사용해서 엄청 편리하게 만들었으니까요. 뭐, 덕분에 어마어마한 부를 축적해 대륙에서 첫째, 둘째가는 상회의 주인이기도 하고요."

정신이 없었다. 엘리아의 설명을 듣고 어느 정도 짐작은 했지만 이 정도일 줄이야. 잠시 과연 발린을 가르친 것이 잘한 일일까라는 의문도 들었다.

"뭐, 그 때문에 케이는 더 훌륭한 영웅이 되었죠. 케이가 발린의 스승이라는 건 이미 유명한 이야기거든요."

"그래요? 허."

허탈한 듯한 목소리. 케이는 자신이 정말 오랜 시간 잠들어 있었다는 걸 다시 한 번 실감했다.

"세린은 신안 성녀로 사람들의 무한한 존경을 받다가 수많은 사람들의 슬픔 속에서 헤이트론의 곁으로 갔어요. 원래 리야드께로 가서 환생의 고리를 돌아야 하지만 헤이트론, 그분의 권능을 이어 받았기에 헤이트론의 부름을 받아 영혼이 환생의 고리를 빠져나온 거죠. 그럴 리는 없겠지만 혹시라도 신계에 갈 수 있다면 만날 수 있을지 모르겠네요."

"신계라… 뭐, 제가 그곳에 갈 일이 있을 리가요."

"그렇죠?"

에르데미안은 케이를 마주 보며 웃었다.

"바볼랏은 보기와는 다르게 아주 훌륭한 교황이었어요. 사람들이 절로 존경을 할 정도로요. 정말 의외였죠."

"그 부분이 제가 가장 이해가 안 가는 부분입니다. 저도 얼핏 듣긴 했는데, 지금 다시 생각해도 믿을 수가 없어요."

에르데미안의 말에 케이는 심각한 얼굴로 진지하게 이야기했다. 그가 알고 있는 바볼랏으로서는 절대로 불가능한 일이었기에, 그런 반응은 어쩌면 당연한 것이었다.

"호호. 직접 본 저도 아직도 믿지 못하고 있으니 케이는 오죽하겠어요. 하지만 사실이에요. 헤이트론의 수도인 헤이트의 광장에 가면 바볼랏과 세린의 동상이 있을 정도니까요. 아, 케이의 동상도 있어요. 마왕 헤르마카인의 마수에서 대륙을 구한 영웅, 케트로이드 지니어스라는 문구도 있죠."

"세린의 동상은 몰라도 제 동상과 바볼랏의 동상이라… 도무지 실감이 안 나는군요."

얼떨떨한 목소리로 케이가 말하자 에르데미안은 오른손 검지손가락을 까딱까딱 흔들며 말했다.

"그럴 거 없어요. 분명한 사실이니까."

"알겠습니다. 그럼 또 다른 사람들은요?"

"뭐, 퓨어는 아직 살아 있으니 만날 수 있잖아요. 만나면 놀랄 거예요."

한쪽 눈을 찡긋 감으며 에르데미안이 말하자 케이는 머리를 갸웃거렸다.

"대체 어떻게 지내기에 그러시죠?"

"뭐, 지금까지 퓨어가 한 것이 수련, 수련, 수련, 또 수련. 수련밖에 없어요. 덕분에 소드 슈페리어의 경지에 접어들었지요."

"대단하군요."

케이의 얼굴에는 순수한 감탄이 떠올라 있었다.

"그렇죠. 나에게 그 얘기를 해준 이가 브로스넨인데 상당히 억울해했다고요. 순수한 검술 실력으로는 이제 브로스넨이 퓨어를 못 따라가나 보더라구요."

에르데미안의 말에 케이는 뿌듯함을 느꼈다. 어찌 되었든 퓨어에게 검술을 가르친 이는 자신이었고, 자신의 제자나 다름없는 퓨어가 드래곤을 뛰어넘었다고 한다. 기쁘고 뿌듯하지 않을 수 없었다.

"브라이튼과 카트린은 칼라에 들어가서 그렇게 살다가 생을 마친 모양이에요. 카이렌이 망할 때도 브라이튼은 모습을 드러내지 않았으니까요."

"그랬나요? 두 사람은 그냥 그렇게 조용히 살았나 보군요."

"자일론의 죽음이 브라이튼에게는 아주 큰 충격이었나 봐요. 케이가 그랬듯이. 케이도 그 후 400년간이나 죽은 듯 있었잖아요. 브라이튼에게 있어 자일론은 둘도 없는 친구였으니까요."

에르데미안이 차를 마시며 씁쓸한 목소리로 이야기하자 케이는 고개를 끄덕였다. 듣고 보니 그랬다. 자신이 에르시안에 의해 왕궁을 떠난 이후 자일론의 곁을 지켰던 이는 브라이튼이었으니. 브라이튼에게 있어서도 큰 충격이었을 것이다.

"대강 케이가 죽은 이후의 일들이에요. 설마 400년간의 인간들의 역사를 전부 말해 달라는 건 아니겠죠?"

"하하, 그럴 리가요."

눈썹을 살짝 찡그리며 장난스레 말하는 에르데미안의 행동에 케이는 웃음을 터뜨렸다. 400년이 지났지만 이 태고룡은 여전했다. 하긴 드래곤의 입장에서는 400년이란 긴 시간이 아니니 변할 일도 없었다. 그래도 케이는 좋았다. 자신이 잠들기 전과 400년이란 시간이 흐른 지금, 변하지 않은 무언가가 있다는 사실만으로도 좋았다. 자신이 이 땅에 살았었음을 알 수 있는 증거였기에.

"하지만 지난 세월 동안 크게 변한 걸 알고 싶군요."

"큰 변화라면 케이의 제자인 발린으로 인해 일어난 거죠. 설마 마나 공급 마법진을 완성해 낼 줄은 몰랐어요. 아까도 말했지만 그 덕분에 마법 도구가 일상화됐어요. 요리를 위한 불을 만들어내는 기구나 빨래를 하는 기구 등 뭐, 그런 것들이죠. 그리고 가장 큰 변화는 마갑기라는 게 등장한 거구요."

"마갑기라는 게 대체 뭐죠?"

"그건 직접 알아봐요, 호호."

장난스러운 에르데미안의 대답에 케이는 어쩔 수 없다는 듯 어깨를 으쓱했다.

"이 정도면 제가 해줄 이야기는 끝인 것 같네요. 그나저나 앞으로 어떻게 할 거죠?"

에르데미안의 물음에 케이의 눈빛은 깊게 가라앉았다. 잠시간 둘 사이에 생긴 침묵. 에르데미안은 케이의 생각을 방해하지 않기 위해 조용히 차의 향을 음미하고 있었다.

"뭐, 별로 할 일이 없네요. 애초에 무슨 목적이 있었던 것도 아니니까요. 솔직히 지금 저도 혼란스럽습니다. 이 땅에 제가 태어난 이후 아직도 삶의 목적이란 것을 찾지 못했으니까요. 예전에는 그저 자일론과 함께하면 되었는데 말이죠. 새로운 세계를 여행하고 친구와 함께 있는 것, 그게 전부였는데……. 이렇게 홀로 남아 400년이란 세월이 흘러버리니 갈피를 잡을 수 없군요."

에르데미안은 묵묵히 케이의 말을 들었다.

"그렇다면 일단 삶의 목적부터 찾아봐요. 그러면 되겠네요."

고요히 가라앉은 심연과도 같은 눈으로 케이를 바라보는 에르데미안. 지금 그녀의 모습 어디에서도 장난기는 찾아볼 수 없었다. 진정 태고룡다운 고요한 모습을 보여주고 있었다.

"지금 케이의 힘은 엄청난 것이에요. 인간들의 역사를 바꿀 수 있을 만큼. 그런 만큼 앞으로 케이의 행동은 조심스러워야 해요. 그러니까 뭘 해야 할지 모르겠다고 혼란스러워하지 말고, 뭘 해야 할지 찾아보도록 해요."

"충고 고맙습니다."

"자자, 얼굴 풀어요. 너무 심각하잖아요."

에르데미안이 자리에서 일어나며 밝게 웃는 얼굴로 말했다. 그런 에르데미안의 행동에 케이의 얼굴에도 웃음이 떠올랐다.

"일단 사람들 사이에 섞여 들어가 봐요. 그리고 그곳에서 찾아요. 앞으로 무얼 할지, 무엇을 목적으로 삼을지. 사람들 틈에서 지내다 보면 무언가 보일 거예요. 뭐, 케이는 늑대니까 늑대들 틈에 섞이는 것도 괜찮고요."

"훗. 뒷말은 농담으로 듣겠습니다."

케이와 에르데미안은 마주 보며 밝게 웃었다. 에르데미안 덕에 케이의 혼란스럽던 머리 속이 어느 정도 정리가 된 듯했다. 그랬다. 목적이 없으면 부딪쳐서 목적을 만들면 되는 것이다. 살아 있는 삶. 분명 삶의 의미를 찾을 수 있을 것이다.

"그래요. 그럼 사람들 속으로 들어가 봐요. 나도 유희를 계속하러 이만 가야 할 것 같으니."

"음. 사람들 틈에서 살다가 에르데미안님을 만날지도 모르겠군요."

"글쎄요. 그럴 수도 있겠죠. 아, 유희 중의 제 이름은 에르안이에요. 혹시라도 만나게 되면 실수하지 말아요."

케이는 빙그레 웃으며 대답했다.

"알겠습니다. 기억해 두죠. 일단 인간 세상으로 나가기 전에 먼저 들를 곳이 있으니까요."

"어디요?"

"뭐, 지금 떠올리신 그곳입니다. 일단 퓨어를 만나봐야 할 듯해서요. 엘프의 숲에 들렀다가 앞으로의 일을 정해야죠."

케이의 말에 에르데미안은 웃으며 답했다.

"그래요. 그건 케이가 알아서 할 문제지요. 그러면 부디 삶의 의미를 찾을 수 있기를 빌게요. 그럼 난 이만."

말을 마친 에르데미안은 밝은 빛과 함께 사라졌다. 용언 마법으로 유희를 계속하러 간 것이다.

"그럼 나도 슬슬 움직여 볼까나? 텔레포트."

케이마저 떠난 에르데미안의 레어에는 고요한 정적만이 감돌았다.

황량한 바람이 한 번 쓸고 지나갈 때마다 거친 먼지가 일어나는 고원. 커다랗게 파여 버린 크레이트와 같은 구덩이에는 키 작은 풀들이 드문드문 자라 생명의 힘을 보여주고 있었다. 작은 동물조차 보이지 않는 그곳에 갑작스레 밝은 빛이 일어나며 한 존재가 나타났다.

"흐음, 이곳도 오랜만이군. 모든 것은 여기서 시작된 셈이니……."

처음 에르시안과 싸웠던 곳으로 텔레포트한 케이는 추억에 잠긴 목소리로 조용히 중얼거렸다. 퓨어를 만나기 위해 엘프의 숲으로 이동하려던 케이는 도중에 생각을 바꿔 이곳으로 왔던 것이다.

왕궁에서 에르시안에게 정체를 의심받고 이동된 곳. 이곳에서 에르시안과 싸우며 드래곤의 놀라운 힘을 겪었다. 그 이후 절치부심 수련하였기에 지금의 자신이 있을 수 있었다. 그런 점에서 모든 것이 시작된 이곳에 들른 것이다.

"세월의 힘인가? 아무것도 없는 거대한 구덩이에 불과했던 저곳에 풀이 자라고 있으니……."

에르시안의 헬 파이어로 인해 생겨 버린 구덩이를 보며 케이는 작게 중얼거렸다. 이제는 세월의 변화에 익숙해졌는지 그 구덩이를 바라보는 눈은 담담했다. 잠든 사이 벌어진 일들에 대한 회한은 이제 속으로만 삭이는 걸까? 케이의 눈에서 별다른 동요는 볼 수 없었다.

텔레포트로 도착한 그 자리에 선 채 주위를 둘러보던 케이는 어느 정도 시간이 흐르자 걸음을 옮겼다. 미드 산맥을 내려가 엘프의 숲으로. 결코 빠르지 않은 걸음이었다. 그저 산책하듯 여유로운 걸음걸이었다.

이윽고 숲의 초입. 나무가 무성한 숲의 입구에서 케이는 잠시 멈춰섰다. 케이의 머리 속을 스치고 지나가는 엘프의 숲에서의 기억들. 케이의 가슴을 두드리고 지나가는 그 추억들. 그것을 다시 한 번 음미하듯 잠시 서 있던 케이는 숲으로 들어섰다.

오후의 햇살이 나뭇잎을 뚫고 나와 뺨에 닿을 때의 그 따스함이, 나뭇가지 사이를 헤치고 불어오는 바람의 상쾌함이 케이에게 절로 미소를 선사했다. 숲 안으로 들어갈수록, 바람의 마을에 다다를수록 케이의 얼굴에 어린 미소는 더욱 짙어졌다.

"멈춰라!"

한창 즐거운 기분을 음미하며 발걸음을 옮길 때 케이의 귀를 자극하는 경고성이 울렸다. 누군가가 자신을 지켜보고 있다는 것은 진즉에 알았지만, 이곳이 엘프의 숲인지라 별 신경을 쓰지 않았다. 그런데 자신을 향해 폭사되는 살기. 케이의 눈썹이 찌푸려졌다.

"일단 모습을 드러내는 게 순서 아닌가?"

케이의 시선은 오른쪽 나무 위를 향했다.

"제법이군. 우리가 있는 곳을 알아내다니. 그냥 들어온 침입자는 아닌 모양이야."

케이의 시선이 닿은 그곳에서 다섯 명의 엘프가 땅으로 내려왔다. 남자가 넷, 여자가 하나였는데 모두 허리에 검을 차고 있는 모습이 케이에게는 생소했다. 지금은 퓨어 덕에 엘프들이 검을 쓰는 것이 무척이나 자연스럽게 생각되었지만 케이가 퓨어와 함께 있을 적만 하더라도 검을 쓰는 엘프들은 없었다. 별종인 퓨어만이 검을 사용할 뿐.

"흐음. 검을 든 엘프라… 흥미로운걸……."

케이의 중얼거림에 다섯 엘프는 얼굴을 찌푸렸다.

"그게 무슨 말이지? 엘프의 검술은 대륙 최고다."

가장 선두에 선 리더인 듯한 엘프가 소리쳤다. 케이의 말에 기분이
무척이나 상한 모습이었다. 그 행동에 케이는 에르데미안에게서 들었
던 내용을 떠올렸다. 퓨어가 창안한 검술을 엘프들이 배워 이제 누구
도 엘프의 검을 무시하지 않는다는 그 말을.

"우습군."

케이는 피식 웃으며 말했다. 그 행동에 다섯 엘프의 얼굴은 시뻘겋
게 달아올랐다. 쉽게 감정을 드러내거나 동요하지 않는 엘프들이 케이
의 행동에 이런 격한 반응을 보인 것만 보더라도, 그들의 검에 대한 자
부심이 어느 정도인지 능히 짐작할 수 있었다.

"무슨 말이냐, 침입자!"

"그럼 너 스스로 이 상황이 우습지 않나? 너도 엘프니 나이가 어느
정도 있을 테니 말이야."

조롱 섞인 케이의 말에 결국 다섯 엘프 중 하나가 검을 뽑아 들고는
케이에게 달려들었다.

"이익. 무슨 헛소리냔 말이다!"

분노에 찬 외침과 함께 휘둘러지는 검. 빠르게 케이의 가슴을 가르
고 지나갔다.

'흐음, 제법인데. 기본이 확실하게 되어 있어.'

자신을 향해 휘둘러진 검을 지켜본 케이는 적잖이 감탄을 했다.

한편 케이의 가슴을 일검에 갈라 버린 그 엘프의 얼굴에는 흐뭇한 미소가 걸려 있었다.

"후. 우스운 녀석이군."

"우스운 건 오히려 이쪽이야. 검을 쓴다면서 검을 통해 전해지는 감촉도 구별 못하다니."

가슴이 갈라진 케이의 모습이 점차 흐릿해지며 사라지더니 엘프들의 뒤쪽에서 그가 모습을 드러냈다.

"우욱."

케이를 공격했던 엘프는 케이의 말에 얼굴이 더욱 붉게 달아올랐다.

"잔영이라……. 대단한 실력이군, 인간. 에일의 검은 무척이나 빠른데."

리더인 듯 보이는 그 엘프가 몸을 돌려 케이를 바라보며 말했다.

"내 이름은 로이겐. 나무의 마을 수비대의 대장이다. 네놈이 아까 한 말의 의미가 뭐지?"

조금 전까지 흥분했던 모습은 온데간데없이 침착한 얼굴로 묻는 그의 목소리는 차가웠다. 에일이라는 엘프의 검을 피하는 케이의 실력을 보는 순간 흥분이 차갑게 가라앉은 것이다.

"불과 400년 정도만 해도 검을 쓰는 동족을 별종에, 괴짜 취급을 하던 엘프들이 이제는 검에 그만한 자부심을 보인다 싶으니 우습다는 거지."

케이의 말을 들은 로이겐의 얼굴에 의외라는 표정이 떠올랐다.

"400년 전이면 인간에게는 무척이나 긴 시간일 텐데, 그때를 알고 있다니 대단하군."

"뭐, 그 정도를 가지고 그러시나."

케이는 어깨를 으쓱하며 가볍게 웃었다.

"그런데 수비대라니? 그건 뭐지? 엘프의 숲에 있는데 굳이 수비대를 만들 필요가 있나?"

로이겐이라는 엘프가 자신을 소개할 때 수비대 대장이라고 한 말이 떠오른 케이가 궁금한 듯 되물었다.

"바로 너 같은 침입자 때문이지."

로이겐은 비릿하게 웃으며 대답했다.

"그게 무슨 말이지? 나 같은 침입자라니? 엘프의 숲에 침입자가 있다는 말인가?"

생각지도 못한 대답에 놀란 케이가 급히 되물었다.

"우습군. 넌 지금 엘프의 숲에 무단으로 침범했다. 그게 침입자가 아니면 무어란 말이냐? 너희 인간들은 항상 그렇지."

로이겐의 얼굴에는 차가운 분노가 어렸다. 냉정을 잃지 않고 불태우는 분노, 로이겐의 분노는 그런 것이었다.

"답답하군. 나는 엘프의 숲에 친구를 만나러 온 것 뿐이야. 그런데 침입자 취급을 하니 할 말이 없군. 하지만 말하는 걸 보아하니 요즘은 인간들이 엘프의 숲에 침입하나 보지?"

케이의 말에 로이겐은 무어라 대답해야 할지 갈피를 잡지 못했다. 엘프의 숲에 친구를 만나러 오다니, 엘프의 숲에서 만날 이라고는 엘프 뿐이다. 그렇다면 저 인간은 이 숲 어딘가에 사는 어느 엘프의 친구라는 소리인데, 그에게서 엘프의 징표를 찾을 수가 없었다.

"거짓말 마라. 친구를 만나러 엘프의 숲에 들어왔다면서 어떻게 엘프의 징표가 없느냐!"

"엘프의 징표?"

로이겐의 외침에 케이는 고개를 갸웃거렸다.

'젠장. 지난 세월 동안 이 숲에는 대체 무슨 일이 생긴 거야.'

도무지 이해할 수 없는 지금 상황에 케이는 대체 어떻게 대처해야 할지 갈피를 잡을 수 없었다.

'그냥 확 쓸어버려? 아니, 엘프의 숲에서 엘프랑 싸워서 좋을 것도 없고, 또 난 지금 퓨어를 찾아온 입장이니 동족을 핍박할 순 없지. 그 냥 바람의 마을로 텔레포트할까? 으음… 응? 뭐지?'

잠시 눈앞에 있는 엘프들에 대한 대처 방법을 생각하던 케이는 이질적인 기운에 고개를 돌렸다. 케이가 바라본 방향은 자신이 내려온 그 방향이었다.

"으음. 일단 잠시 우리의 용건은 뒤로 미뤄야겠군. 아마도 너희가 말한 침입자란 존재가 오는 것 같으니까."

케이의 말에 엘프들의 눈에는 진한 의혹이 어렸다. 자신들은 아무것도 느끼지 못했는데, 저 인간이 그런 소리를 하니 그럴 수밖에. 엘프의 오감은 극히 예민하다. 인간의 그것 따위와 비교할 수조차 없는 능력을 가지고 있다. 한데 자신들이 느끼지 못한 것을 저자가 느꼈다니 우스울 뿐이었다.

'빠르군. 어떻게 이런 속도를 낼 수 있지?'

케이는 한 방향을 계속해서 바라보며 고개를 갸웃거렸다. 케이의 상식으로는 이해할 수 없는 속도였다. 저 정도의 속도를 낼 존재라면 분명 소드 마스터 정도는 되어야 하기에. 그사이 대륙에 소드 마스터가 넘쳐 난 게 아니라면 힘든 일이었다.

케이의 행동에 엘프들은 어찌해야 할지 결정을 못한 채 앞과 뒤를 번갈아 보고 있었다. 케이를 경계하기도, 그렇다고 뒤쪽을 경계하기도 난감한 상황이었다. 그러다가 어느 순간 로이겐의 안색이 변했다.

"침입자다."

그들 중 가장 실력이 뛰어난 로이겐이 먼저 다른 기척을 읽은 것이다. 로이겐은 경악한 눈으로 케이를 바라보았다. 케이가 느낀 것과 자신이 느낀 것의 시간 차, 그것은 곧 둘 사이의 능력 차를 말하는 것이었기에. 게다가 자신은 엘프이고, 눈앞의 인물은 인간이다. 인간과 엘프의 선천적인 능력 차이를 생각한다면 대체 저 인간의 능력은 어느 정도란 말인가.

"빙고~"

그 순간 숲 한쪽에서 두 사람이 나타났다.

"이야~ 엘프가 다섯이나 있다니 운 좋군. 게다가 하나는 여자야. 흐흐흐. 오늘 수지맞았는걸."

둘 중 덩치가 커다란 이가 음흉한 눈빛을 흘리며 중얼거렸다.

"그렇군. 오늘은 운이 좋아."

호리호리한 몸에 날카로운 눈을 빛내며 주위를 둘러보던 다른 한 사람이 그의 말에 대꾸했다. 눈빛만큼이나 냉막한 얼굴의 사내였다.

'이상하군. 잘 봐줘야 소드 익스퍼트 중급이다. 그런데 아까의 그 속도는 대체 뭐지?'

케이는 새로이 나타난 두 사람의 모습에 고개를 갸웃거렸다. 자신이 느꼈던 것과 드러난 것과의 차이를 이해할 수 없었기에.

　그사이 다섯 엘프는 잽싸게 두 사람을 둥글게 포위했다. 그들이 판단하기에 케이보다는 이 둘이 더 위험했다. 그들의 눈빛에서 풍기는 기운이 모두 적대적이었다. 게다가 말하는 걸로 보아 저들은 분명 엘프를 사냥하기 위해 이 숲에 들어온 것이 분명했다.

　'로이겐이란 자는 상급의 소드 익스퍼트. 다른 넷도 중급. 그렇다면 엘프들이 훨씬 유리한 상황인데 오히려 엘프들이 긴장하고 있다. 저 둘은 여유만만이고. 어떻게 된 거지?'

　현재 케이는 철저한 주변인이었다. 엘프들도, 새로이 등장한 두 사람도 케이에게는 전혀 신경 쓰지 않고 있었다. 덕분에 현재의 상황에서 소외받은 케이는 오히려 제3자의 시선으로 지금 상황을 관찰, 분석하고 있었다.

　"흐흐흐. 제법 강해들 보이는군. 곱게 잡혀달라면 그러지는 않을 것 같고 말이야."

　덩치는 여전히 음흉한 웃음을 흘리며 주위를 돌아보았다.

　"쳇. 스스로의 실력으로는 상대가 안 되는 주제에 그게 무슨 말이냐, 인간?"

　케이를 공격했던 에일이라는 엘프가 얼굴을 구긴 채 씹어뱉은 말이었다.

　"그건 인정하지. 우리 둘로는 상대가 안 된다는 걸. 하지만 이 상황을 역전시킬 수 있기에 인간은 위대한 것이다."

　냉막한 이가 차가운 어조로 말했다.

　"이프리트."

엘프들의 살기가 짙어지자 덩치가 조용히 중얼거렸다.

'응? 이프리트. 저 녀석들에게서는 정령의 기운이 안 느껴지는데…
그런데 왜 이프리트를……'

덩치가 불의 정령왕인 이프리트의 이름을 중얼거리자 케이는 이해
할 수 없다는 얼굴로 고개를 갸웃거렸다. 하지만 덩치가 중얼거리는
소리를 듣는 순간 엘프들의 안색은 처참하게 일그러졌다.

'뭐지? 이 기운은? 아까 그 기운이다!'

엘프들의 얼굴이 일그러지는 것과 동시에 케이는 강대한 기운이 덩
치의 주변에서 일어나는 것을 느낄 수 있었다.

덩치의 등 뒤로 공간이 일그러지며 공간의 틈이 벌어졌다. 그리고
그 속에서 붉은 빛이 유난히도 요사스러운 거대한 갑옷이 나타났다.
높이만 4메르(미터와 같은 단위)에 이르는 거대한 몸집이었다.

"젠장… 저 빌어먹을 마갑기라니……"

로이겐이 구겨질대로 구겨진 얼굴로 내뱉은 말에는 온갖 감정이 복
잡하게 어우러져 있었다.

'저게 그 마갑기라는 것인가?'

로이겐의 말을 들은 케이는 고개를 끄덕였다. 에르데미안이 직접 알
아보라고 했던 마갑기가 지금 눈앞에 나타난 것이다.

공간을 비틀고 나타난 마갑기의 흉갑 부분이 열리며 덩치는 그곳으
로 들어갔다. 덩치가 흉갑 안에 장치된 의자에 자리하자 흉갑은 다시
덮었고, 투구의 두 눈이 푸르게 빛나기 시작했다.

"흐흐흐. 엘프들, 각오하라고!"

마갑기에서 덩치의 음성이 주위로 울려 퍼졌다. 덩치가 마갑기에 들

어가자 냉막한 얼굴의 사내는 한쪽으로 물러섰다. 그의 얼굴에는 여유가 가득했다. 엘프들 역시 한쪽으로 물러선 그에게는 관심도 없었고, 오로지 마갑기만을 견제했다.

'마갑기라… 굉장하군. 저 정도로 힘을 증폭시킬 수 있다니……. 그런데 저 엘프들은 왜 진작 공격하지 않았지? 처음부터 긴장했던 것은 마갑기가 있다는 걸 알아서일 텐데……. 소환해 내기 전에 공격했으면 손쉬웠을 것을. 보니 소환해서 탈 때까지가 치명적인 약점인데… 역시 엘프라는 것인가?'

케이는 마갑기의 모습에 감탄하며, 한편으로는 싸우는 방법을 모르는 엘프들에게 안타까움을 느꼈다.

"자, 그럼 재주껏 막아보라고!"

커다란 목소리가 마갑기에서 울리며 그 거대한 몸집이 움직였다.

쿠앙!

번개같이 움직여 바닥을 향해 내려쳐진 주먹. 바닥에 부딪쳐 요란한 소리와 함께 먼지가 일었다. 엘프들은 모두 피했지만 얼굴은 딱딱하게 굳어 있었다.

'빠르다.'

케이는 마갑기의 움직임을 보며 고개를 끄덕였다. 큰 덩치답지 않게 재빠른 움직임에 감탄한 것이다.

'하지만 이렇게 나무가 많은 숲에서는 오히려 움직이기 불편할 텐데…….'

그 순간 마갑기는 다시 움직였다. 우선 단 한 명인 여자 엘프를 향해 달려가더니 거대한 발을 차올렸다. 여자 엘프는 허겁지겁 옆으로 피했고, 그녀의 뒤에 있던 나무가 무참히 부러져 날아갔다.

'흐음. 저 정도 위력이면 나무가 큰 방해는 되지 않겠군.'

방금 일어난 상황을 지켜본 케이는 자신의 생각을 수정할 수밖에 없었다. 나무를 장애물로 삼기에는 마갑기라는 저 거대한 갑옷의 위력이 너무나 무지막지했다.

"이잇, 받아라!"

마갑기의 바로 뒤에 있던 에일이 마갑기의 등에 검을 찔러갔다.

챙!

요란한 소리와 함께 에일의 검은 부러져 힘없이 바닥으로 떨어졌다.

"후후. 간지럽군. 내 이프리트에 상처를 입히려면 오러 쓰레드는 되어야 한다구."

마갑기에서 울려 퍼진 소리에 에일의 얼굴은 처참하게 일그러졌다. 그러나 그럴 새도 없이 어느새 몸을 돌린 마갑기의 주먹이 날아왔다.

"크윽."

검이 부러진 충격 때문일까, 자신으로는 어찌할 수 없다는 충격 때문일까. 에일은 멍하니 마갑기의 주먹을 바라보고 있었다.

"멍청한! 안 피하고 뭐 해?"

그 모습에 로이겐이 황급히 달려가 에일을 안고 몸을 날렸다. 간발의 차이로 마갑기의 주먹은 땅에 요란한 소리를 내며 부딪쳤다. 바닥에 떨어져 두어 바퀴 구른 후 몸을 일으킨 로이겐의 얼굴에는 낭패한 기색이 역력했다.

"젠장……."

현재 로이겐 자신의 실력은 상급의 소드 익스퍼트. 저 괴물을 상대하기에는 많이 모자란 실력이었고, 때문에 속수무책으로 당할 수밖에 없었다. 수많은 동족들을 잡아가는 데 인간들이 사용한 병기 마갑기. 저 앞에서 한없이 무력할 수밖에 없는 자신의 초라한 모습에 절로 분노가 일었다.

'반칙이군. 저 마갑기라는 것 너무 무지막지해. 내가 발린을 가르친 건 실수였던가?

자신이 발린에게 가르친 마법 수식을 토대로 발전하여 탄생했다는 마갑기. 저 괴물을 보고 있자니 자신이 또 다른 혼란의 씨앗을 세상에 뿌린 것은 아닌가 하는 생각에 케이의 얼굴은 어두워졌다.

'결국 인간들은 어쩔 수 없는가? 강한 힘을 가지면 가질수록 잔인해지니……. 저 마갑기라는 것을 내 손으로 거두어야 하나?

케이는 이제 자신이 숲에 들어왔을 때 저 엘프들의 적대적인 행동을 이해할 수 있었다. 마갑기라는 희대의 병기를 만들어낸 인간들이 엘프의 숲에 침입했던 것이다. 엘프들을 잡아가기 위해. 아름다운 남녀 엘프는 인간에게 있어 욕망의 대상이었다. 하지만 결코 잡을 수 없는 꿈속의 대상이다. 그러던 것이 마갑기라는 병기를 손에 넣으며 실현 가능하게 된 것이다.

400년 전에는 엘프의 숲은 감히 들어올 수 없는 금지(禁地)였다. 때문에 게일의 시신을 찾아달라고 카나카인 후작이 자신에게 부탁하지 않았던가? 한 국가도 함부로 하지 못했던 엘프의 숲이 이제는 힘을 가진 인간들의 사냥터로 전락해 버린 모습에 케이는 씁쓸했다.

그리고 이런 현실을 만들어내는 데 자신의 지식이 한몫을 했다고 생각하니 마음이 아팠다. 한순간의 결정이 400년 후 엘프들에게 이런 재앙을 내릴 줄은 상상도 할 수 없었기에……

잠시 케이가 생각에 잠긴 동안 엘프들의 상황은 무척이나 위태롭게 돌아가고 있었다. 이미 두 명의 엘프가 부상을 입고 쓰러져 있었고, 에일과 로이겐은 잔뜩 일그러진 얼굴로 어떻게든 공격을 하고 있었지만 아무런 소용이 없었다.

어느새 엘프들의 호흡이 심하게 거칠어져 있었다. 마갑기 안의 덩치는 그런 엘프들을 가지고 놀면서 싸우고 있었다. 아마도 마음만 먹는다면 지금 당장이라도 모두 잡을 수 있지만, 그러지 않고 있는 것 같았다. 그는 사냥감들을 서서히 몰아가며 사냥을 즐기고 있었다.

'불쾌하군.'

그 모습에 케이는 인간이란 존재에 다시 한 번 실망했다. 자신이 늑대로 태어난 이후 그렇게도 동경했던 인간. 그들의 욕망이 가진 추악함에 한없는 실망과 분노를 맛보았다.

케이가 한발 움직였다. 그러자 지금까지 가만히 구경만 하던 냉막한 인상의 사내가 반응을 보였다. 지금까지 케이는 주변인이었지만 움직인 순간, 저 사내가 반응한 것으로 보아 어느 정도 경계는 하고 있었던 모양이다.

'응? 이 기운은?'

서서히 몸 안의 마나를 끌어올리던 케이는 또 다른 기운을 느끼고는 다시 한 발 물러섰다. 엘프의 숲 안에서 이곳을 향해 무서운 속도로 다가오는 기운을 느낀 것이다. 케이가 한발 물러서자 반응을 보였던 사내도 케이에게서 관심을 거두었다.

케이가 상관만 하지 않는다면 그들도 상관하지 않겠다는 무언의 행동이었다.

'그래, 나는 상관하지 않도록 하지. 그렇지 않아도 너희는 어쩔 수 없으니.'

이미 이곳을 향해 다가오는 기운의 정체를 알아차렸기에 케이는 그저 미소 지으며 그들을 바라보았다. 무척이나 익숙하고도 반가운 기운. 그러나 엄청나게 성장한 기운. 케이의 얼굴에는 기대감이 잔뜩 부풀어 올랐다. 에르데미안에게서 들은 것을 곧 눈으로 확인할 수 있으니 어찌 기대가 안 되겠는가?

"흐음. 슬슬 지겹군. 이만 끝내도록 하자고."

그 말과 함께 마갑기의 눈에서 흘러나오는 빛이 더욱 강해졌다. 그리고 지금까지와는 비교할 수 없는 빠르기로 움직이기 시작했다. 순식간에 로이겐의 정면에 나타난 마갑기의 팔이 하늘로 치켜 올라갔다.

공기를 가르는 소리와 함께 로이겐을 향해 뻗어가는 주먹.

순간 어디선가 뻗어 나온 녹색 빛!

그 빛이 로이겐을 향해 짓쳐 드는 마갑기의 팔을 휘감고 사라졌다.

텅!

땅으로 떨어진 마갑기의 오른팔.

녹색 빛이 휘감았던 그 자리는 깨끗하게 잘려 있었다.

"이, 이게 어떻게 된 일이지?"

마갑기에서 당황한 목소리가 울려 퍼졌다.

"뭐야?!"

냉막한 인상의 사내도 놀라 주위를 두리번거렸다.

두 사람은 어느 한곳을 보고는 말을 잃었다. 마갑기와 사내의 시선끝. 녹색 빛을 한껏 뿜어내며 오러 소드가 솟아 나오는 검 한 자루가 고고한 자태를 한껏 자랑하며 공중에 떠 있었다.

'이기어검강(以氣馭劍罡)이라… 정말 많은 발전이군…….'

케이 역시 공중에서 사나운 기세를 뿌리며 마갑기를 견제하는 검을 보았고, 흐뭇한 마음이 일었다. 과연 들은 대로였다.

"두 분, 거기까지만 하시죠."

맑고 청아한 목소리와 함께 숲 한쪽에서 부드러운 걸음으로 등장한 엘프.

"퓨어님!"

그녀의 모습에 그 자리에 있던 엘프들은 기쁨에 겨운 목소리로 동시에 외쳤다. 엘프들의 외침을 들은 냉막한 인상의 사내는 얼굴이 하얗게 질렸다.

"대륙 유일의 소드 슈페리어… 퓨어라니……."

목소리가 심하게 떨려 나왔다. 마갑기 역시 움직임이 멈췄다. 아마도 안에서 마갑기를 움직이는 덩치가 딱딱하게 굳은 탓이리라.

"두 분은 어이해 평화로이 지내는 우리를 괴롭히는 거죠? 이만 숲에서 나가주세요."

부드럽고도 느린 걸음이었는데, 어느새 엘프들 앞에 도달한 퓨어가 조용히 말했다. 무척이나 부드러운 어조였지만 결코 항거할 수 없는 의지가 서려 있었다.

"퓨어님, 안 됩니다. 지금 저들을 보내줘서는. 반드시 처단해야 합니다. 그렇지 않으면 또다시 동족들을 잡아가기 위해 숲으로 쳐들어올 겁니다."

에일이 격한 어조로 퓨어를 향해 말했다. 그 말만 듣더라도 그가 얼마나 분노하고 있는지 알 수 있었다.

하지만 퓨어는 고개를 가로저었다.

"무의미한 살생은 언제 어느 때라도 금해야 해요, 에일."

"무의미하다니요! 저 녀석들을 처단하는 것은 곧 우리 동족들을 지키는 겁니다, 퓨어님!"

퓨어의 말에 에일의 말은 한층 더 격해졌다. 그런 에일을 바라보는 퓨어의 눈에는 안타까움이 어렸다.

"어서 떠나세요."

퓨어가 한 번 더 말하자 냉막한 인상의 사내는 슬금슬금 뒤로 걸음을 옮기기 시작했다. 마갑기 역시 조금씩 뒤로 움직이기 시작했다. 마갑기의 움직임에 따라 주변의 나무가 부러져 나갔다.

"아, 잠시만요."

물러서는 둘을 지켜보던 퓨어가 무언가 생각난 듯 입을 열었다. 퓨어의 말은 둘에게는 청천벽력과도 같았다. 다행히 살아나가는가 싶었는데 불러 세우다니. 둘은 그 자리에 딱딱하게 얼어붙었다.

"떠나시는 건 떠나시는 건데, 그 마갑기라는 물건은 두고 가시죠."

퓨어가 말을 함과 동시에 가만히 떠 있던 검이 다시 움직였다. 마갑기를 휘감아 도는 녹색 빛.

마갑기의 사지 중 남은 네 곳이 허망하게 잘리며 몸통은 요란한 소리와 함께 땅에 떨어졌다. 사지가 잘린 채 바닥에 초라하게 쓰러진 마갑기의 흉갑이 열리며 덩치가 모습을 드러냈다. 그의 얼굴에는 공포가 가득했다. 그는 부들부들 떨며 잠시 퓨어를 보더니 부리나케 반대쪽으로 달려나갔다.

그 모습에 냉막한 인상의 사내도 서둘러 달려가려 했다.

"당신도요."

하지만 퓨어의 한마디에 그의 몸은 딱딱하게 굳었다.

"무, 무슨 말씀이신지……."

떨리는 목소리로 묻는 그의 얼굴은 땀으로 가득했다.

"당신도 마갑기는 두고 가라구요. 아직 소환하지 않은 모양인데 어서 소환하세요."

퓨어의 말에 냉막한 인상의 사내는 무슨 말인지 통 모르겠다는 얼굴로 서 있었다. 여전히 얼굴에서는 쉬지 않고 땀이 흘렀다.

사내가 가만히 서 있자 퓨어의 눈이 점점 매서워졌다.

"제가 그 정도도 모를 거라 생각하나요? 마갑기를 꺼내기 싫다면 어쩔 수 없이 저는 당신의 생명을 취할 수밖에 없습니다."

낮게 깔린 퓨어의 목소리에 사내는 결국 힘없이 중얼거렸다.

"에… 엘라임……."

사내의 중얼거림이 끝나는 순간 공간이 비틀어지며 푸른색의 마갑기가 나타났다.

'무슨 마갑기 이름을 몽땅 정령왕 이름으로 지었냐?'

사내의 중얼거림을 들은 케이는 그들의 작명 실력에 피식 웃었다.

"그럼, 이제 가세요."

퓨어가 방긋 웃으며 말하자 그는 뒤도 돌아보지 않고 달려갔다. 그래서 그는 보지 못했다. 퓨어의 검이 다시 한 번 빛이 되어 자신의 마갑기를 휘감았음을. 그리고 사지가 잘린 채 땅으로 힘없이 쓰러지는 몸체를.

그렇게 상황이 정리되자 고요한 가운데 엘프들은 존경과 흠모의 눈으로 퓨어를 바라보았다.

짝짝짝짝!

순간 고요를 깨는 박수 소리. 엘프들은 사나운 눈으로 소리의 진원지를 노려보았다. 제일 먼저 숲을 침입한 인간, 그를 잊고 있었던 것이다.

"훌륭했어. 놀라운 발전이야."

"오랜만이에요, 케이."

두 사람의 대화에 다섯 엘프의 눈은 퉁방울만해졌다.

"응? 너희는 뭘 그렇게 놀라지? 난 분명히 친구를 만나러 왔다고 하지 않았던가?"

케이의 말에 다섯의 얼굴은 하얗게 질렸다.

"서, 설마 네가 말한 친구가……?"

로이겐이 온몸을 덜덜 떨며 힘겹게 입을 열었다.

"케이는 제 친구예요. 아니, 정확히 말하면 스승이라고 할까요? 그런데 무슨 일이 있었나요, 로이겐?"

퓨어가 케이보다 먼저 대답하자 로이겐은 입이 벌어진 채 그대로 굳어버렸다. 그 뒤의 나머지 넷 역시 상황은 마찬가지였다. 그들의 모습에 퓨어는 고개를 갸웃거렸다.

"훗. 별일 아니야."

그들의 모습에 케이는 그냥 웃었다. 저들의 반응을 보니 조금 전의 일로 자신이 어떻게 하기에는 너무 불쌍했기 때문이다. 이 정도면 처음 일에 대한 충분한 보상이 되었을 거라 생각되었다.

"케이, 오랜만이라 무척 반갑지만 한편으로는 무척 놀라워요."

퓨어의 말에 케이는 빙그레 웃었다.

"아직 살아 있어서? 나도 놀랍다구."

케이의 능청스런 대답에 퓨어는 웃음을 터뜨렸다.

"풋, 여전하네요. 케이는 일단 마을로 가요."

"그러지."

"제나도 무척이나 반가워할 거예요."

퓨어를 따라 기분 좋게 걸음을 옮기던 케이는 퓨어의 마지막 말에 표정이 딱딱하게 굳었다.

"제나?"

"예."

케이의 물음에 밝게 웃으며 고개를 끄덕이는 퓨어.

'젠장, 잊고 있었군. 그 못 말리는 꼬마 엘프를⋯⋯.'

제나를 떠올린 케이는 고개를 절레절레 흔들며 바람의 마을을 향해 걸음을 옮겼고, 퓨어는 의하한 듯 케이를 바라보았다.

케이와 퓨어가 사라지고 한참이 지나서야 딱딱하게 굳어 있던 엘프들은 정신을 차렸다.

"설마⋯ 퓨어님의 친구였을 줄이야⋯⋯."

이엘이 믿을 수 없다는 듯 중얼거리자 로이젠이 고개를 저었다.

"아니, 그 정도가 아니야. 못 들었어? 스승이라 할 수도 있다는 말. 그리고 케이라는 이름. 아마도 저자가 헤르마카인을 해치운 인물일 거야……."

　놀라움이 가득한 로이겐의 말은 나뭇잎을 간질이는 바람과 함께 숲
속을 맴돌았다.

2 초 7 식

다시 시작하는
유희는
그곳에서…

"오랜만이야, 이곳도. 그런데 변한 게 없으니 역시 엘프라고 할까?"

"그렇죠?"

케이의 말에 퓨어가 웃으며 답했다.

"하지만 엘프들은 변했어요. 아니, 변하게 되었다고 할까요?"

뒤이은 퓨어의 말에는 쓸쓸함이 묻어났다.

"조금 전의 일?"

퓨어는 별다른 대답을 하지 않고 그저 고개를 끄덕였다.

"그렇게 상심할 필요는 없을 것 같은데. 내가 보기에 엘프들은 여전하니까. 그런 일은 당연한 거야. 스스로를 지키기 위한 일인걸. 자신들의 추악한 욕망을 위해 힘을 사용하는 인간들의 잘못일 뿐……."

퓨어를 위로하려는 생각으로 말을 하던 케이의 얼굴에 쓸쓸함이 감돌았다. 엘프들은 변하지 않았다는 것을 이야기하다 인간의 추악함에 그는 안타까움을 느꼈던 것이다.

"괜찮아요, 케이. 오랜만에 만났는데 그런 이야기는 그만 해요. 그동안 어떻게 지냈어요?"

퓨어는 씁쓸한 감정은 털어버리고 부드럽게 웃었다.

"잤어."

"네?"

케이의 대답에 퓨어는 의아함이 가득한 얼굴로 되물었다.

"말 그대로야. 잤다구."

"설마……."

"그래, 그 설마대로 400년 동안 계속 잠만 잤어."

"그런……."

케이의 대답에 퓨어의 얼굴에는 안타까움이 가득했다. 그때의 안타까움이 얼마나 컸으면 그 긴 시간을 그렇게 보냈을까? 그 당시의 케이의 심정을 잘 알기에, 지금 가슴을 아리게 하는 아픔에 퓨어는 아무런 말도 하지 못했다. 그렇게 침묵에 싸인 채 둘은 바람의 마을로 향했다.

"그렇다면 다른 사람들의 소식은 모르겠군요?"

어색한 침묵을 깨기 위함인지 퓨어가 다시 입을 열었다.

"대강은 알아. 어떻게 살다가 갔는지. 에르데미안님에게 들었어."

"만났나요?"

"응."

"그랬군요."

"자세한 이야기는 마을에 가서 해줄게."

케이가 피식 웃으며 말하자 퓨어 역시 웃었다. 아무리 오랜만이라지만 지금 둘 사이의 분위기는 너무 어색했다. 깊은 아픔을 가진 자와 그 아픔을 이해하는 자. 그랬기에 둘 모두 조심스러웠고, 그것이 어색한 분위기로 나타난 것이다.

"뭐지, 이건?"

그렇게 걸음을 옮기는 가운데 갑작스러운 기운에 놀라 케이는 기운의 근원지를 바라보았다.

"이건……."

퓨어 역시 놀란 눈으로 그곳을 바라보았다.

"윈드 스톰(Wind Storm)!"

어디선가 들려오는 낭랑한 시동어와 함께 8서클의 마법 윈드 스톰이 케이를 향해 날아왔다.

"뭐야? 이건! 앱솔루트 바리어(Absolute Barrier)!"

케이는 황급히 9서클의 방어 마법을 사용해 다가오는 윈드 스톰을 막았다. 한 가지 기이한 것은 앱솔루트 바리어의 범위가 무척이나 넓었다, 숲 밖으로까지 방어막이 형성될 정도로.

콰앙!

요란한 폭음과 함께 윈드 스톰과 앱솔루트 바리어가 충돌했다. 그 결과 미처 바리어의 범위 안에 들어가지 못한 숲 일부만의 소실로 끝났고, 바리어 안의 케이와 퓨어는 멀쩡했다. 8서클과 9서클의 차이로 인해 별다른 충격을 주지 못한 것이다.

그런데 퓨어의 표정이 묘했다, 무척이나 화가 난 모습.

나무와 숲을 무척이나 아끼는 퓨어였기에 케이는 일부러 바리어의 범위를 최대한으로 해서 펼쳤다. 나무들도 보호하기 위해. 하지만 미처 보호하지 못한 부분이 있었고, 그 부분이 소실되었다. 그러나 지금 퓨어의 분노가 그 나무들 때문이라기에는 무언가 이상했다.

지금 상황은 어쩔 수 없었기에 그 정도는 퓨어도 이해할 범주였기 때문이다. 한데 저렇게 화가 나 있다니… 케이로서는 그 원인을 알 수 없었으니 묘하게 보일 수밖에 없었다.

"호호호. 대단한데, 늑대. 윈드 스톰을 간단히 막아내다니!"

숲에서 들려오는 목소리에 케이의 얼굴은 처참하게 일그러졌다.

"이 목소리는……."

"제나!"

생각하기도 싫은 끔찍한 목소리에 허망하게 중얼거리던 케이의 목소리를 집어삼키는 뾰족한 퓨어의 음성이 숲을 울렸다.

"어, 언니……."

그제야 제나는 자신이 한 짓을 떠올리고는 찔끔한 얼굴을 했다. 케이를 놀릴 생각만 하다가 미처 언니를 생각지 못한 것이다.

"숲에서 이게 무슨 짓이지, 응?"

매섭게 쏘아붙이는 퓨어의 모습에 제나는 아무런 말도 못하고 고개만 숙이고 있었다.

'후우. 여전하군, 저 별종 엘프는. 이제는 성년이 되었을 텐데… 숲을 파괴하는 엘프라니……. 들어본 적도 없다구.'

퓨어와 제나의 모습을 보며 케이는 고개를 가로저었다, 400년이 지나 성년이 되었음에도 여전히 천방지축인 제나의 모습에. 그러면서도 슬며시 케이의 입에는 웃음이 맺혔다. 변하지 않은 무언가가 있다는 것이 그를 웃음 짓게 했다.

　그렇게 셋은 마을로 향했다. 언니에게 엄청나게 혼이 난 제나는 아무런 말도 못하고 뒤에서 고개를 숙인 채 조용히 따라갔다.

　'다행이군. 퓨어 덕에 저 천방지축이 조용해져서.'

　지금의 분위기가 케이를 흐뭇하게 하고 있음을 퓨어와 제나는 알 리 없었다.

　"어서 오너라, 퓨어. 그런데 조금 전의 폭음은 무슨 일이냐?"

　마을 입구에 들어서자 그곳에 서 있던 한 엘프가 물었다. 그의 물음에 퓨어는 사나운 눈으로 제나를 노려보았고, 제나는 다시 한 번 찔끔했다. 그 엘프는 그 행동만으로도 어떻게 된 연유인지를 알고는 고개를 저었다.

　"허어. 아무튼 제나 너는… 이제 나이가 오백이 다 되어가는데 아직도 그러다니. 쯧쯧쯧. 한데 이쪽 분은?"

　제나를 보고 혀를 차던 그가 케이를 보고는 퓨어에게로 시선을 가져갔다.

　"아, 가이아르 장로님, 이쪽은 케이예요. 케이, 이쪽은 가이아르 장로님이에요. 현재 마을의 대장로시죠."

　퓨어의 소개에 가이아르가 한발 앞으로 나왔다.

　"아, 케이님이시군요. 말씀은 많이 들었습니다. 설마 뵙게 될 줄은 몰랐군요."

　"케이입니다."

　가이아르의 인사에 케이도 고개를 숙이며 인사했다.

　"그럼 장로님, 저희는 이만."

퓨어가 고개를 숙이며 인사하자 가이아르는 고개를 끄덕였다.

"그래, 가보거라. 그리고 제나, 너는 나 좀 보자꾸나."

슬금슬금 언니의 뒤를 따르던 제나는 가이아르의 말에 멈춰 서서는 어색한 표정으로 돌아보았다.

"그런 얼굴 해봐야 소용없다. 따라오너라."

가이아르는 그 말을 끝으로 몸을 돌려 걸음을 옮겼다. 그 뒤를 제나가 도살장 끌려가는 돼지마냥 무거운 걸음을 이끌며 따라갔다.

"그동안 어떻게 지냈어요?"

퓨어의 집에 들어가 테이블에 자리하자 퓨어가 다시 물었다. 두 사람의 앞에는 엘프의 차가 특유의 감미로운 향기를 뿜어내고 있었다.

"아까 말했잖아, 잤다고."

"아, 그랬죠. 그러면 잠에서 깨어난 후 지금까지 어떻게 지냈어요? 에르데미안님도 만났다면서요?"

케이의 대답에 퓨어는 질문을 바꿨다. 케이는 그 질문에 한숨을 나직이 쉬었다.

"왜 그러죠?"

케이의 한숨에 퓨어가 의아한 듯 물었다.

"아아, 아니야. 뭐, 이번만 이야기하면 이것도 마지막이겠지. 더 이상 날 아는 사람이 없으니."

그렇게 스스로를 위안한 케이는 바로 얼마 전 에르데미안에게 해주었던 이야기를 시작했다. 고작 2주간의 일이라 긴 이야기는 아니었지만 불과 몇 시간 사이에 다시 한 번 이야기하려니 지겨운 것은 어쩔 수 없었다.

"그런데 퓨어야말로 그동안 어떻게 지냈어? 에르데미안님께 들으니 나에 대해 상당한 일을 했던데."

"푸웃, 그거 말인가요?"

케이의 말에 퓨어는 그냥 웃었다.

"그렇게 웃지 말고. 내가 얼마나 무안했는지 알아?"

퓨어는 케이가 지난 일을 이야기해 주는 과정에서 그가 슬픈 영웅의 노래와 전설의 카이져 실버 울프라는 노래를 이미 들었다는 것을 알았다.

"뭘 그래요? 좋은 노래들인데……."

빙그레 웃으며 장난스레 말하는 퓨어. 그런 퓨어를 바라보는 케이.

"변했군."

"예?"

"변했다고."

"설마요?"

케이의 말에 퓨어는 여전히 웃으며 고개를 가로저었다.

"저는 그저 사람들이 케이를 잊지 않기를 바랐을 뿐이라고요. 그건 세린도 마찬가지였구요. 사실 세린의 힘이 더 컸죠."

케이는 퓨어의 말을 듣기만 했다. 그 사실에 대해서는 더 이상 할 이야기가 없는 듯.

"그런데 조금 전의 일은 어떻게 된 거지? 대강 짐작은 가지만 말이야."

케이의 말에 퓨어의 안색이 어두워졌다.

"100년쯤 전이죠, 마갑기가 만들어진 게. 저는 마법에 대해 잘 몰라 무어라 말하지는 못하겠지만 정말 엄청난 괴물이죠. 마갑기는. 소드 마스터가 아니면 상대를 못하니. 그리고 그걸 만든 게 발린의 가문이니 저도 기분이 묘해요. 아무튼 인간들은 마갑기 덕에 엄청난 힘을 손에 넣었고, 그때부터예요. 엘프의 숲을 침범하기 시작한 것은. 제가 어떻게든 막고는 있지만 혼자서는 역부족이에요, 후우."

퓨어가 한숨과 함께 말을 맺자 무거운 침묵이 둘 사이에 가라앉았다. 발린의 가문에서 만든 마갑기. 그 기초 마법 수식을 전해준 케이.

"물러, 물러. 그 정도 설명은 무르다구, 언니."

가이아르 장로에게 꾸중을 다 들었는지 제나가 문을 열며 들어섰다.

"그나저나 아까는 인사도 제대로 못했지? 오랜만이야, 늑대."

제나가 케이에게 생긋 웃어 보이며 인사했다. 하지만 그 웃음에는 그 특유의 장난기가 가득했다.

"그래, 오랜만이군. 나이가 오백이 넘어서도 여전히 그렇게 천방지축일 줄은 몰랐어."

케이 역시 빙그레 웃으며 그녀의 인사를 받았다.

'오호? 벌써 승부를 건다 이거지, 늑대?'

케이의 인사에 제나의 얼굴에 맺힌 미소는 더욱 짙어졌다. 어딘가 사악한 기운을 풍기면서.

"흐음. 뭐, 나이가 사백이 넘은 늑대가 있다는 소리는 못 들어봤는데 말이야. 그런 늑대가 있으면 그게 늑대이려나? 마물이지. 안 그래, 케이?"

생긋 웃는 제나. 반면 일그러진 얼굴의 케이. 일차전은 제니의 승리였다.

"쳇, 됐다. 그 얘기는. 마갑기에 대한 설명이나 해봐. 들어오면서 한 말을 보니 잘 알고 있는 것 같은데."

케이의 항복 선언에 의기양양한 얼굴로 제나가 설명을 시작했다. 어느새 그녀는 퓨어의 옆자리에 앉아 있었다.

"마갑기라는 괴물 말이야, 보면 볼수록 놀라워. 어떻게 인간들이 그런 괴물을 만들어낼 수 있었는지 말이야. 대체 누가 그런 획기적인 수식을 개발했는지는 모르겠어."

제나가 하라는 마갑기에 대한 설명은 하지 않고 엉뚱한 이야기를 늘어놓자 케이의 얼굴이 변했다. 게다가 그 이야기들은 내심 케이의 가슴속에서 걸리는 부분들이었으니.

"알다시피 그런 어마어마한 덩치를 움직이려면 마나를 공급하는 핵이 필요하지. 보통은 마나석을 사용하는데 그런 마나석으로는 안 된다는 말이야. 어마어마한 마나가 사용되니까. 그리고 마나석은 소모품이야, 저장된 마나를 모두 사용하면 보통 돌덩이로 변해 버리는. 최상급의 마나석이 필요하고, 그런 마나석이 소모품으로 엄청난 양이 소모되어 버리니 솔직히 인간들에게 있어 마갑기라는 녀석은 비용 대 효율 면에서 정말이지 극악한 병기였어."

제나의 설명에 케이는 고개를 끄덕였다.

"실제로 저 마갑기가 개발된 건 대강 200년쯤 전이야. 하지만 마갑기 한 대를 만드는 비용이 기사단 한 개를 키우는 비용보다 많이 들어서 곧 사장되었지. 어마어마하게 소모되는 마나를 감당할 수 없었거든. 물론 히스티딘 가문에서 마나 공급 마법진을 만들어냈지만 그걸로 감당할 수준이 아니었어."

제나의 설명이 거기에 이르자 케이의 머리를 스치는 생각이 있었다.

"그렇다면?"

"그래, 100년 전에 드디어 히스티딘 가문에서 그 무지막지한 마나를 공급할 수 있는 마법진을 개발한 거야. 그러니까 최상급의 마나석을 그 마법진이 새겨진 용기에 넣고 핵으로 사용하는 거지. 그러면 반영구적으로 사용할 수 있는 거야. 물론 마나 공급 속도가 사용 속도보다 느려서 한 번 사용한 후에는 마나가 충분해질 때까지 마갑기를 사용할 수는 없지만, 그것만 해도 대단한 발전이지."

제나의 설명에 케이는 심각한 얼굴로 고개를 끄덕였다.

"게다가 그 마법진이 그려진 용기는 균열이 생길 경우 자동으로 마법진을 지워 버려. 보안을 위해 상당히 신경을 썼다는 거지. 아무튼 그 덕에 히스티딘 가문이 있는 후디스 제국이 현재 대륙제일강국이야. 물론 마케인에서도 개발에 착수해서 80년쯤 전에 마갑기를 만들어냈지만 아무래도 성능 면에서 많이 떨어져. 그리고 지금은 대륙의 모든 나라에서 마갑기를 제작할 수 있지만 히스티딘 가문의 것에 비하면 애들 장난감 수준이야."

제나의 설명에 케이는 다시 한 번 가슴이 쓰렸다. 마나 공급 마법진을 위한 획기적인 수식. 아마도 발린이 터득한 것을 연구하고 연구해서 발전시킨 것이리라. 400년이란 시간이면 인간들에게는 충분했다.

자신의 수식은 이 세계에서는 전혀 궤를 달리하는 획기적인 것이라 누구도 생각지 못했던 것이다. 하지만 한 번 누군가가 익혔다면 발전시키는 것은 어려운 일이 아니었다. 인간이란 그만한 탐구심과 열정,

능력을 가진 존재이니.

결국 400년 만에 이런 성과를 이루어낸 것이다. 역시 그때 발린을 받아들이지 말았어야 했다는 후회가 케이의 가슴으로 밀고 들어왔다.

"케이, 너무 자책하지 말아요. 발린은 훌륭하게 살았어요. 케이가 가르쳐 준 마법을 사람들을 위해 사용했으니까요. 다만 그 후손들이 그릇된 방향으로 나가는 것뿐이에요. 그것까지는 케이가 어떻게 할 수 있는 게 아니잖아요."

케이의 심정을 눈치 챈 퓨어가 조용한 말로 위로했다. 하지만 케이는 고개를 가로저을 뿐 별다른 말이 없었다. 잠시 그런 케이를 지켜보던 제나가 설명을 계속했다.

"마갑기를 움직이려면 소드 익스퍼트 중급은 되어야 해. 그래야 제어가 가능하지. 하지만 마갑기의 위력을 제대로 끌어내려면 소드 마스터는 되어야 해. 그래서 수많은 마갑기가 아직 제 성능을 발휘하지도 못하고 있어. 좌석에 새겨진 마나 증폭 마법진이 아깝다고. 마갑기를 제어하려면 탑승자의 마나를 사용해야 하는데, 아무래도 한계가 있어. 그래서 좀 더 수월하게 하기 위해 마나 증폭 마법진도 만들어둔 건데, 정말 돼지 목에 진주 목걸이야. 쯧쯧."

"정말 엄청난 걸 만들었군."

케이의 말에 제나는 고개를 힘차게 끄덕였다.

"그렇지. 히스티딘 가문은 후디스의 공작가이기도 하니까."

제나의 말에 케이는 의외라는 얼굴을 했다.

"그런데 상당히 자세히 알고 있네? 엘프의 숲에 살면 알기 힘들 텐데."

"난 종종 여행을 다녀오니까. 아니, 자주 다녀온다고 할까?"

"그렇게 여행 다니기에는 좀… 힘들지 않을까? 숲을 나가 여행하는 건?"

"뭐, 난 쉽게 허락들해 주던데?"

제나의 말에 케이는 쉽게 수긍이 갔다. 처음에는 의아했으나 제나가 자신에게 날린 마법을 떠올리자 엘프들의 심정이 이해가 갔다.

'하긴, 너는 숲에서 나가 있는 것이 숲의 안녕을 위하는 일일 테니까.'

만일 이 생각을 제나가 알았다면 이차전이 벌어졌을 테지만 제나에게 독심술은 없었다.

"그러면 왜 인간들이 이 숲을 침입하는지도 알겠군. 들어보니 마갑기라는 게 그리 흔한 건 아닐 텐데, 이 숲에 들어온 두 사람 모두 마갑기를 가지고 있었어."

케이의 물음에 여태 쾌활하던 제나의 얼굴이 어두워졌다.

"엘프는 돈이 되거든."

"응?"

너무나 극단적인 대답에 케이는 잠시 할 말을 잃었다.

"물론 대륙의 모든 나라는 법으로 노예를 금하고 있어. 하지만 우리 엘프의 아름다움은 그까짓 법은 우습게 만들어 버리는 모양이더라. 특히나 귀족들에게 법이란 건 별게 아니니까. 엘프를 노예로 부리려는 사람들은 많아. 하지만 엘프는 없지. 그러니 엘프의 숲으로 잡으러 와야 하는데, 예전에는 꿈도 못 꿀 일이었지. 하지만 마갑기가 상황을 다르게 했어. 한데 마갑기도 흔한 게 아니거든. 결국 마갑기를 가질 정도로 힘있는 귀족들이 휘하 기사들을 엘프의 숲으로 보내는 거야. 잡아 다가 팔면 큰돈을 만질 수 있으니까."

제나의 말에는 슬픔이 가득했다. 케이는 차마 그런 제나를 제대로 바라보지 못했다.

"…겠어."

"응? 뭐라고?"

나직이 읊조리는 케이의 말을 제대로 듣지 못한 제나는 케이를 보며 되물었다. 다만 무슨 말인지 똑똑히 들은 퓨어의 얼굴은 놀란 빛이 역력했다.

"마갑기들을 모두 없애 버려야겠다고. 힘이란 것은 그렇게 사용하는 게 아니야. 옳게 사용할 줄 모르는 힘을 가진 것은 죄악이야. 내가 그 죄를 묻겠어."

힘주어 말하는 케이의 눈에는 짙은 살기와 분노가 어우러져 불타고 있었다.

"말이라도 고마워, 마물 씨."

언니에게 들어 케이의 힘이 어느 정도인지 아는 제나는 케이의 말에 빙그레 웃었다. 다만 고마움의 표현 방식이 약간 비틀어져 있었기에 케이의 얼굴을 찡그리게 만들었지만.

"케이, 오랜만에 어때요?"

분위기가 밝게 바뀌자 퓨어가 케이를 보며 말했다. 그녀의 눈에서 무엇을 원하는지 알아차린 케이는 고개를 끄덕였다.

"그럼 자리를 옮기지."

두 사람의 대화에서 무엇인가를 감 잡은 제나는 두 눈을 빛내며 따라나섰다.

"그런데 마땅한 장소가 있을까?"

엘프의 숲은 엘프들이 가꾼 숲답게 무척이나 나무가 무성했다. 이런 곳에는 적당한 장소가 없다는 생각에 케이가 물은 것이다.

"없어요. 그리로 가야지요."

퓨어의 대답에 고개를 끄덕인 케이는 나직이 시동어를 중얼거렸다.

"텔레포트."

어디인지 아는 이상 굳이 시간 들여서 걸어갈 필요는 없었기에 텔레포트로 두 사람이 사라졌다.

"아이 씨, 왜 난 두고 간 거야? 뒤따라가는 거 알고 있으면서. 암튼 저 마물 늑대는… 텔레포트."

어느새 케이의 호칭을 마물 늑대로 정한 제나도 서둘러 텔레포트했다. 퓨어가 갈 장소라면 뻔했기에 텔레포트에 망설임이 없었다. 이미 두 사람이 무얼 할지 예상했기에 가능한 행동이었다.

케이와 퓨어가 나타난 곳은 케이가 처음 텔레포트해 온 그곳이었다.

"또 이곳인가?"

"예? 무슨 말이죠?"

케이의 혼잣말에 퓨어가 물었다.

"아, 엘프의 숲으로 텔레포트해 올 때 이리로 와서 걸어갔거든."

"그랬군요. 그래서 그곳에 있었군요."

케이의 말에 그를 만났던 장소를 떠올린 퓨어가 고개를 끄덕였다.

"뭐야? 왜 나만 놔두고 텔레포트한 거야?"

그사이 텔레포트를 마친 제나가 당도하자마자 케이에게 쏘아붙였다. 하지만 케이는 못 들은 척하며 제나를 무시했다.

"시작하지."

그 말에 제나도 더 이상 뭐라 하지 못했다. 지금 두 사람이 대련하려 한다는 것을 알기에 방해할 수 없었기 때문이다.

"케이, 검을……."

"아, 맞다. 깜빡했네."

퓨어의 말에 케이는 아공간을 열어 검을 꺼내 들었다. 정말 오랜만에 꺼내 든 검이었다. 실버레이. 반가움이 가득한 눈으로 검을 바라보던 케이가 갑자기 얼굴을 일그러뜨렸다.

그 모습에 무언가가 떠오른 듯 퓨어가 웃음을 터뜨렸다.

"푸웃, 오랜만이네요. 실버레이도."

에르데미안이 알려준 마법으로 자아를 심어주었던 검, 실버레이. 케이가 잠에 빠져 들며 완전히 잊고 있었던 것을 이제야 꺼낸 것이다.

―우우우우우우! 이게 무슨 짓이에요! 그 어둡고, 춥고, 음침한 곳에 이 숙녀를 그렇게 오랫동안 내팽개쳐 놓다니!! 외로웠다고요! 엉엉엉엉엉. 그렇게 무관심했으면서 무슨 바람이 불어서 절 꺼낸 거예요? 다시 돌려 보내줘요. 이젠 주인님은 보기도 싫다구욧!

케이가 검병을 잡자마자 케이의 머리 속을 가득 메우는 실버레이의 투정에 케이의 얼굴은 완전히 질려 버렸다.

'잊고 있었어… 이 녀석을…….'

지금 실버레이는 완전히 토라져 있었다. 하긴 400년이라는 시간을 그렇게 두었으니 자아를 가진 이상 기분이 상하지 않는 것이 이상한 일이었다. 하지만 머리를 울리는 실버레이의 투정은 케이를 상당히 힘들게 했다.

잔뜩 찡그린 얼굴로 실버레이를 보던 케이의 얼굴이 어느 순간 변하기 시작했다. 어느새 그리움이 가득한 얼굴.

'그래. 이 녀석 자아는 세린의 것을 가져왔었지……'

크리에이티브 에고를 사용하며 틀로써 사용한 세린의 영혼. 따지고 보면 이 검의 영혼은 세린의 동생과도 같은 것이었다. 그 생각에 케이의 얼굴에 진득한 그리움이 몰려왔으리라.

"이제 끝났냐?"

어느 정도 시간이 흐르자 케이가 중얼거렸다.

―됐어요.

케이의 그런 심정을 느낀 것인지 실버레이의 음성은 많이 부드러워져 있었다. 그 말을 들은 케이는 살며시 미소 지었다.

"미안. 오래 기다렸지? 그때 이후 이 녀석을 처음 꺼내는 거라서 말이야."

"아니에요. 실버레이라면 그럴 만하죠."

대체 무슨 일인지 모르는 제나만이 두 눈을 껌뻑이며 두 사람을 번갈아 보았다. 그런 제나의 모습에 케이의 머리를 스치는 사악한 생각이 있었다. 하지만 지금은 퓨어와의 대결이 먼저이기에 그 생각은 잠시 한곳으로 밀어두었다.

"자, 시작하지."

케이의 말에 퓨어는 실버리스를 뽑아 들었다. 중단에 위치해 꼿꼿이 서 예기를 발하는 검의 모습은 아름답기만 했다. 케이는 실버레이를 자연스럽게 늘어뜨리고 있었다. 플라이언트 특유의 성질대로 하늘하늘 움직이는 실버레이. 둘 사이에 무거운 공기가 자리했다.

"차앗!"

기합 소리와 함께 먼저 움직인 것은 퓨어였다. 강맹한 기합 소리와
는 달리 부드럽게 움직여 케이의 측면을 파고드는 검. 케이는 실버레
이를 자연스럽게 뻗어 그 검로를 차단했다. 검로가 차단당하는 그 순
간 퓨어의 검은 완만한 곡선을 그리며 다른 검로로 접어들었다. 검끝
이 향하는 곳은 케이의 목. 어느새 베기에서 찌르기로 바뀌어 빠르게
나아갔다.

케이는 즉시 유수보법을 펼쳐 퓨어의 품으로 짓쳐 들어갔다. 그 순
간 퓨어의 검은 허공을 갈랐고, 케이의 검이 퓨어의 무릎을 노리며 쏟
아져 갔다. 부드럽게 현천보를 밟으며 몸을 돌리는 퓨어. 그와 동시에
그녀의 검이 케이의 옆구리로 날아갔다.

챙!

두 검이 부딪치며 울리는 소리. 대련 시작 후 처음으로 두 사람의 검
이 맞닿았다. 케이와 퓨어는 서로의 검을 밀쳐 내며 거리를 벌렸다.

제나는 두 사람의 대결을 입을 한껏 벌린 채 멍한 얼굴로 바라보았
다. 아름다웠다. 칼을 들고 싸우는 무식한 모습이 아름답게 보일 줄이
야. 제나로서는 상상도 못한 일이었다.

"역시. 엄청 늘었어, 퓨어."

"뭘요."

"그럼 몸 풀기는 이 정도로 하고 전력으로 와."

케이가 말을 마치자 그의 검에서 은빛의 오러 소드가 솟아올랐다.
고개를 끄덕인 퓨어의 검은 숲에서 봤던 녹색의 오러 소드가 솟아올

랐다.

고요히 가라앉은 눈으로 퓨어는 검병에서 살며시 손을 놓았다. 하지만 검은 그대로였다. 퓨어가 케이를 바라보는 순간 검은 케이를 향해 빛살처럼 날아갔다. 아까 보았던 녹색 빛 줄기, 그것이 케이를 향해 날아갔다. 케이는 정면으로 검을 찔러갔다.

정확히 일치해 만나는 은빛과 녹색 빛. 찰나간 만났다가 곧 떨어졌다. 녹색 빛은 잠시 선회하더니 다시 케이를 향했고, 케이는 여유롭게 그 빛을 막아냈다.

"아까도 봤지만 이기어검강이라… 대단해."

퓨어의 검을 막아내면서 여유롭게 중얼거리는 케이의 모습에, 퓨어는 역시라는 얼굴로 살포시 웃었다. 퓨어의 검은 점점 빨라졌다. 그 빠름에 제나의 눈에는 케이가 녹색 빛의 구에 갇힌 것처럼 보였다.

그런 대련이 얼마나 진행되었을까? 순간 케이가 사라졌다. 그리고 다시 나타난 케이의 모습. 퓨어의 검이 케이를 향해 날아가기 전에 케이는 가볍게 검을 그어 내렸다. 가벼운 동작이었음에도 불구하고 퓨어를 향해 몰려가는 노도와 같은 힘.

쾅!

퓨어의 검과 그 기운이 부딪치며 요란한 폭음이 울렸고, 퓨어는 대여섯 걸음 뒤로 물러섰다.

"후우. 역시 대단하군요, 케이. 마지막의 그것은 뭐였죠?"

실버레이를 검집에 넣는 케이를 향해 퓨어가 물었다.

"심검(心劍)이라는 거야. 뭐, 이건 말로 설명할 수 있는 게 아니니까 조금 전에 느낀 걸 잘 생각해 보라구."

케이의 말에 퓨어는 고개를 끄덕였다, 케이의 말을 이해했기에. 케이가 말로 설명해 준다 해도 그녀는 이해하지 못할 것 같았다. 방금 전 느낀 그 검. 이렇게 퓨어에게는 또 하나의 숙제가 주어졌다.

"그러고 보니 엘프들의 검이 강해졌다며?"

케이가 걸음을 옮기며 물었다.

"아, 그 얘기요?"

"나도 좀 봤는데 대단한 실력이던걸."

케이의 칭찬에 퓨어의 얼굴에 미소가 어렸다.

"그리고 퓨어에게도 놀랐어. 설마 하나의 검술을 새로이 만들다니 말이야."

"뭘요. 그리 대단한 것은 아니에요."

퓨어의 대답에 케이가 빙그레 웃었다.

"그런데 심법은 어떻게 했지? 퓨어가 창안한 검술이라면 분명 마나를 품어야 할 텐데."

퓨어가 알고 있는 검법은 태극혜검이 유일했다. 그녀가 새로운 검술을 만들었다 해도 그 깨달음은 태극혜검을 토대로 한 것이기에 내공의 운기가 빠질 리 없었다. 케이는 그 부분을 물은 것이다. 검법은 창안했다지만 심법은 그리 쉽게 만들 수 있는 것이 아니었기 때문이다.

케이는 자신이 마직막에 퓨어에게 남긴 말을 기억했다. 퓨어라면 분명히 지켰을 터, 어떻게 그 문제를 해결했는지 궁금했다.

"기본적인 호흡법만 가르쳤어요. 결국은 그게 심법의 기초니까요. 우리 엘프들은 마나에 대한 친화도가 좋으니까, 그것만 해도 충분할 거라 생각했어요."

퓨어의 대답에 케이의 얼굴에는 과연이라는 감탄이 떠올랐다.

"엘프라면 그걸로도 충분하지."

"그런데 케이는 앞으로 어떻게 할 거예요?"

"나?"

"예. 아까 케이가 한 말도 있고, 또 무언가 할 것 같아서요."

잠시 생각을 하던 케이는 빙그레 웃었다.

"유희를 해볼까 해."

"예? 유희요?"

"그래, 마침 재미있는 녀석들을 만났거든. 그 아이들이랑 유희를 즐겨볼까 해. 그리고 아까 내가 생각한 것도 하면서 말이야."

케이의 말에 2주간의 유희를 떠올린 퓨어는 빙그레 웃었다. 브레스를 사용하는 바람에 유희를 그만둘 수밖에 없었다는 푸념 섞인 말을. 거기까지 떠올리고 빙그레 웃던 퓨어의 표정이 딱딱하게 굳어졌다. 이제야 그 말의 의미를 떠올린 것이다.

"케이."

미묘하게 변한 퓨어의 목소리에 케이는 그녀를 돌아보았다.

"브레스를 썼다고 했죠?"

낮게 깔린 퓨어의 목소리. 그제야 케이는 아차 싶었다.

'젠장. 아까 설명할 때는 그냥 넘어가더니 이제 와서 이러다니 낭패군.'

"아하하, 그게 말이지. 뭐, 그런 거지. 그럼 난 이만 가볼게. 수련 열심히 하라구. 내가 좀 전에 보여준 걸 잘 생각하면서 말야. 그럼 이만."

어색하게 웃으며 횡설수설하던 케이는 마지막 한마디를 남기고는 텔레포트로 사라졌다. 그 모습에 퓨어는 피식 웃을 수밖에 없었다. 이미 사라진 이에게 무슨 말을 하겠는가.

잠시 케이가 사라진 자리를 바라보던 퓨어는 다시 걸음을 옮겼다.

"쳇. 벌써 가버렸네. 소심한 마물 늑대 같으니."

제나의 투덜거림이 그 뒤를 따랐다.

그렇게 두 사람은 걸음을 옮겨 처음 케이를 만났던 자리에 도착했다. 그곳에는 두 대의 마갑기가 쓸쓸하게 쓰러져 있었다.

"아, 아까 이걸 처리하는 걸 잊었네."

그걸 발견하고야 퓨어는 케이를 만나는 바람에 뒤처리를 하지 않은 것이 떠올랐다.

"즛쯧. 언니 왜 그랬어? 내가 처리할게."

제나가 혀를 차고는 마갑기로 다가갔다.

"오브젝트 리미티드(Object Limited), 헬 파이어."

제나의 시동어와 함께 두 줄기의 보랏빛 불꽃이 마갑기로 날아갔다. 목표를 제한한 덕에 다른 곳에는 불꽃의 여파가 미치지 않고 오로지 마갑기만 녹아들어 갔다.

"훗. 아무리 대마법 방어진을 깔아놨다고 해도 겨우 6서클이 한계이니 이 정도야 우습지."

자신의 작품을 뿌듯한 마음으로 감상하는 제나의 귀로 분노가 절절히 배어 있는 퓨어의 음성이 들렸다.

"제나, 아까는 왜 목표 제한을 하지 않고 광범위 마법을 쓴 거지?"

"텔레포트."

언니의 목소리를 들은 제나는 뒤도 돌아보지 않고 텔레포트로 도망쳤다.

아직도 녹아들어 가는 두 대의 마갑기와 퓨어만이 그 자리에 남아 있었다. 동생의 재빠른 행동에 쓴웃음을 지은 퓨어는 다시 마을로 향했다.

케이가 텔레포트로 모습을 드러낸 곳은 예의 그 바스테르 산의 잠들었던 동굴이었다. 그곳에 도착하자마자 케이는 아공간을 열어 옷을 꺼내 입었다. 에르데미안 앞에서 폴리모프를 한 후 지금껏 마법으로 구현한 옷을 걸치고 있었던 것이다. 그리고 브로스넨의 가죽으로 만든 망토를 어깨에 걸치고, 실버레이를 허리띠 대신 허리에 감았다. 그렇게 준비를 마친 케이는 동굴 밖으로 걸음을 옮겼다.

"자, 이제부터 유희 시작이라구!"

힘차게 외친 케이는 엘리아의 마을을 향해 열심히 걸음을 옮겼다. 힘차게 발걸음을 옮기는 케이는 절로 콧노래를 흥얼거렸다.

케이가 마을을 떠난 후 벌써 3일이 지났다. 별로 시간이 흐른 것 같지도 않은데 3일이라니, 정말이지 시간이란 존재는 도무지 알 수가 없다. 엘리아는 케이가 떠난 후 매일같이 마을 밖으로 나왔다. 엘리아가 나올 수 있는 개구멍 정도는 아데닌이 쉽게 찾아낼 수 있기에 이렇게 나와 있는 것이다. 그래도 지난 일이 있으니 멀리 가지는 않고, 개구멍 근처에 앉아 멍하니 산속을 바라보았다.

마치 지금 당장이라도 저 산속에서 케이가 걸어나올 것 같아 그렇게 앉아 있었다. 엘리아는 케이를 기다리기 위해 마을 밖에 나와 있는 것이다. 이게 지난 3일간 엘리아의 일상이었다.

　오늘도 그렇게 힘없이 앉아서 텅 빈 시선을 산으로 향하고 있는데 엘리아를 향해 그림자가 졌다. 갑자기 주변이 어두워지자 놀란 엘리아가 고개를 들고 두리번거리자 바로 옆에 한 사내가 서 있었다. 그 남자는 엘리아를 보며 빙그레 웃었다.

　"안녕!"

　그가 밝게 웃으며 자신에게 인사했기에 엘리아도 머뭇머뭇 인사를 했다.

　"아, 안녕하세요."

　감히 범접할 수 없을 것 같은 은발이 무척이나 매력적인 남자였다.

　'저 아저씨의 머리카락이 케이의 털 같아…….'

　순백의 아름다움을 뽐내는 은발을 보자 엘리아의 머리에 떠오른 생각이 케이의 털 빛깔이었으니, 엘리아가 얼마나 케이를 그리워하고 있는지 알 수 있었다.

　"난 케이라고 하는데, 넌 이름이 뭐니?"

　친근하게 웃으며 자기소개를 하는 남자. 남자의 말에 엘리아는 놀라서 쳐다보았다.

　"예? 이름이 뭐라구요?"

　"케이. 왜 그러니?"

　"아, 아니에요."

　놀란 엘리아는 이내 머리를 저었다. 이름이 같다고 해도 저 사람은 사람이다. 늑대가 아니다. 늑대와 이름이 같다는 것만으로도 이렇게 놀라다니 엘리아는 스스로가 한심해졌다.

'호. 이것 참 재미있는데 그래.'

한편 능청스레 연기를 하고 있는 케이로서는 또 다른 재미를 맛보고 있었다. 지금 엘리아가 왜 저러는지 대강 짐작이 되었고, 그래서 고마웠다. 하지만 그와 다르게 지금 엘리아의 반응이 너무나 재미있는 것은 어쩔 수 없었다.

"넌 이름이 뭐니?"

엘리아가 아무 대답 없이 그냥 앉아 있자 케이는 다시 물었다.

"아, 전 엘리아라고 해요."

"그래? 반갑다."

그렇게 말하며 케이는 엘리아 옆에 주저앉았다.

"저기 저 마을에 사니?"

"예."

"그런데 왜 여기 나와 있는 거야? 바스테르 산은 몬스터가 많아서 위험할 텐데."

"마을과 가까워서 괜찮아요."

"그래?"

"그러는 아저씨야말로 못 보던 분인데, 이곳에는 어쩐 일이세요?"

한동안 숲을 바라보던 엘리아가 케이를 바라보며 물었다. 그녀의 눈에 서서히 호기심이 생기고 있었다. 오랜만에 보는 이방인이다. 워낙 오지에 위치한 마을이다 보니 외부에서 오는 사람은 무척이나 드물었다. 그러니 호기심이 생길 수밖에.

"나? 그냥 여행자야. 이곳저곳 떠돌고 있어."

"위험하지 않아요?"

"괜찮아. 난 강하거든."

케이의 말에 엘리아의 눈이 빛나기 시작했다.

"얼마나 강해요? 밀러 아저씨보다 더 강해요?"

"밀러 아저씨? 누군지 모르는데 어떻게 대답하겠니?"

"아, 맞다. 밀러 아저씨는 우리 마을에서 제일 강한 사람이에요."

그렇게 말하는 엘리아의 얼굴에는 자부심이 가득했다. 그렇게 강한 사람이 자신의 마을에 있다는 것이 자랑이라는 듯.

"저기, 여행자면 여기저기 많이 돌아다녔겠네요?"

초롱초롱 눈을 빛내며 엘리아가 물어오자 케이는 난처해졌다. 여행이라면 물론 많이 했다. 하지만 그건 어디까지나 400년 전 이야기다. 지금의 대륙에 대해서는 엘리아보다도 아는 게 없는 이가 케이였다. 그러니 난처할 수밖에.

"으음… 사실은……."

케이가 우물쭈물 말끝을 흐리며 이야기하자 엘리아의 표정이 묘하게 변했다.

"지금 처음 여행을 나선 거야. 어릴 때부터 바스테르 산에서 스승님과 함께 자랐거든. 그런데 스승님이 돌아가셔서 여행을 떠난다고 산을 내려오던 중에 이 마을을 발견한 거지."

케이의 말에 엘리아의 얼굴에는 실망이 가득했다.

"에이, 그럼 아직 여행자가 아니잖아요."

"그렇게 되나? 하하하."

엘리아의 말에 케이는 머리를 긁적이며 웃음을 터뜨렸다. 그렇게 웃는 케이를 보던 엘리아는 무언가 생각이 난 듯 다급하게 물었다.

"아, 바스테르 산에서 살다가 나왔다고 했죠, 아저씨?"

"응. 그래, 왜?"

"혹시 늑대 못 보셨어요? 카이져 실버 울프라고 엄청나게 크고, 털이 아저씨 머리카락 빛이랑 똑같은 늑대인데……."

엘리아의 목소리에서 간절함이 절절이 배어 나왔다. 케이는 엘리아의 모습에 속으로만 웃음 지었다. 겉으로는 짐짓 심각하게 기억을 더듬는 시늉을 했다.

"으음, 카이져 실버 울프라……. 아, 봤어."

케이의 대답에 엘리아의 얼굴이 환해졌다.

"진짜요? 언제요? 어디서요?"

거의 달려들어 물어대는 엘리아의 모습에 케이는 잠시 당황했다.

"아아, 잠깐만. 좀 진정해. 그러니까 어제쯤 봤어. 아마 마케인 제국 쪽으로 가는 사면을 따라 내려가고 있었지?"

케이의 대답에 엘리아는 금세 시무룩해졌다.

"왜 그러니?"

"그 늑대는요, 제 친구예요. 케이라고 해요. 아저씨랑 이름이 같죠? 자기 이름도 자기가 지을 정도로 엄청나게 똑똑한 늑대인데… 3일 전에 떠난 거예요. 마을을 구해주고선. 그래서 여기서 기다리고 있었어요. 돌아올 거라 믿고서요. 그런데 마케인 쪽으로 가버렸다면… 이젠 기다릴 필요가 없겠네요."

케이의 물음에 답하는 엘리아의 목소리는 무척이나 가라앉아 있었다. 슬픔이 절절이 배어 있는 그 목소리에 케이는 가슴 한 켠이 따뜻해지는 것을 느꼈다. 자신을 그렇게 생각해 주는 사람이 있다는 것만으로도 마음이 훈훈해졌다.

"그래? 그거 안됐구나. 그럼 나랑 친구 할래?"

"예?"

갑작스런 케이의 말에 엘리아는 눈을 동그랗게 떴다.

"그 늑대, 나랑 이름이 같다며. 그럼 이제 나랑 친구하면 되지."

"에이, 아저씨는 여행자라면서요. 어차피 곧 떠날 사람인데……."

"아냐, 마음이 바뀌었어. 까짓 거, 이 마을에 얼마간 머무르지. 이제부터 오빠라고 해라."

빙그레 웃으며 케이가 말하자 엘리아의 얼굴이 환하게 밝아졌다가 다시 가라앉았다.

"왜 그러니?"

밝아지다가만 엘리아의 얼굴을 보며 케이가 물었다.

"그래도 늑대가 아니잖아요."

그 말에 케이는 식은땀이 흐르는 것을 느꼈지만 그냥 웃었다.

"하하하. 사람이면 어떻고, 늑대면 어때서 그래? 친구란 마음이 중요한 거야."

"그럴까요?"

"그래."

그렇게 케이의 두 번째 유희가 시작되었지만 시작부터 순탄하지만은 않았다.

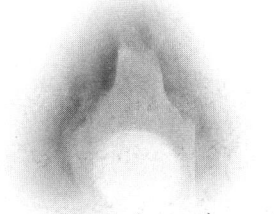

2   초   8   식

두 개의 인연은
그렇게
깊어지고…

"아, 엘리아. 어떻게 된 거냐? 너 마을 안에 있었던 것 아니었어? 너, 이 녀석 또 개구멍으로 빠져나갔구나."

마을 입구로 걸어 들어오는 엘리아를 발견한 잭의 얼굴이 험악해졌다. 몰래 마을로 빠져나간 것 때문이었다. 덕분에 잭은 엘리아 바로 옆에 붙어서 걸어오고 있는 케이에게 신경을 쓰지 못했다.

"안녕하십니까."

밝게 인사하는 케이의 모습에 그제야 마을 입구를 지키던 둘은 케이에게 시선을 가져갔다.

"허, 바깥에서 오셨습니까? 이 마을까지 오기도 쉽지 않은데 말입니다."

잭과 함께 경비를 서던 슈리가 대답했다.

"하여간 먼 길 온다고 고생하셨습니다. 반갑습니다."

여행자가 이 마을에 들르는 일은 흔한 일이 아니었지만 케이를 대하는 두 사람의 태도는 친근하기 이를 데 없었다. 바깥과 단절이 심한 만큼 바깥에 대한 동경이 큰 법. 그래서 마을 사람들은 외부인들에게 대체로 호의적인 편이었다. 항상 보던 사람들 속에 새로운 사람이 유입된다는 것은 신선한 자극이었기에.

"예. 여행자이긴 합니다만, 전 산에서 내려오는 길입니다."

케이의 대답에 두 사람은 서로 마주 보며 놀랐다.

"무슨 말입니까?"

"아주 어릴 때 스승님과 함께 바스테르 산으로 들어갔었죠. 한데 얼마 전 스승님께서 돌아가셔서 홀로 여행을 떠나려던 참입니다."

"허, 그러시군요."

케이의 설명에 잭이 고개를 끄덕였다.

"한데 엘리아와는 어떻게 함께 온 겁니까?"

"이리로 오다 보니 요 앞에 앉아 있더군요. 저랑 이름이 같은 늑대를 기다린다나요? 뭐, 아무튼 친구 하기로 했죠. 그렇지, 엘리아?"

"난 아직 몰라요."

엘리아의 새침맞은 대답에 케이는 그저 빙그레 웃었다.

"허, 그러면 이름이……."

이름이 같은 늑대를 엘리아가 기다렸다는 말에 슈리가 슬그머니 이름을 물었다.

"아, 참. 정신을 이렇게 놓고 있으니 원……. 제 소개도 안 했군요. 이거 죄송합니다. 케이라고 합니다."

"잭입니다."

"슈리에요."

그렇게 서로 간에 통성명이 끝났다.

"마을 안에 들어가도 될까요?"

"아, 어서 들어오세요. 우리 멜 마을에 오신 걸 환영합니다."

슈리가 케이를 마을 안으로 이끌며 말했다.

'이 마을 이름이 멜이었군.'

늑대로 있는 동안 사람들이 마을 이름을 말하는 것을 들은 적이 없었기에 케이는 이제야 마을 이름을 알게 되었다.

"참, 그런데 마을에 제법 오래 머무르려면 어떻게 해야 합니까?"

마을 안으로 들어서던 케이는 생각난 듯 뒤돌아보며 물었다.

"얼마나 머물려고 그럽니까?"

"글쎄요. 몇 달은 있을 것 같은데요."

"허, 그렇게 오래요. 여행자라고 하지 않았나요?"

여행자라는 케이가 제법 오랜 시간을 머물려 하자 이상한 듯 슈리가 고개를 갸웃거리며 물었다.

"막상 혼자 홀쩍 떠나려니 조금 망설여져서 말이죠. 하하하."

케이의 대답에 그럴 것도 같다는 생각이 든 슈리가 말했다.

"촌장님께 가보시오. 엘리아, 촌장님 댁 좀 안내해 드려라."

슈리의 말에 엘리아가 케이의 손을 잡아끌고 한쪽으로 향했다.

"이리로 와요, 아저씨."

"오빠라고 하래도. 나 이제 스물이라구."

"에이, 아저씨 맞네요. 따라와요."

혀를 살짝 빼어 문 엘리아의 모습에 케이는 피식 웃었다. 제법 귀여워 보였기에.

그렇게 엘리아를 따라 촌장을 찾아간 케이는 촌장과 자경단장인 밀러와 오랜 이야기를 나눈 끝에 마을에 머무르는 것을 허락받았다. 촌장 입장으로도 마을에 젊은이가 하나 더 생기는 것은 반길 만한 일이기에 쾌히 승낙했다. 밀러 역시 마을에 있는 동안 자경단에서 활동한다는 조건으로 허락했다. 이 마을에서 젊은 손이 가장 아쉬운 곳은 자경단이었기에.

그리고 지금 밀러는 마을 한쪽의 외진 공터로 케이를 데리고 가고 있었다. 그의 실력을 테스트하기 위해서였다.

"자네 무기는 어떤 걸 쓰는가? 역시 검?"

밀러의 물음에 검이라고 답하려던 케이는 멈칫했다. 가만히 생각하니 실버레이는 유희를 하는데 방해가 될지도 몰랐기 때문이다. 에고 소드는 흔한 것이 아닌데다가 실버레이의 성격 역시 독특했기에 그냥 벨트인 양 허리에 감아두는 게 편할 거라는 생각이 들었다.

"창입니다."

해서 평소 검 이외에 유일하게 관심을 가졌던 병기인 창이라 대답했다.

"그래? 그럼 이걸 받게나."

밀러는 창고로 보이는 듯한 건물에 들어가 나무 봉을 하나 던져 주었다. 그리고 자신은 목검을 들고 나왔다.

"실력 테스트라고 대단한 건 아닐세. 다만 자경단장으로서 자네 실력을 알아둬야 해서 말일세."

"알겠습니다."

"자, 그럼 오게나."

밀러는 목검을 중단에 세우고는 케이를 바라보았다. 케이 역시 봉 끝을 밀러를 향한 채 그를 바라보고 섰다.

케이는 창이라는 병기에 관심을 가졌다뿐이지 실제로 창법을 익히지는 않았다. 물론 알고 있는 창법은 제법 많았지만, 익힌 것과 아는 것은 다른 것이다.

케이는 단순하게 봉을 찔러갔다. 말이 단순히 찔러갔다는 것이지 케이 정도의 실력자라면 어떤 고절한 무공 못지않은 위력이었다. 특히 간결하고 빠른 찌르기였기에 봉은 순식간에 밀러의 목젖에 닿아 있었다. 밀러는 어떠한 반응도 보이지 못했다.

"대… 대단하군……."

눈앞의 결과에 밀러는 떨리는 목소리로 말했다.

"스승님이 엄격하셨거든요."

"자네 덕에 우리 마을이 한층 더 안전해질지도 모르겠네. 하하하."

빙그레 웃으며 대답하는 케이의 모습에 밀러는 기분이 좋은 듯 크게 웃었다.

사실 케이가 처음부터 이렇게 실력을 보인 것은 앞으로의 생활을 좀 더 편하게 하기 위해서였다. 그리고 계획하는 일도 제대로 하려면 이렇게 실력을 보여주는 편이 수월했다.

그 이후 케이의 생활은 순조로웠다. 마침 빈집이 하나 있었기에 그곳에서 생활했다. 몬스터에게 목숨을 잃는 일이 드물지 않기에 마을에 빈집은 몇 곳 있었다. 케이는 그중 엘리아의 집과 가장 가까운 곳을 골랐다.

　케이가 일수에 밀러를 꺾었다는 이야기도 마을에 퍼졌기에 사람들은 경탄 어린 눈으로 그를 바라보았다. 이 작은 마을에서 밀러의 실력이란 그야말로 누구도 대적할 수 없는 대단한 것이었다. 기사단 출신이지 않은가? 그런 밀러를 단번에 꺾었으니 얼마나 대단한 실력이란 말인가. 케이의 생각대로 케이의 실력을 알자 마을 사람들은 좀 더 빨리 케이에 대한 벽을 허물었다.

　케이가 멜 마을에 들어온 지도 어느새 한 달이라는 시간이 흘렀다. 그동안 마을 사람들과는 매우 친해졌기에 이제 케이는 애초에 이 마을 출신인 것처럼 스스럼없이 지내기에 이르렀다. 게다가 밥은 항상 엘리아의 집에서 해결했다.

　엘리아에게 항상 잘해줬기에 미엘이 그렇게 배려를 한 것이다.

　"남자 혼자 있으면 먹는 게 부실해져요. 그러니까 우리 집에 와서 함께 식사해요. 엘리아도 그걸 더 좋아할 거예요."

　처음 케이를 집으로 초대할 때 미엘이 한 말이었다. 늑대 케이가 있을 때 셋이서 식사를 하다가 늑대 케이가 떠난 후 둘만 식사를 하게 되자 엘리아의 얼굴이 많이 어두워졌었다. 하지만 케이가 오고 나서는 다시금 식사 시간이 화기애애해졌기에 미엘로서는 더할 나위 없이 좋았다. 그리고 케이는 매주 자신의 식사비를 꼬박꼬박 냈다. 미엘은 집에 돈은 충분하다며 거절했지만 케이가 한사코 주겠다고 해서 받게 된 것이다.

　엘리아와의 관계도 무척이나 좋아졌다. 아니, 이제 마을에서 가장 친해졌다고 할까?

"케이 아저씨~!"

지금처럼 아저씨라고 부르지만 않으면 말이다.

"오빠라고 부르랬잖아."

항상 가장 먼저 만나면 하는 소리다.

"아저씨 맞잖아요."

그러면서 입 밖으로 쏙 나왔다 들어가는 혀. 항상 이렇다. 엘리아와 케이가 처음 만날 때의 모습은.

"무슨 일이야?"

어쩔 수 없다는 듯 고개를 저으며 케이가 물었다.

"아, 오빠들이랑 아데닌이랑 전쟁놀이 한대요. 같이 구경갈래요?"

"그러자."

엘리아의 제안에 케이는 고개를 끄덕이며 엘리아를 따라 나섰다. 요즘 아데닌은 자기보다 어린 아이들과 노는 것을 그만두고 나이가 많은 청년들과 놀기 시작했다. 아데닌의 바로 위는 열여덟 살. 한 사람의 성인으로 인정받을 나이였다. 열여덟 살 이상이면 의무적으로 자경단에 들어야 했으니 아데닌과 놀아주기에는 나이가 많았다.

그들은 자경단 훈련의 일환으로 또래들끼리 모여 대련을 하거나 모의전투를 하는데, 아데닌과 엘리아는 그것을 전쟁놀이라고 부르는 것이다. 아데닌이 그 모의전투에 끼워달라고 하면서부터 그렇게 전쟁놀이가 시작된 것이다.

지난 한 달간 케이는 아직 그 모습을 한 번도 보지 못했다. 한 달 동안은 엘리아와 마을 사람들과 친숙해지는 데 신경을 썼기에 아데닌 문제는 잠시 놔둔 것이다.

한데 오늘 엘리아가 전쟁놀이를 보러 가자고 하니 슬슬 아데닌 문제
도 해결을 봐야겠다고 생각했다.

케이가 밀러와 대련한 곳과는 반대편에 위치한 공터에 열여덟 살의
청년들이 열 명 정도 모여 있었다. 그 사이에 유난히 작아 보이는 아데
닌도 함께 있었다. 요즘 들어 마을에 아이들 수가 줄어서 그렇지 청년
층은 수가 제법 있었다. 아데닌과 엘리아. 열다섯의 아이가 단둘뿐이
라는 것이 조금 신기한 일이었다.

"아데닌! 구경 왔다!"

"아, 어서 와."

엘리아가 손을 흔들며 인사를 하자 아데닌도 마주 손을 흔들었다.
청년들은 케이를 보고는 인사를 했다. 케이도 손을 들어 그들의 인사
를 받았다.

"응? 아데닌은 막대기를 들고 있네요."

"창병인가 보구나."

"흐음."

엘리아는 케이의 말에 무언가 알겠다는 듯 고개를 끄덕였다. 그 모
습에 케이는 웃지 않을 수가 없었다.

이윽고 편을 가르고 대형을 유지하고서는 두 편이 맞붙었다. 함성을
지르며 마주 달려가는 모습이 제법 그럴듯했다. 케이는 생각보다 사람
들이 능숙했기에 조금 놀란 채 바라보았다. 다만 엘리아는 시간이 갈
수록 표정이 시무룩해졌다.

아데닌이 형편없이 맞고 있었기 때문이다. 그래도 아데닌은 근성은

있는지 맞아도 맞아도 덤볐다. 그럴수록 더 맞았지만. 악착같이 달려들었다.

아데닌 편의 패배로 이번 전투는 끝났다.

"모두 수고했다. 오늘 연습은 여기까지. 그럼 내일 보자구."

대장인 듯한 청년의 말과 함께 다들 공터를 떠났다.

"아데닌, 너도 수고했다."

몇몇은 아데닌의 어깨를 두드리며 인사를 남겼다. 모두가 떠난 자리에는 아데닌 혼자 남아 앉아 있었다. 엘리아는 차마 아데닌에게 다가가지 못했다. 항상 웃으며 즐거운 듯 이야기했기에 기대를 많이 하고 왔는데 저런 모습이라니. 뭐라 할 수가 없었다.

'훗. 녀석 제법인걸.'

케이는 아데닌의 모습에 슬며시 웃었다. 가늘게 떨리는 어깨가 아데닌이 울고 있음을 알려주었기에 그 근성이 마음에 들었다.

케이는 조용히 아데닌에게로 다가갔다. 케이의 모습에 어찌할 바를 모르는 엘리아는 그 자리에 그대로 서 있었다.

"분하냐?"

갑작스런 케이의 물음에 아데닌이 돌아보았다. 역시나 그의 얼굴에는 눈물이 흐르고 있었다.

"계속 맞기만 해서 분하지?"

케이를 바라보던 아데닌은 고개를 끄덕였다.

"그럴 수밖에. 함께한 아이들은 다들 자경단에서 훈련을 받은 어른들이고, 넌 그냥 아이니까."

"겨우 세 살 차이라구요, 아저씨."

아저씨라는 말에 케이의 얼굴이 살짝 일그러졌다.

"나도 너랑 겨우 다섯 살 차이다. 그런데 아저씨라니."

기분이 상했다는 듯한 케이의 말에 아데닌은 찔끔했다.

"하지만 엘리아가 아저씨라고……."

엘리아 쪽을 슬쩍 쳐다보고는 기어들어 가는 목소리로 조심스레 말하는 아데닌의 모습에 케이는 한숨을 쉬었다.

"후우. 알았다, 알았어. 그래 겨우 세 살 많은 형들한테 반항도 제대로 못하고 맞기만 하는 게 분하지? 그래서 매번 모의전투 때마다 참여하는 거고?"

"예. 제가 아직 조금 작기는 하지만 이렇게 무력하게 당하다니 말도 안 돼요."

"이기고 싶어?"

아데닌의 대답에 케이가 슬며시 웃으며 물었다.

"당연하죠! 전 강해질 거예요. 반드시. 그래서 다시는 그런 꼴사나운 모습 안 보일 거라구요!"

잔뜩 기합이 들어가서 외치는 아데닌의 말에 케이는 고개를 갸웃거렸다.

"꼴사나운 모습이라니?"

"그… 그… 그… 그런 게 있어요."

케이의 물음에 아데닌이 당황해서는 말을 더듬었다. 그런 아데닌의 모습에 케이의 얼굴에는 야릇한 미소가 걸렸다.

"흐음… 내가 가르쳐 줄 수도 있는데……."

"예?"

지나가는 투로 슬며시 꺼낸 말에 아데닌이 놀라서 되물었다.

"내가 창 쓰는 법 가르쳐 줄 수도 있다고."

"어, 어떻게 하면 가르쳐 줄 거예요?"

아데닌은 두 눈을 반짝이며 케이에게 매달렸다.

"흐음… 조건이 있는데……."

눈을 가늘게 뜨고 은근한 목소리로 케이가 말하자 아데닌은 더 더욱 매달렸다.

"할게요. 뭐든지 할게요. 죽으라는 거 빼고 다 할게요."

"그럼, 첫째, 형이라고 불러라."

"예, 케이 형!"

아데닌은 그 말이 끝나자마자 즉각 호칭을 바꿨다.

'약삭빠른 녀석.'

그 행동에 케이는 혀를 내둘렀다. 또한 아데닌이 얼마나 강해지고 싶어하는지도 느낄 수 있었다.

"둘째는 그 꼴사나운 모습이란 것에 대해 이야기해 봐. 그러면 가르 쳐 주지."

케이의 말에 아데닌이 딱딱하게 굳었다.

"그… 그건……."

"싫어? 싫음 말구."

주저하는 아데닌의모습에 케이는 몸을 돌렸다. 그리고 발을 옮기려 는 순간 아데닌이 케이의 옷자락을 잡았다.

"아, 알았어요. 말할게요. 하면 되잖아요."

케이는 씨익 웃으며 다시 몸을 돌렸다.

"해봐."

케이의 말에 아데닌은 다시 주저하며 망설였다. 그리고는 엘리아를 힐끔힐끔 쳐다보았다. 그 모습을 본 케이는 대강 눈치를 챘다.

'호오. 이 녀석 봐라……'

"왜 여기서는 곤란해?"

케이의 물음에 아데닌은 힘차게 고개를 끄덕였다.

"우리 둘만 있는 데서 말하는 게 좋아?"

아데닌은 다시 한 번 고개를 끄덕였다.

"알았어."

케이는 몸을 돌려 엘리아를 보았다.

"엘리아, 나 아데닌이랑 할 게 좀 있어서 그러는데 먼저 들어가라."

케이의 말에 엘리아는 케이를 향해 혀를 쏙 빼물고는 몸을 돌려 사라졌다. 그 모습에 케이는 다시 한 번 웃었다. 늘 보는 모습인데도 볼 때마다 귀여우니.

"자, 그럼 우리도 갈까?"

케이는 아데닌을 데리고 자리를 옮겼다. 케이가 향한 곳은 밀러와 대련했던 그 공터였다.

"자, 이제 이야기해 봐."

"그러니까 한두 달쯤 전이었어요. 엘리아를 데리고 몰래 마을 밖으로 나갔다가 몬스터들에게 쫓겨서 어느 동굴까지 들어갔지요. 그 동굴에 큰 늑대가 있었는데, 그 늑대가 몬스터를 쫓았죠. 그런데 전 그 늑대한테 겁먹어서 엉엉 울고, 진짜 한심하고 꼴사나운 모습이었죠. 다시는 그러고 싶지 않아요. 이게 다예요."

그 말에 케이는 빙그레 웃었다.

'확실히 그때 꼴사납기는 했어.'

설마 자신을 처음 만났을 때의 일이었다니.

"그게 전부야?"

"예."

은근한 케이의 물음에 아데닌은 당당하게 고개를 끄덕였다.

"그때 엘리아랑 같이 있어서가 아니고?"

급소를 정확히 찌르는 케이의 말에 아데닌의 얼굴은 금세 벌겋게 변했다.

"아… 아… 아니에요."

말은 더듬으며 양손은 열심히 흔들며 부정을 했지만 이미 케이에게 딱 걸려 버렸다.

"얼굴이 말해 주고 있어. 너 엘리아 좋아한다고."

결정타였다. 케이의 그 말에 아데닌은 그 모습 그대로 굳었다.

입은 벌린 상태, 양손은 앞으로 내민 상태, 얼굴은 시뻘건 상태.

그렇게 굳었다.

"푸홋. 귀여운 녀석. 알았다, 알았어. 이 형이 잘 가르쳐 주마."

"저… 비밀은 지켜주셔야 해요……."

케이가 연습용 무기가 있는 창고로 봉을 꺼내러 가자 아데닌이 작은 목소리로 말했다.

"너 하는 거 봐서."

케이의 대답에 아데닌은 울상을 지었다. 그리고 그 말 한마디로 인해 아데닌은 그야말로 혹독한 훈련을 울며 겨자 먹기로 할 수밖에 없었다.

강해지는 것은 좋았지만 케이의 훈련은 강도가 너무 셌다. 하지만 '네가 엘리아 좋아한다고 마을에 소문내 버린다' 라는 말에 아데닌은 모든 훈련을 훌륭히 소화해 낸다. 물론 이건 차후의 일이다.

케이가 창고에서 봉을 고르는 지금 아데닌은 그러한 앞으로의 일은 상상도 하지 못하고 있었다.

〈10권으로 이어집니다〉